Ulrike Dömkes
Chablis

Ulrike Dömkes, geb. in St. Tönis, wohnt in Wachtendonk. Sie absolvierte das Studium Textil-Design mit Diplomabschluss an der FH Niederrhein und eröffnete 1994 eine Buch- und Weinhandlung in Wachtendonk. 1998 besuchte sie die Wein- und Sommelierschule Koblenz und machte dort den Abschluss als Weinfachberaterin. Im Jahr 2000 verbrachte sie einen längeren Arbeitsaufenthalt im Weingut Aldo Vajra im Piemont und ist seit 2008 schriftstellerisch tätig. Ihre profunden Weinkenntnisse und ihr erzählerisches Talent fließen in ihre unterhaltsamen Weinkrimis ein.

Ulrike Dömkes

Chablis

KBV

Originalausgabe

www.kbv-verlag.de
E-Mail: info@kbv-verlag.de
Telefon: 0 65 93 - 998 96-0
Fax: 0 65 93 - 998 96-20
Umschlagillustration: Ralf Kramp
unter Verwendung von:
© Joachim Martin · www.fotolia.de
Redaktion: Volker Maria Neumann, Köln
Druck: Druck: CPI books, Ebner & Spiegel GmbH, Ulm
Printed in Germany
ISBN 978-3-95441-186-3

Für Lederpeter

Prolog

Schweine sind keine Engel, sonst könnten sie fliegen.

Die Stadt Parma, Hauptstadt der gleichnamigen Provinz, liegt am Fuße des Appenin, im Norden der Emilia Romagna. Es waren die Etrusker, die in vorchristlicher Zeit als Erste dort siedelten. Ein schönes Fleckchen hatten sie sich ausgesucht, an der Parma, einem Nebenfluss des Po. Fruchtbares Land ringsum, Wälder mit Pilzen und Wild in der Nähe, fischreiche Flüsse vor der Haustür. Das überzeugte auch die Römer, die die Siedlung 183 v. Chr. zu einer Militärstation ausbauten. Von da an entwickelte sich der Ort ohne Unterlass bis zu seinem heutigen Erscheinungsbild.

Die Stadt bietet dem Besucher alles, was das Herz begehrt, eine traumhafte Lage, eine dreischiffige Basilika neben einem achteckigen Baptisterium, den Parco Ducale, die weitläufige, grüne Lunge Parmas und ein Flüsschen im Zentrum, das, wenn auch im Sommer ausgetrocknet, der Stadt eine natürliche Struktur gibt. Alles in der lebhaften Atmosphäre einer Universitätsstadt, die auch außerhalb der Saison bunt und quirlig ist.

Gewissenhaft arbeitet der Tourist das Programm ab und wendet sich dann dem Vergnügen zu.

Vielleicht kann er am Abend ein Konzert im Teatro Farnese hören, dem Amphitheater im ersten Stock des Palazzo della Pilotta? Er sitzt in einer marmornen Illusion, denn was wie Stein erscheint, ist Holz, die gekonnte Täuschung von Meistern der Trompe l'œil-Malerei. Tief unten spielt das Orchester. Hier befinden sich auch die Parkettplätze, aber er hat einen Sitz auf den Tribünen erworben und lauscht den

Melodien, die zu ihm hinaufschallen. Er sieht auf ein andächtiges Publikum, auf konzentrierte Musiker – und kann sein Glück nicht fassen. Wenn er das Theater verlässt, fließt sein Herz über.

Und sein Bauch ist leer.

Und jetzt kann er sich endlich dem zuwenden, was immer ungeduldiger in seinem Hinterkopf pocht. Es sind die unvergesslichen, aber höchst vergänglichen Genüsse, die diese Stadt weltberühmt gemacht haben. Jeder kennt sie, selbst der, dessen Bekanntschaft mit Italien nur aus dem Besuch der nächsten Pizzeria besteht.

Parmaschinken und Parmesan – so unlösbar mit diesem Land verbunden wie Leonardo da Vinci. Oder Juventus Turin.

Ein Teller dünn geschnittener Schinken, dazu ein Glas kühler Malvasier, ein Platz auf einer schattigen Terrasse mit Blick auf die Piazza, so lassen sich die Ferien aushalten. Der erste Bissen bestätigt, dieser Schinken hat eine außergewöhnliche Qualität. Er ist mild und mürbe, dabei würzig und, da er hier nicht alt wird, ohne jeden ranzigen Ton im schmalen Fettrand, sondern frisch und leicht im Geschmack. Und das ist kein Wunder, sondern das Ergebnis sorgsamer Arbeit, die schon bei der Aufzucht der Schweine beginnt.

Nicht jedes Schwein darf seine Hinterkeule für Parmaschinken hergeben. Bestimmte Bedingungen müssen erfüllt sein. Es gibt nur drei Rassen, die infrage kommen, sie werden in festgelegten nord- und mittelitalienischen Regionen aufgezogen. Die Tiere müssen älter als neun Monate sein und wenigstens 150 Kilogramm wiegen. Um dieses Gewicht zu erreichen, fressen sie nur Gerste und Hafer sowie die Molke, die bei der Herstellung des Parmigiano Reggiano übrig bleibt.

Nach der Schlachtung wird der Schinken leicht mit Meersalz eingerieben und in einem festen Rhythmus von Trocknen, Salzen und wieder Trocknen verbringt er wenigstens ein Jahr. Nach dieser Reifezeit gibt ihm ein unabhängiger Prüfer des *Consorzio del Prosciutto di Parma* seinen Segen in Form eines Stempels mit der fünfzackigen Krone des Herzogtums Parma.

Jetzt erst darf er sich »Prosciutto di parma« nennen. Und wenn ihn der Produzent abgepackt in die Welt schicken will, so muss auch das in Parma geschehen, sonst war's das mit dem schönen Namen.

Schweine sind keine Engel,
aber ihr Hinterteil kann himmlisch sein.

1. Kirschkerne spucken

Seit ihrer Abfahrt mittags am Bodensee hatte Marlene außer einem Kaffee und einem zu süßen, in Plastik verpackten Gebäck nichts zu sich genommen. Sie hatte die französische Kleinstadt Tonnerre im Nordburgund vor über einer Stunde erreicht. Seitdem saß sie in dem Hotelrestaurant mit der außergewöhnlichen Küche – und Claudio war immer noch nicht da. *Komme nicht weg, wird später, bacio.* Die SMS war vom Nachmittag und schon Geschichte.

Sie hatte einen Aperitif bestellt und das mitgelieferte Schälchen Erdnüsse verschlungen. Sie war die Pläne für den Urlaub durchgegangen. Hatte zum wiederholten Mal im Weinführer gelesen und Notizen zu Winzern und Weinen gemacht. Die nächsten zwei Wochen enthielten ein straffes Programm, sie überlegte, einige Besuche zu streichen. Nach dem zweiten Aperitif knurrte ihr Magen so, dass sie hustete, um es zu übertönen.

Die schöne Umgebung konnte sie nicht ablenken. Nicht die geschnitzten Einbauschränke mit den verstaubten Büchern und vergilbten Schallplattenhüllen, nicht die antiken Kommoden und Tische, auch nicht die unpassende, fahrbare Metallkleiderstange als Garderobe, die an exponierter Stelle stand.

Ihr war flau und ihre Laune näherte sich dem Nullpunkt. Dann eben ohne Claudio, dachte sie, und bestellte die Vorspeise.

Der Hotelbesitzer Jean Renoir (weder verwandt noch verschwägert) brachte Wein und eine Flasche Wasser. Das frische Baguette in der kleinen Silberschale duftete. Der Teller mit den Schinken- und Wurstspezialitäten der Region, mit

Obst und kandierten Nüssen war ein Gedicht. Sie aß wie in Trance, der Chablis war kühl, ohne Barrique, er besänftigte und erfrischte sie. Sie vergaß Claudio, ihre Umgebung, alles. Nach der Hälfte der Vorspeise tauchte sie wieder auf und bemerkte, dass sich das Restaurant gefüllt hatte.

Am Nachbartisch diskutierten drei Männer und eine Frau über einen Fernsehbericht. Wenn sie recht verstand, wollten sie ihn hier in Tonnerre drehen. Die Frau trug eine altmodische Einschlagfrisur und flirtete mit ihrem Nachbarn, ihr Gegenüber schmollte.

Hinter ihnen saß ein einzelner Mann um die vierzig, der sie verstohlen beobachtete. Er bekam eine Pastete und einen Roten.

Claudio trat ein, ein breites Lächeln auf dem Gesicht. Er ließ seine Reisetasche an der Rezeption stehen und kam direkt zu Marlenes Tisch. »Cara mia«, sagte er, zog sie in die Höhe und umarmte sie. »Gott, fühlt sich das gut an!«

Sie hatten sich zwei Monate nicht gesehen. Beide durch ihre Berufe an verschiedene Länder gebunden. Aber jetzt hatte Claudio Manera Ferien, das Dezernat für Kapitalverbrechen in Cuneo im Piemont musste ohne seinen unkonventionellen Ispettore auskommen, und für die nächsten drei Wochen war nichts als seine Freundin und die Entdeckung neuer Weine angesagt. Für Marlene, Weinhändlerin vom Bodensee, war es zwar ein Arbeitsurlaub, aber es gab Schlimmeres, als zusammen mit Claudio Winzer im Burgund zu besuchen.

Sie sahen sich schweigend an. Nach der langen Zeit fehlten die Worte, aber das kannten sie bereits. Es hatte keine Bedeutung. Marlene schob Claudio ihren Teller zu und füllte Wein in sein Glas. Er trank und aß dann den Rest ihres Schinkens. Beim Bœuf bourguignon fanden sie die Sprache wieder, und nach der Tarte au citron spazierten sie in die warme Sommernacht hinaus. Marlene strahlte, strich sich die braunen Locken aus dem Gesicht und tanzte mit Claudio im Walzerschritt am Hotel vorbei. Claudio ließ sie ein paar Pirouetten drehen, dann gingen sie lachend weiter.

Vor ihnen lag ein kreisrunder Krater, der von einer tief im Gestein entspringenden Quelle gespeist wurde. Im achtzehnten Jahrhundert hatte man ein halbrundes Lavoir, ein Waschhaus, darumgebaut. Die Fosse Dionne, benannt nach der keltischen Quellgöttin Divona, war das bekannteste Wahrzeichen Tonnerres.

Sie folgten der schmalen Straße um die Fosse herum, bis sie an eine Treppe kamen, die zum Wasser hinunterführte. Schwarz und unergründlich schimmerte es in der Nacht. Ein Wasserlauf plätscherte in Richtung Stadt, um später in einen Nebenfluss des Armençon zu münden.

»Man weiß immer noch nicht, woher das Wasser kommt.« Marlene deutete nach unten.

»Wenn du wüsstest, wie egal mir das ist.« Claudio drehte sie um und küsste sie.

Der nächste Morgen zeigte sich juniheiter. Nach Croissants, die vor Butter glänzten, und schwarzem Kaffee war Marlene bester Laune und unternehmungslustig. Sie band ihre braunen Locken hoch, entschied sich für eine Dreiviertelhose mit T-Shirt und fühlte sich wie Audrey Hepburn auf Capri.

Sie folgten Jeans Rat und fuhren an die Yonne, die durch eine liebliche Landschaft von Wein- und Obstgärten floss. Dort konnte man am Straßenrand Kirschen und Aprikosen kaufen, am Flussufer sitzen und den Schiffchen nachsehen, nach hinten sinken und eine Stunde schlafen. Den Tag vertrödeln, das hatten sie vor. Keine Arbeit heute, auch keine angenehme.

Claudio war glücklich. Marlene war da, das Wetter schön, seine Labradorhündin Nerolina in Pension bei seinem Chef, den sie nach Claudio und Marlene am meisten liebte. Was wollte er mehr? Er fühlte sich so frei wie schon lange nicht mehr, sein Atem schien tiefer zu gehen als sonst, er war leicht wie ein Ballon.

Sie fuhren hinab durch die Kirschplantagen nach Irancy. Der kleine Ort wirkte selbst an diesem Sonnentag verschlafen. Aber die Bistros an der Uferstraße waren geöffnet und unter den Markisen saßen ein paar Touristen, tranken Café und sahen auf den Fluss, der gemächlich an ihnen vorbeizog. Wahrscheinlich war es im August, der Hauptreisezeit, voller, doch dieser nördliche Teil des Burgunds war längst nicht so besucht wie die Gegend um Beaune, die durch die Produktion des »echten« Burgunders berühmt war. Dafür ging es hier geruhsamer zu, was Claudio und Marlene zu schätzen wussten.

Auch Marlene hatte in den letzten Wochen viel zu tun gehabt. Nach den großen Weinmessen kamen die neuen Lieferungen, die Gastronomen mussten besucht werden, um ihnen die Neuzugänge vorzustellen. Sie war fast jeden Tag mit dem Kleinlaster unterwegs gewesen, um auszuliefern. Sie sah Claudio an und warf ihm einen Kuss zu.

»Was meinst du, sollen wir nach Auxerre fahren oder hier an der Yonne ein Picknick machen?«

»Picknick!« Claudio gähnte.

Sie suchten sich am Ende des Ortes ein Plätzchen am Ufer, wo sie ihre Decke ausbreiteten. Auf der gegenüberliegenden Seite stand ein altes Gebäude, eine Art Herrensitz mit Türmchen und Schindeln, die wie Fischschuppen glänzten. Aus einem geöffneten Fenster wehte Gesang zu ihnen herüber. Helle Stimmen sangen einen Choral. Marlene lauschte, die Welt zeigte sich unvermutet von ihrer reinen Seite – so kostbar, dass sie zu Tränen gerührt war. Claudio sah sie an und strich über ihre Hand.

Eine Kettensäge machte der Sentimentalität ein jähes Ende. Sie packen ihre Brote aus. Jean hatte sie verschwenderisch mit dem köstlichen Schinken belegt, den es schon am Vorabend gab.

»Wir fragen mal, wo man den kaufen kann, dann nehme ich etwas mit nach Hause.« Marlene leckte sich die Finger und griff nach einer Tüte mit Kirschen, die sie am Wegesrand erstanden hatten. »Sollen wir Wettspucken machen?« Sie hielt schon einen Kern bereit.

Claudio räusperte sich. »Kann ich nicht.«

»Stell' dich nicht so an.«

»Ich kann das nicht.«

»Doch.«

»Nein.«

»Was?«

»Spucken. Ich kann nicht weit spucken.«

»Echt?«

»Jaa.«

»Du kannst nicht weit spucken? Aber das können doch alle Männer. – Oh, verdammt. Ist dir das peinlich?«

»Nein, aber ich kann's nun mal nicht.«

»Ist doch nicht schlimm, Chéri, ich liebe dich auch, wenn du nicht spuckst.«

Claudio blieb ein paar Sekunden still, dann lachte er und Marlene konnte endlich losprusten.

Als die Tüte leer war, legte sie sich hin und hielt ihre Hände auf den Bauch. »Gibt es bei euch Max und Moritz?«

»Ja, sicher, du siehst genauso aus wie die beiden, nachdem sie die Hühner verspeist haben.«

»So fühle ich mich auch.« Sie schloss die Augen, dieser Tag war einfach perfekt.

2. Die Schlange mit tödlichem Blick

Die Fosse lag ruhig im Licht der einzigen Laterne. Es war drei Uhr nachts, und Marlene konnte nicht schlafen. Sie stand am Fenster und starrte ins Wasser. Leicht zu glauben, dass das Bassin die Fantasie herausforderte. Einst hauste hier eine Schlange mit tödlichem Blick, die zum Glück der Anwohner vom Heiligen Johannes von Réôme vertrieben wurde. Doch in der bodenlosen Tiefe befand sich das Höllentor. Wer konnte also wissen, welche Schattenwesen unter der Oberfläche dahinglitten?

Plötzlich bemerkte Marlene eine Gestalt, die unter ihr aus dem Haus trat und bedrohlich schwankte. Das war doch der Mann, dachte sie, der jeden Abend blieb, bis Jean ihn mehr oder weniger nachdrücklich vor die Tür setzte. Marcel hieß er. Ob er bis jetzt im Eingang gehockt hatte, so lange bis er wieder gehen konnte? Er torkelte an der Mauer vorbei, dann setzte er sich auf eine Bank. Langsam sackte er zur Seite und blieb liegen. Marlene wartete noch ein paar Minuten, aber er rührte sich nicht mehr. Kräftiges Schnarchen drang zu ihr herauf.

Sie ging zurück ins Bett und zählte auf Französisch Schäfchen. Wenn sie deutsch zählte, konnte sie nebenbei etwas anderes denken. Sie ließ sie von hundert an rückwärts über den Zaun hüpfen, bis Nummer eins übrig blieb, dann vorwärts bis zweihundert, aber diesmal nur schwarze. Bei den Persianerschafen kam sie bis fünfzig, dann hatte sie die Nase voll. Was hatte diese nachtschlafende Zeit nur an sich, dass sie von Krankheiten, Unfällen, Tod und Teufel beherrscht wurde, niemals aber von Rosenduft und Friede auf Erden?

Sie wälzte die Gedanken an ein gemeinsames Leben mit Claudio in ihrem Kopf herum. Eigentlich war alles klar, sie waren übereingekommen, zusammen im Piemont ein Haus zu kaufen. Marlene konnte von dort aus ihren Weinhandel führen, sie besaß keinen Laden, sondern exportierte zum größten Teil deutsche Weine und belieferte Restaurants. Innerhalb eines Jahres hatte sie abwickeln wollen, was nötig war, um ihr Geschäft zu verlegen, und das Meiste war schon erledigt. Claudio hielt Ausschau nach einem Haus, hatte jedoch noch nicht das Passende gefunden. Aber wenn sie darüber nachdachte, kamen ihr Zweifel.

Claudio hatte sehr flexible Arbeitszeiten, was nichts anderes bedeutete, als dass er zu jeder Tages- und Nachtzeit gerufen werden konnte, alles stehen und liegen ließ, das Privatleben bis nach dem jeweiligen »Fall« verschieben musste und sich seine Partnerin danach zu richten hatte. Bis jetzt hatte sie das zweimal erlebt und einen gewissen Anteil an der Aufklärung gehabt, was nicht ohne Reiz war. Aber als tägliches Brot? Nachts das Klingeln des Telefons, abends ein übermüdeter Claudio, ihr eigener Beruf, den sie liebte, Essen kochen, putzen, mit Nerolina spazieren, Tag für Tag. Wollte sie das? Oder sah sie alles zu negativ, zu schwarz?

Ihr wurde klar, dass dieser Begriff von der Schwärze der Nacht herrühren musste. Na, wenigstens das hatte sie geklärt. Dafür war das Wachen doch gut. Man löste en passant ein paar Rätsel oder knifflige Fragen. Die Kunst war, sich mit unverfänglichen Themen zu beschäftigen. Mit dem Sonnensystem zum Beispiel oder mit Sport. Obwohl, da würde ihr so mancher widersprechen. Noch vor einem Jahr hatte sich auch gut das Umbauen und Renovieren von Häusern geeignet. Aber damit war Schluss, seit es vom harmlosen Anstreichen auf einer Einbahnstraße ohne Geschwindigkeitsbegrenzung direkt zu Claudio führte.

Marlene schüttelte den Kopf, um die Gedanken zu vertreiben. Sie konzentrierte sich auf das leise gurgelnde Wasser, vielleicht sang es sie in den Schlaf. Aber seltsam, wie dieser Tümpel war, gurgelte er dissonant und in Moll.

Im hellen Licht des nächsten Tages sah die Welt, wie immer, anders aus. Marcel lag nicht mehr auf der Bank, wo er laut Jean nicht die erste Nacht verbracht hatte. Seit seiner Scheidung ging es abwärts mit ihm. Bis jetzt hatte er seine Schreinerei noch im Griff, die Frage war, wie lange. Jean schnalzte bedauernd mit der Zunge.

Auf Marlenes Plan stand der Besuch einer Genossenschaft, die gute Crémants herstellte.

Der Ort war etwas Besonderes. Tief in den Fels reichende Höhlen waren die Lagerstätte tausender Weinflaschen, auch der Verkaufsraum befand sich in der Erde. Marlene fuhr den Wagen zu einem Tunneleingang, und als Claudio damit rechnete, dass sie abschwenkte, um zu parken, gab sie Gas und fuhr in den Berg hinein.

Der Berg tat sich auf zu einem riesigen Saal, der einer Saurierfamilie Platz bot und dessen Ende nicht abzusehen war. Sie nahmen an einer Führung teil, die durch einen Bruchteil des weitverzweigten Höhlensystems führte. Die Gänge waren beleuchtet und bequem zu begehen, nur manchmal gab es schmale Gassen, die im Gänsemarsch passiert werden mussten. Künstler hatten Reliefs und Skulpturen in das Gestein gemeißelt, Bilder aus dem Leben und bacchantische Szenen, samt einem Bacchus, der seine Männlichkeit wie eine Fahnenstange vor sich hertrug, was die anwesenden Kinder kichern ließ. Eingänge führten in dunkle Tiefen, die erahnen ließen, wie groß das Netz der unterirdischen Wege war.

Im nächsten Saal befanden sich würfelförmige Käfige, die in einer merkwürdigen Schräglage auf einer Kante balancierten. Als hätte ein Spieler sie geworfen und sie wären in der Bewegung erstarrt. Sie waren mit Crémantflaschen gefüllt und wurden automatisch nach einem festgelegten System jeden Tag ein paar Zentimeter geneigt und gedreht. So wurde der Hefesatz, der sich in den Flaschen befand, langsam in den Hals befördert, ohne sich mit dem kostbaren Wein zu vermischen. Überall standen hohe Metallregale, gefüllt mit den Weinen der verschiedenen Jahrgänge. Ganze Wände grün schimmernder Flaschenböden leuchteten auf, wenn der Führer den Strahl seiner Taschenlampe über die Regale gleiten ließ. Die meisten Flaschen waren noch nicht etikettiert. Diskrete Schildchen am Kopf der Gestelle gaben Auskunft über ihre Bewohner.

Zum Abschluss der Führung gab es eine Verkostung im Verkaufsraum, aber Marlene zog Claudio an die Seite zu einer reservierten Nische. Sie wollte ein paar Crémants probieren und auch gleich bestellen. Sie entschied sich für drei Sorten; einen trockenen, einen halbtrocken, beide weiß, und einen Rosé. Sie nahmen eine Flasche des rosa Prickelwassers mit für den Abend und verabschiedeten sich von dem erfreuten Verkäufer. Auch Marlene war zufrieden, die Qualität und der Preis stimmten – und das würde auch ihren Kunden gefallen.

Der Abend gehörte Jeans Freund Marc, der in der Restaurantküche Kunststücke vollbrachte. Das Menü des Tages war lauwarme Boudin mit Birnenspalten, gefolgt von einer Lammhaxe und Artischockengemüse, zum Dessert wolkige Îles flottantes in Champagnercrème. Ein Fleurie aus dem Süden Burgunds begleitete das Menü, und zum Dessert gab es den Champagner, in dem es schwamm.

Jean erzählte ihnen, dass sein Freund Marc lange Zeit in Hotelküchen in Südafrika gekocht hatte. Er hatte von dort einen gewissen Hang zum Luxus mitgebracht, aber auch die Küche von »maman« wieder schätzen gelernt. Jetzt versuchte er, beides zu vereinen. Wie jeder gute Koch war er kompromisslos, was die Zutaten anging. Die Boudin, die Blutwurst, ließ er aus seiner Heimat, der Nord-Bretagne kommen. Dort gab es einen kleinen Metzgerladen auf dem Land, der die beste Boudin machte, die Marc kannte. Sie enthielt kleine Apfelstückchen, das machten viele, aber diese Äpfel wuchsen in Maître Yanns Garten, und die Konsistenz der Wurst war geradezu göttlich.

Endlich war Marc frei, kein Chef, der ihn herumkommandierte, seine Ideen blödsinnig fand oder sie klaute. Als das passiert war, hatte er genug gehabt. Er hatte seine Kochmütze vom Kopf gerissen und seinem Chef vor die Füße geworfen. Die halb fertigen Antilopensteaks blieben unbeaufsichtigt, das Soufflé änderte den Aggregatzustand und der Küchenchef die Gesichtsfarbe. Als die Tür hinter Marc ins Schloss knallte, war er seinen Job los, hatte auf ein halbes Monatsgehalt verzichtet und fühlte nach langer Zeit wieder die Energie in seinen Körper zurückkehren. Ohne Zeit zu verlieren, rief er seinen Freund Jean in Frankreich an. Jean brauchte ein paar Minuten, bis er verstand, was Marc ihm da vorschlug. Er sprach von ihrem alten Traum. »Ich warte nicht, bis ich achtzig bin. Wenn das Hotel noch zum Verkauf steht, von dem du mir erzählt hast, dann kaufe ich es. Oder wir, wenn du mit dabei bist. Ich mache es auf jeden Fall.«

Jean wusste, dass Marc solche Versprechungen nicht leichtfertig machte. Nach einem Tag Bedenkzeit schlug er ein. Das war jetzt neun Jahre her und es funktionierte.

3. Sagen Sie es mir

Ein heiserer Schrei weckte sie am nächsten Morgen. Der zweite war schrill, gefolgt von unverständlichen Worten.

Claudio war bereits beim ersten Geräusch aus dem Bett gesprungen und riss das Fenster auf. Er sah einen Mann, der sich vom Rand der Fosse abwandte und wild gestikulierte. Dabei rief er immer wieder ein Wort, das Claudio nicht verstand. Ungewöhnlich war, dass der Reißverschluss seiner Hose geöffnet war und sein Penis im Takt mit seinem Gezappel hin und her schwang. Noch ungewöhnlicher war die Frauenleiche, die hinter ihm im Wasser trieb.

Claudio war in einer Minute angezogen, während Marlene den Posten am Fenster übernahm.

»Das ist Marcel, der Mann, der immer den kleinen Roten trinkt.«

»Komm mit, du sprichst besser Französisch als ich!«, rief Claudio und war schon halb zur Tür hinaus.

Als Marlene kurze Zeit später unten war, hatte der Mann sich auf die Stufen gesetzt und weinte. Seine Hose war immer noch auf. Claudio sprach mit Jean, der bereits die Polizei gerufen hatte.

Jean wandte sich dem Mann zu: »Komm, Marcel, gleich ist die Polizei da. Du musst da weg, und mach' deine Hose zu.«

Der Mann verstaute seinen Penis mit zitternden Händen und stand auf. »Ariana, Ariana!«

Jean und Claudio sahen ihn an.

»Ariana!«

»Deine Frau? Die hat doch blonde Haare. Und du siehst sie nicht von vorne. Du irrst dich bestimmt.«

Marcel starrte wie gebannt auf den Körper, der mit dem Rücken nach oben trieb. Durch die Bewegungen des Wassers vollführten Arme und Beine einen grausigen Tanz, den die langen, schwarzen Haare anmutig begleiteten.

Jean drehte Marcel entschlossen um und führte ihn in den Innenhof.

»Ariana, das ist Ariana!«

Claudio stellte ein paar Stühle auf die Stufen und sicherte so die Fosse notdürftig.

Marlene riss sich von der makaberen Ballettvorstellung los und folgte den Männern nach innen. »Hat sich Ariana die Haare färben lassen, Marcel?«, fragte sie.

»Meine Frau, Ariana ist meine Frau!«

Marlene hob die Augenbrauen, aber Jean zuckte nur mit den Schultern.

»Er glaubt, es wäre seine Frau Ariana«, meinte sie zu Claudio.

»Das habe ich verstanden, lassen wir ihn erst mal zur Ruhe kommen. Gleich kommen die Polizei und die Gerichtsmedizin, dann wissen wir mehr.«

»Du hast hier nichts zu sagen, Chéri, denk' dran.« Marlene ließ sich auf einen Stuhl fallen, ihre Knie begannen zu zittern.

Jean brachte Marcel, der jetzt bewegungslos dasaß, eine Tasse heißen Milchkaffee mit viel Zucker und ein Croissant. Nach einem Blick auf Marlene holte er eine zweite Portion.

Er winkte Claudio zu sich. »Ich habe eine Bitte. Wenn das wirklich Ariana ist, und es sieht so aus, außer den Haaren stimmt alles, aber Frauen ändern ja schon mal die Farbe, nicht wahr?« Er verhedderte sich und begann erneut. »Also, Ariana arbeitet bei Gianna Lerouge, sie macht den wunderbaren Schinken. Sie ist eine gute Freundin von ihr. Unser Commissaire ist nicht da … und der Junge, der Gendarm, ist etwas unbeholfen. Er würde mit der Tür ins Haus fallen, ich mag Gianna sehr … will aber nicht am Telefon … und ich kann nicht weg.«

»Ich soll es ihr schonend beibringen«, half ihm Claudio.

»Ja, bitte. Hier ist ihre Adresse. Es ist nicht weit weg.« Er nahm eine Visitenkarte aus dem Schreibtisch der Rezeption.

»Ich kann das nicht machen, Jean. Der Commissaire würde zu Recht fuchsteufelswild werden. Aber ich werde versuchen, mit dem Jungen zu reden. Das ist der Gendarm, nicht wahr? Vielleicht ist er froh, wenn er mir diesen Part überlassen kann.«

Sie hörten von draußen Autotüren schlagen. Ein schlaksiger, höchstens fünfundzwanzigjähriger Mann trat ein. Seine hellen Haare stachen borstig unter der Mütze hervor. Er hatte leicht picklige Haut und seine unbeholfene Art wirkte nicht charmant, sondern trottelig. Ohne Uniform hätte ihn keiner ernst genommen. Und Claudio fürchtete, mit sah das auch nicht besser aus.

»Salut, Jean, Marcel.« Er sah sich um und kratzte sich am Kinn. »Bonjour, messieurs dames.« Er versuchte ein Lächeln, räusperte sich und fragte: »Wo ist denn die Wasserleiche?«

»Im Wasser«, hörte Claudio Marlene leise auf Deutsch sagen. Er warf ihr einen warnenden Blick zu. Sie rollte die Augen.

Pause.

»Das sind Madame Roth und Monsieur Manera, sie wohnen hier. Jean-Luc Cheval, der Gendarm der hiesigen Polizeistation.« Jean brachte die Vorstellungsrunde mit der Leichtigkeit des professionellen Gastgebers hinter sich. »Marcel hat heute Morgen die Tote in der Fosse gefunden. Er meint, es sei seine geschiedene Frau.«

Marcel schniefte. »... wollte gerade ins Wasser pinkeln ...«

»Merde, Marcel, das ist schlimm«, Jean-Luc Cheval sah Marcel bedauernd an und knibbelte an einem Pickel.

»Entschuldigen Sie, Gendarm.« Claudio trat vor. »Darf ich mich noch einmal vorstellen? Claudio Manera. Wir sind Kollegen, ich arbeite bei der Polizei von Cuneo in Italien.« Er reichte Cheval die Hand und strahlte ihn an.

Der schüttelte sie verdutzt und strahlte zurück.

»Es ist doch wie verhext, selbst im Urlaub verfolgt einen der Beruf. Wir hatten letzte Woche eine Wasserleiche im Tanaro, der fließt bei uns vorbei. Der Gerichtsmediziner hatte alle Arbeit, sie zu identifizieren, sie lag schon lange im Wasser. Sehr unappetitlich.« Claudio verzog das Gesicht.

Marlene sah ihn ungläubig an.

Er schwafelte weiter: »Aber hier ist das ja zum Glück anders. Das wird euren Dottore bestimmt freuen.« Er nickte Cheval aufmunternd zu.

»Ja, genau, Docteur Pourquoi«, meinte Cheval und wackelte mit dem Kopf. »Ein Kollege, das ist ja interessant.« Er holte sein Handy aus der Tasche, ging vor die Tür und wählte.

Nachdem Gendarm Cheval leicht in die entsprechende Richtung geschubst worden war, nahmen die Untersuchungen ihren Lauf. Mit dem Eintreffen Edith Pourquois, der Gerichtsmedizinerin, gab er erleichtert die Verantwortung weiter. Docteur Pourquoi klopfte Cheval auf die Schulter und setzte ihn an einen Tisch, damit er die Personalien der Anwesenden aufnehmen konnte. Sie eilte nach draußen, um sich um die Leiche zu kümmern. Nach dem Fotografieren bargen sie den Körper vorsichtig. Sie untersuchte die Rückseite, dann drehten sie ihn um. Ariana Gobbarde. Der erstickte Aufschrei Marcels, der sich an die Tür gedrängt hatte, ließ keinen Zweifel.

Als die Leiche endlich in einem Kunststoffsack geborgen und abtransportiert worden war, kam Docteur Pourquoi ins Hotel.

Cheval hatte penibel alles notiert und dafür gesorgt, dass die Zeugen nicht entwischten. »Bitte Madame le Docteur.« Er reichte ihr die Aufzeichnungen, sie überflog sie und sah kurz zu Claudio.

»Wie lange sind Sie noch hier?«, fragte sie ihn.

»Zwei Wochen, zusammen mit Madame Roth.«

»Kommen Sie mal mit raus.« Sie machte eine Kopfbewegung.

Draußen kam sie sofort zur Sache. »Das bleibt jetzt alles unter uns, klar? Gendarm Cheval ist nicht der Hellste, aber das haben Sie sicher schon bemerkt. Danke übrigens fürs Absperren. Wenn Ihnen jetzt noch etwas einfällt, sagen Sie es mir. Wenn Ihnen später etwas auffällt, sagen Sie es mir. Wenn Sie Ideen haben, sagen Sie sie mir.« Sie lächelte kurz und war schon fast im Auto. »Ariana wurde ermordet. Unser Commissaire kommt in drei Tagen aus Luxemburg von einer Tagung zurück und bis dahin führe ich das Kommando. Also, keine Alleingänge. Und wenn Sie der Mörder sind, sparen Sie uns Arbeit, sagen Sie es mir.«

Die Autotür fiel zu und sie fuhr davon, zu Gianna Lerouge.

4. Bliiink – blink, blink

Emilio Tava schloss die Tür seines Büros hinter sich und ging zu den Aufzügen. Dieser Tag hatte es in sich gehabt. Fünf Produzenten hatte er besucht. Der letzte war sein spezieller Freund. Seine Schinken waren in Ordnung, aber der Hof ließ zu wünschen übrig. Überall Chaos und Vernachlässigung. Er sollte ihn der Lebensmittelaufsicht melden, konnte sich aber nicht dazu durchringen, denn die Familie tat ihm leid.

Vor einem Jahr war die Mutter der vierköpfigen Kinderschar mit einem Feuerschlucker durchgebrannt. An einem heißen Mittwochabend im August hatte sie ihre Sachen gepackt und einen Brief hinterlassen, in dem sie sich bei den Kindern entschuldigte und ihren Mann um Verständnis bat. Um Verständnis! Was, zum Teufel, sollte man daran verstehen? Und dann noch ein Feuerschlucker!

Emilio kannte den Brief, genauso wie die ganze Nachbarschaft und jeder, der das Pech hatte, die arme Familie zu besuchen. Das Papier war inzwischen ganz abgegriffen, und die Falze begannen zu reißen, aber immer noch holte Julio es hervor und ließ seiner Jammerei freien Lauf, wenn er ein Opfer fand.

Die Kinder, drei Jungen und ein Mädchen zwischen vierzehn und sechs Jahren, konnten inzwischen sehen, wie sie zurechtkamen. Bis jetzt besuchten sie noch die Schule, aber Emilio hatte gehört, dass der Mittlere öfter fehlte und der Große Streit suchte. Darüber hatte er heute mit Julio gesprochen. »Denk' an die Kinder«, hatte er gesagt, »siehst du nicht, wie sie verwahrlosen? Du bist ihr Vater, kümmere dich um sie. Sollen sie auch dich noch verlieren?« Julio hatte ihn angesehen wie ein waidwundes Reh. Emilio seufzte. Er hätte ihm am liebsten eine Ohrfeige gegeben.

Wenigstens seine Arbeit machte er weiter, damit Geld hereinkam. Emilio nahm an, dass er das ganz automatisch tat. Er war mit dem Schinkenmachen aufgewachsen, so wie er selbst. In ihren Familien drehte sich das ganze Leben um Schweinehinterteile, egal was passierte.

Emilio Tava war Inspektor des *Consorzio del Prociutto di Parma*. Er kümmerte sich um die Produzenten und war der Herr des Stempels, der einen Schinken zu einem Parmaschinken machte. Die fünfzackige Krone des Herzogtums Parma war darauf abgebildet, und das sagte deutlich, welchen Rang diese Delikatesse einnahm.

Emilio stieg in den Aufzug und fuhr bis in die Tiefgarage, in der sein neuer Lancia parkte. Von Weitem schon ließ er die Türsicherung aufspringen, was der Wagen mit einem fröhlichen Blinken anzeigte.

Emilio mochte das, wenn er ihm zuzwinkerte. Er schloss wieder – bliiink. Und öffnete – blink, blink. Er ließ den Blick wohlgefällig über die schnittige Flanke gleiten und stieß einen spitzen Schrei aus. Ein Vorderreifen war platt! Madonna! Er griff nach dem Handy. Kein Empfang. Er rannte nach draußen, rief seine Werkstatt an und wartete.

Seine Tochter hatte gerade die Espressokanne auf den Tisch gestellt, als das Telefon klingelte.

»Pronto.«

»Signor Tava?«

»Si, sono io.«

»Ich hoffe, Sie mussten nicht allzu lange auf Ricardo warten«, erkundigte sich die Männerstimme höflich.

»Nein, er war schnell da. Aber wer ist denn da?«

»Sie kennen mich nicht, Signor Tava. Mein Name ist Paolo Pero, ich möchte mich mit Ihnen unterhalten. Morgen um halb eins, im *San Antonio*«.

»Aber wieso? Warum wollen Sie sich mit mir treffen?«

»Bis morgen, Signor Tava. Sie haben einen schönen Wagen.« Die Verbindung wurde unterbrochen.

»Wer war das, Papa?«

»Keine Ahnung. Jemand, der mich morgen treffen will. Wahrscheinlich von der Lebensmittelaufsicht oder vom Verband der Schweinezüchter.«

In der Nacht dachte Emilio an den Anruf. Woher wusste der Mann, dass er morgen im *Antonio* essen würde? Das lag neben dem Hof, den er vor der Mittagspause besuchen wollte, und außer seiner Sekretärin und den Produzenten kannte niemand seine Termine. Und wer wusste von Ricardo, der in der Werkstatt arbeitete?

Ricardo selber kannte keinen Signor Pero, wie er ihm am nächsten Tag versicherte.

Emilio saß nervös an einem Tisch am Fenster und wartete. Das Lokal war gut besetzt und entsprechend der Geräuschpegel.

»Darf ich?«

Emilio sah überrascht zur Seite. »Signor Pero?«

Der Mann nickte und setzte sich auf den Stuhl gegenüber. Er trug einen grauen Anzug und sah aus wie ein Bankier. Gepflegte, schwarze Haare, graue Augen, schmal. »Signor Tava, verzeihen Sie dieses etwas unkonventionelle Rendezvous.« Er lächelte. »Ich möchte Ihnen ein Angebot machen. Nein, warten Sie«, er hob leicht die Hand, als Emilio zum Reden ansetzte. »Hören Sie mir zu. Ich vertrete eine Firma, die sich auf den Export von hochwertigen Schinken und Wurstwaren spezialisiert hat.«

Emilio atmete aus, die Konkurrenz wollte ihn anwerben. Die freie Wirtschaft bemühte sich immer mal wieder um ihn, seine Kenntnisse waren gefragt, aber er hatte bisher die Sicherheit und Ruhe des *Consorzio* vorgezogen. »Nein, warten Sie. Ich habe kein Interesse, Sie sollten Ihre Zeit nicht verschwenden.«

Pero sprach weiter: »Unser Unternehmen bietet Ihnen das Doppelte Ihres jetzigen Gehaltes, Boni für besondere Stoßzeiten wie Weihnachten und so weiter, jedes Jahr einen neuen Wagen und sehr moderate Arbeitszeiten.«

»Es gibt mehr Fachleute wie mich, die Sie für weniger Geld anwerben können. Warum wollen Sie so viel ausgeben? Jeder Metzgermeister kann die Qualität Ihrer Erzeugnisse prüfen. Danke für Ihr Interesse, aber ich habe nicht vor, meine Stelle im *Consorzio* aufzugeben.«

Signor Pero nickte verständnisvoll. »Sie haben völlig recht, das sollen Sie auch nicht. Es handelt sich um einen Zweitjob, der Sie sehr wenig Zeit kosten wird.«

»Ich verstehe nicht.«

Signor Pero sah ihm in die Augen. »Sie stempeln ein wenig mehr, das ist alles.«

Emilio brach der Schweiß aus.

»Denken Sie darüber nach. Ich melde mich. Sagte ich schon, dass Sie einen schönen Wagen haben?« Er stand auf und ging.

Emilio hatte den Spaß am Blinken verloren. Die letzten vier Tage war nichts passiert. Kein platter Reifen, kein Telefonanruf. Er zuckte bei jedem Klingeln zusammen. Aber so langsam hoffte er, dass er einem dummen Scherz aufgesessen war. Dass seine Freunde grinsend das Büro stürmten und ihm eine lange Nase drehten. Der fünfte Tag verging, Emilio wurde ruhiger und ließ versuchsweise den Lancia zwinkern. Am sechsten Tag kam der Anruf.

»Geht es Ihnen gut, Signor Tava?« Die höfliche Stimme war unverkennbar.

»Mir geht es ausgezeichnet, danke. Ich habe über Ihr Angebot nachgedacht und muss es leider ablehnen. Auf Wiedersehen, Signor Pero.« Die auswendig gelernten Sätze kamen herausgesprudelt.

Ein bedauerndes Seufzen. »Schade, Signor Tava.«

Eine Woche passierte gar nichts, und als er begann, sich in Sicherheit zu wiegen waren zwei Reifen platt. Er bekam eine SMS mit der höflichen Anfrage, ob er gerne einen neuen Wagen hätte? Er löschte sie sofort.

Zwei weitere Wochen Ruhe verwandelten ihn in ein nervliches Wrack. Jeder Telefonanruf ließ seinen Blutdruck steigen. Er konnte sich nicht mehr auf die Arbeit konzentrieren. Dann war der hintere Kotflügel eingebeult.

Emilio ging zur Polizei. Der Commissario fragte nach Zeugen, Beweisen. Nichts. Das einzig Greifbare, die SMS, war nichtssagend gewesen, bestimmt nicht zurückzuverfolgen und außerdem gelöscht. Jedes Kind konnte unerkannt mit einem Prepaid-Handy in die Erpresserbranche einsteigen.

Emilio schlief schlecht, sein Magen rebellierte. Er vertrug keinen Kaffee mehr, und eine latente Übelkeit plagte ihn. Seine Sekretärin wunderte sich über seine Gereiztheit.

Dann geschah nichts mehr, und nach drei Wochen Ruhe legten sich die Beschwerden, und Emilios Frau schöpfte Hoffnung, ihren alten Mann wiederzubekommen. Emilio fuhr nach der Arbeit zu einem Blumengeschäft, um einen Strauss für sie zu kaufen. Er wusste, wie unausstehlich er in letzter Zeit gewesen war. Aber Maria hatte Verständnis gezeigt und ihn unterstützt. Sie wollte nicht, dass er sich in illegale Machenschaften verwickeln ließ. Und wie es aussah, hatten sie aufgegeben, wer auch immer es war.

Maria nahm ihm die Rosen ab und gab ihm einen Kuss. »Wie schön, danke, caro mio.« Sie sog den wunderbaren Duft ein. »Gianna hat angerufen. Sie ist ziemlich fertig. Ihre Freundin Ariana ist heute ertrunken.«

Nach dem Abendessen rief er seine Schwester an. Sie vermutete, dass Ariana über die Mauer der Fosse gefallen war. Anders konnte sie sich den Unfall nicht erklären. Emilio lud sie nach Parma ein, aber Gianna hatte zu viel Arbeit, denn sie hatte nicht nur eine Freundin, sondern auch eine zuverlässige Mitarbeiterin verloren.

Der nächste Tag war ein Freitag. Ein Besuch bei den Barettis war fällig. Er lehnte die Einladung zum Mittagessen ab. Die Signora kam aus dem Piemont und verwandte Butter wie andere Leute Wasser, und sein Magen war immer noch anfällig.

Er besuchte zum ersten Mal seit dem leidigen Treffen mit dem »Bankier« wieder das *San Antonio* und wünschte sich auf der Stelle, er hätte es gelassen. In der Ecke, dort, wo er den Überblick über das ganze Restaurant hatte, saß Signor Pero und löffelte eine Suppe. Emilio wollte sich gerade umdrehen, als er von einem jungen Mann am Arm festgehalten und zu ihm geführt wurde. Als er sich entwinden wollte, wurde der Griff fester, und der Mann grinste ihn an. »Das würde ich lassen.«

»Das Gleiche für meinen Freund.« Signor Pero gab dem Kellner einen Wink und goss Emilio ein Glas Rotwein ein.

»Die Spinatsuppe ist ein Gedicht. Ich habe sie selten so fein gewürzt gegessen. Probieren Sie! Köstlich, oder? Sehen Sie, ein Auto hat vier Reifen und vier Kotflügel, einige Fenster, das kann man alles ersetzen. Aber der Fahrer … Nun, wie auch immer, es wird Sie freuen, dass wir nicht nur für Sie eine Aufgabe gefunden haben. Die Suppe wird kalt. Essen Sie ruhig, während Sie mir zuhören.«

5. Calvados für die Küche

»Aber Emilio, wie denkst du dir das? Ich kann doch meine Schinken nicht als Parmaschinken verkaufen.« Gianna sah ihren Bruder verständnislos an.

Er machte einen fahrigen Eindruck, seine sonstige Gelassenheit war dahin, seine Hautfarbe ungesund blass. Immer wieder strich er sein Haar nach hinten oder zupfte an sich herum. Er hatte wieder angefangen zu rauchen, mehr als zuvor. »Nein, nein, es geht nicht um deine Schinken. Du sollst nur kontrollieren, ob die Produktion richtig läuft. Das Unternehmen will in Nordfrankreich Schinken herstellen, die ähnlich wie Parmaschinken gemacht sind. Sie haben gehört, wie gut deine Ware ist, und möchten, dass du den Ablauf festlegst und die Herstellung überwachst. Sie wollen in großem Stil produzieren, aber eben mit Qualität, und dazu brauchen sie jemanden mit Erfahrung und Können.«

»Und das soll ich sein?«

Emilio nickte. Er hatte nicht alles erzählt. Weder dass er erpresst wurde, noch dass die Schinken später von ihm gestempelt werden würden, und schon gar nicht, dass er vermutete, dass Arianas Unfall keiner war. Bis jetzt war offiziell noch keine Rede von Mord, aber eine Andeutung Peros hatte ihn stutzig gemacht.

Gianna spürte, dass etwas nicht stimmte. Das Verhalten ihres Bruders war völlig ungewöhnlich. »Und deshalb bist du extra gekommen? Um mir einen Job anzubieten?«

»Ich wollte dich sowieso besuchen, außerdem bezahlt die Firma gut, und du würdest auf andere Gedanken kommen.«

»Warum soll ich auf andere Gedanken kommen? Ich habe hier genug zu tun, gerade jetzt. Und außerdem will ich selbstständig bleiben.«

»Gianna, bitte, sie zahlen ausgezeichnet. Und du kannst das machen, was du gerne tust, aber ohne auf den Cent sehen zu müssen. Hör' dir doch wenigstens einmal die Bedingungen an. Signor Pero ruft dich an, und dann kannst du immer noch nein sagen.« Emilio glaubte kein Wort von dem, was er sagte. Aber er brachte die Wahrheit nicht über die Lippen. Pero hatte ihm versprochen, seine Schwester nur ganz legal zu beschäftigen, genauso, wie er es ihr erzählt hatte. Aufbau und Überwachung der Schinkenproduktion. Basta. Sie sollte nie erfahren, dass er erpresst wurde und im Handumdrehen einige Hundert Fälschungen herstellte. Auch seiner Frau hatte er die neuesten Entwicklungen verschwiegen und das fiel ihm am schwersten. Sie ahnte natürlich etwas und ließ ihn nicht aus den Augen.

Er hoffte einfach, dass seine Schwester mitspielte, er sich daran gewöhnen würde, ein Krimineller zu sein, und der Geldsegen einiges wettmachen würde.

»Na, gut, ich spreche mit ihm. Was ist los Emilio? Hast du Ärger mit Maria?«

Emilio sah sie an und verzog das Gesicht.

Paolo Pero hatte genug von dieser störrischen Familie. Bis jetzt war er sehr behutsam vorgegangen. So wie er es gerne tat. Nach einer ganz normalen Anfrage kamen ein paar kleine Aufforderungen, nichts Wildes, gerade genug, um zum Nachdenken anzuregen. Und immer gab er genug Zeit, damit sich die Wirkung entfalten konnte. Pero glaubte an Zeit. Geduld. Sanftheit. Er hatte die Erfahrung gemacht, dass die meisten Menschen von selbst in die gewünschte Richtung gingen. Man musste sie nicht dazu zwingen, es reichte, wenn sie sahen. Er öffnete ihnen die Augen für den Weg, der für sie der Beste war. Er wartete, bis sich ihre Augen von selber öffneten. Er überredete nicht, er überzeugte. Das war nachhaltiger und sicherer.

Die Sache mit der Angestellten war ärgerlich. Er hätte sich nicht auf diesen verrückten Typen verlassen sollen. Aber manchmal brauchte man Leute vor Ort, und seine eigenen waren beschäftigt gewesen. Normalerweise fuhr er so starke Geschütze zu diesem Zeitpunkt noch nicht auf, wenn überhaupt. Unnötiger Wirbel, der Aufmerksamkeit erregte, wo sie nicht gefragt war. Aber passiert ist passiert. Und dieser dumme Stempler war dann auch brav zu seiner Schwester gefahren.

Und jetzt – das! »Nein«, äffte Pero ihre Stimme nach. »Ich will unabhängig bleiben. Danke der Nachfrage. Nein, nein, nein.« Bei jedem Nein schlug er mit der Faust auf den Tisch.

Pero ließ sich selten gehen und nur, wenn er allein war. Er wanderte bis zum Fenster und zurück, dann holte er eine Flasche Calvados aus seinem Schreibtisch. Fünfzig Jahre alt und bronzegold.

Er goss einen Fingerbreit in einen Cognacschwenker, umschloss das Glas mit den Händen, um ihn zu wärmen, ließ die ölige Flüssigkeit kreisen und atmete tief den aromatischen Duft nach Kastanienholz und Honig ein. Das Alter hatte dem Alkohol die Spitze genommen, sodass die würzige Luft weich seine Lunge füllte.

Brauchten diese Leute denn kein Geld? Er hatte, weiß Gott, genug geboten. Von den anderen Vergünstigungen ganz abgesehen. Wo war der brauchbare, gesunde Egoismus geblieben? So konnte er nicht arbeiten. Und das musste er, denn seine Lieferanten waren startklar, die Produktionshallen bei Lille waren fertig und verstaubten.

Er sah sich als Virtuose auf seinem Gebiet des sanften Zwangs, der unwiderstehlichen Manipulation. Er hatte früh genug mit seiner »Kunst der Überredung« begonnen. Diesen Teil eines Projektes mochte er besonders, er legte Wert darauf, nicht unter Druck zu geraten, um sein Netz in Ruhe auszuwerfen und zu beobachten, wie die Fische freiwillig hineinschwammen. Aber jetzt wurde es Zeit. Jeder ungenutzte Tag kostete ihn Geld.

Er atmete erneut den Duft des alten Calvados ein und beruhigte sich langsam. Dann musste das Schwesterherz eben ein paar unschöne Wahrheiten erfahren, und das würde er nicht diesem Typen überlassen. Ein unverhoffter Gedanke ließ ihn schmunzeln. Der Tod der Angestellten war zwar nicht geplant, aber das Mordwerkzeug lieferte ein überzeugendes Argument. Da hatte ihm der Verrückte unbewusst in die Hand gespielt. Pero würde doch noch eine elegante Wendung herbeiführen können.

Er ließ ein letztes Mal das Glas kreisen, dann nahm er eine kleine Flasche aus dem Schreibtisch und goss den Calvados hinein. Wenn sie voll war, würde sie in der Küche verbraucht werden. Pero trank nie etwas Stärkeres als Wein, er brauchte einen klaren Kopf, um sein Spiel zu genießen.

6. Das Reisesouvenir

Wir besuchen jetzt Gianna Lerouge. Du willst doch unbedingt etwas von ihrem Schinken mitnehmen.« Claudio hatte die letzten Tage durchgehalten und Tourist gespielt.

Er hatte Schlösser besichtigt und in einer Abtei einem Orgelkonzert gelauscht. Mit Marlene durchforstete er Secondhandläden in Beaune, auf der Suche nach dem ultimativen Trenchcoat. Seine Freundin war der Ansicht, dass ihn dieses Teil gut kleiden würde, und in Anbetracht seines Berufes ... Nun, ja, er würde bis zum Herbst warten müssen, um als Fernsehkommissar Verbrecher zu jagen. Momentan war es zu heiß, das noble Stück hing am Schrank.

Aber jetzt war er mit seiner Geduld am Ende. Von Docteur Pourquoi war nichts Neues zu hören. Der Commissaire musste inzwischen wieder da sein, aber der ließ sich auch nicht blicken. Und warum sollte er auch? Claudio wusste, dass er Ansprüche erhob informiert zu werden, auf die er keinerlei Recht hatte. Er selber würde nicht anders handeln. Trotzdem war er ganz zu Unrecht verärgert.

Marlene saß, die kalten Hände um eine Tasse gelegt, an ihrem Tisch im Restaurant und hob die Augenbrauen. »Du musst mir keine Entschuldigung liefern. Ich bin genauso neugierig wie du.«

Der Tag war bedeckt und windig. Sie hatten den Morgen mit der Besichtigung der Église St. Pierre verbracht. Gustave, ein häufiger Gast des Restaurants und Vorsitzender des Vereins zur Rettung von St. Pierre, hatte ihnen eine private Führung ermöglicht. Er war an die siebzig Jahre alt, emeritierter Professor für französische Geschichte und sah auch so aus.

Das graue Haar war nach hinten gekämmt und lockte sich auf dem Kragen. Eine runde Brille saß auf seiner Nase, und er trug immer irgendwelche Bücher in der Hand. Er war recht amüsant, wurde aber auf die Dauer anstrengend, weil er ohne Unterlass redete. Sein Hauptthema war die Église.

Er bemühte sich seit Jahren, Gelder für die Kirche zu bekommen, hatte aber nur wenig Erfolg. Sie thronte hoch über der Stadt, direkt oberhalb der Fosse, und verfiel zusehends. Stücke der Außenwände waren mit Brettern verschalt, um herabfallende Steine aufzuhalten. Viele Fenster waren zerbrochen, es bröckelte und bröselte an jeder Ecke, Pflanzen und sogar kleine Bäume wuchsen aus den vergrößerten Ritzen und Besucher durften den Bau nicht mehr betreten. Halbherzige Restaurierungsarbeiten waren begonnen und wieder beendet worden. Die Beschaffenheit der Kirche war nicht nur bedauernswert, sondern katastrophal.

Gustaves Bemühungen brachten immer nur so viel, dass ein Zustand gerade erhalten, niemals aber verbessert werden konnte. Marlene bewunderte sein Durchhaltevermögen. Die EU vergab zwar Zuschüsse, aber die bürokratischen Wege waren so überwuchert wie die Eingangsstufen zum Portal. So konzentrierte er sich lieber auf private Zuwendungen und verbrachte seine Zeit mit Bittbesuchen. Das hatte seine Beliebtheit nicht gefördert. Er sprach mit der ermüdenden Begeisterung des Idealisten. Marlene vermutete, dass das meiste Geld floss, damit man ihn los wurde. Auch sie fühlte sich gedrängt, einen ordentlichen Obolus in die Spendenbox zu werfen. Es wäre ihr lieber gewesen, wenn sie sich nicht gezwungen gefühlt hätte.

Die Führung war schließlich dem Ende zugegangen, als Marlene schon nicht mehr daran glaubte. Sie war durchgefroren und schlecht gelaunt. Jean hatte ihnen unaufgefordert heiße Schokolade und Kuchen serviert. Jetzt machten sie sich auf den Weg zu Gianna Lerouge. Jean hatte sie telefonisch angekündigt.

Gianna Lerouge war eine sehr dünne, sehr große Frau in Overall und Gummistiefeln. Marlene starrte sie einen Moment an.

Gianna meinte trocken: »Es kam eine lange Dürre.« Die spitze Nase in dem langen Gesicht bewegte sich beim Lachen nach unten, als würde sie einen Witz wittern. Sie schien einen Moment zu zögern, dann wurde sie geschäftsmäßig. »Sicher können Sie Schinken mitnehmen, aber holen Sie ihn erst auf dem Rückweg nach Deutschland, dann schneide ich ein Stück ab. So lange lagert er besser hier. Kommen Sie, ich zeige Ihnen meine Schweine.« Sie winkte sie hinter sich her.

Gianna war Italienerin und vor fast dreißig Jahren hierhergekommen. Hugo Lerouge hatte sie aus ihrer Heimat mitgebracht nach Chichée im Chablis-Gebiet. Wie ein Reisesouvenir, wollte man dem Dorfklatsch glauben. Demnach hatte sie weder eine eigene Meinung, noch Geld, und sprechen konnte sie auch nicht. Jedenfalls kein Französisch. Und groß war sie und mager. In den ersten Wochen ließ sie sich kaum im Dorf blicken und das bisschen, das die Arbeiter erzählen konnten, war nicht weiter bemerkenswert. Hugo bewirtschaftete den Winzerbetrieb seiner Familie, damals lebten seine Eltern noch. Gianna war freundlich zu den Leuten, hielt sich aber nicht mit großen Reden auf, was man ihrer mangelnden Sprachkenntnis zuschrieb. In Wahrheit war sie schüchtern und ihr Französisch ausgezeichnet, sie hatte es auf einem Internat in Savoyen gelernt. Aber hier fühlte sie sich wie ein ungelenkes Windspiel in einem Rudel kräftiger Terrier. Dauernd stieß sie irgendwo an und musste den Kopf einziehen in den alten Häusern. Nur bei Hugo war das anders, der sanft und genauso lang wie sie war. Hugo war ihr seit dem ersten Treffen verfallen. Er hatte sie in Parma auf einer Feinkostmesse gesehen. Die Firma ihres Vaters produzierte Parmaschinken seit drei Generationen. Der traditionsreiche Betrieb befand sich in den westlich der Stadt gelegenen Hügeln. Der Vater schwor auf die gute Bergluft, immerhin lagen die Gebäude auf einer Höhe von 800 Metern. An einem der Stände hatte sie die Produkte ihrer Familie zu den Weinen des Veneto angeboten. Er hatte davorgestanden, weil er neugierig auf die Weißweine war. Nicht ohne Arroganz fragte er sich, ob man außerhalb des Chablis – und dann noch in Italien! – überhaupt fähig war, anständigen Weißwein zu machen. Sie hatte ihm ein Glas eingegossen und gab ihm dazu ein Tellerchen Schinken. Er machte sich nie wieder Gedanken über die Fähigkeiten der italienischen Winzer, noch stellte er ihren Schinken infrage, und dass Gianna seine Frau werden würde, das stand fest.

Das alles geschah innerhalb von drei Minuten in seinem Kopf, drei Tage später hatte sie zugestimmt und es nie bereut.

Einige Wochen nach ihrem Umzug wagte sie sich allein ins Dorf und war erstaunt, wie nett sie behandelt wurde. Als die Frauen entdeckten, dass sie mit ihr reden konnten, war das Eis gebrochen. Gianna war zurückhaltend, aber gutmütig und erzählte nach einigem Bitten ihre Geschichte mit Hugo. Die Frauen schmolzen dahin. War das romantisch! Dazu kam, dass sie nicht so schön war, dass die anderen sich wie hässliche Entlein fühlten. Sie war eine »Jolie laide«, eine hübsche Hässliche, der Typ, den Frauen charmant und ungefährlich und Männer charmant und unwiderstehlich fanden. So kam sie keinem in die Quere und fand im Chablis eine zweite Familie und gute Freunde.

Als Hugo vor acht Jahren bei einem Verkehrsunfall ums Leben gekommen war, hatte Gianna darüber nachgedacht, nach Italien zurückzukehren, aber dann blieb sie, hier, wo inzwischen ihr Zuhause war. Die Weinberge verpachtete sie an ihre Nachbarn, die gerne zugriffen, denn die Premier-Cru-Gebiete waren knapp und Gianna besaß welche. Sie verpachtete den Weinkeller gleich mit, ihr war das recht, so kam Leben auf den Hof und sie konnte sich dem widmen, was sie schon lange vorhatte, aber immer wieder zurückgestellt hatte. Sie begann, Schweine zu züchten.

Sie kaufte einige Durocschweine und zog sie auf, wie es sich für Schweine gehörte. Sie hatten einen Stall und schön schlammiges Gelände als Auslauf. Wenn die Tiere alt genug waren, ließ sie den Schlachter kommen, der sie schnell und schmerzlos in den Tod beförderte und anschließend auseinandernahm.

Sie verkaufte das Fleisch und behielt nur die Keulen, denn jetzt kam der Teil, um den es ging. Sie stellte luftgetrockneten Schinken her. Sie versuchte es so, wie schon ihre Eltern es gemacht hatten. Sie wollte einen guten, mürben Schinken machen – und es gelang ihr. Den ersten Schritt hatte sie durch die Auswahl der Schweinerasse getan. Sie war, neben Large White und Landrance, eine der klassischen »Parmarassen«. Dass es diese war, lag am freundlichen Charakter der Durocs, sowie an ihrem Aussehen, sie hatten eine hübsche hell- bis dunkelrote Färbung.

Bei der Verarbeitung hielt sie sich möglichst an die Regeln des elterlichen Betriebes. Anfangs, wenn sie nicht weiterwusste, hatte sie zu Hause in Parma angerufen und sich Rat bei ihrem Vater geholt, der mit fast siebzig immer noch arbeitete. Er amüsierte sich, dass Gianna zu ihren Wurzeln zurückfand und half, wo er konnte. Mehr noch freute ihn, dass sie eine Beschäftigung gefunden hatte, die sie ausfüllte. In der Zeit nach Hugos Tod hatte er in ständiger Sorge um sie gelebt, einmal die Woche rief er sie an und dreimal Jean, um über ihn zu erfahren, wie es ihr ging. Ihr Bruder Emilio wurde dauernd zu ihr geschickt, ausgerüstet mit so viel selbst gebackenen Kuchen und Spezialitäten aus Mammas Küche, dass man glauben konnte, in Frankreich sei der Notstand ausgebrochen. Diese andauernde Sorge ihrer Familie hatte sie bald nicht mehr ertragen können. Und so hatte sie ihr Schweineprojekt mit mehr Elan vorangetrieben, als ihr jeder, einschließlich sie selber, zutraute.

Gianna ging um das Haus zu einem eingezäunten Gehege, das alles besaß, um ein Schwein glücklich zu machen. Bäume für ein Mittagsschläfchen im Schatten und zum Schubbern der Flanken, flache Tümpel mit ordentlich viel Schlamm und weicher Boden, der sich wunderbar umgraben ließ. In diesem Paradies tummelten sich sieben Schweine, davon zwei trächtige Sauen. Sie kamen neugierig an den Zaun. Gianna holte Brotstücke aus der Hosentasche und verfütterte sie, dann wurden sie liebevoll in die Ohren gezwickt und ermuntert, sich einen schönen Tag zu machen.

»Die könnte ich nicht mehr schlachten«, sagte Marlene.

»Ja, aber ich sage mir, sie haben ein gutes Leben und danach erfreuen sie uns mit ihren köstlichen Schinken. Soll ich sie bestrafen, indem ich sie ignoriere, nur damit ich mich besser fühle, wenn sie geschlachtet werden? Die einzige Möglichkeit ist, sie leben zu lassen, aber dann gibt es keinen Schinken.«

»Was sehr bedauerlich wäre. Ich habe ihn übrigens zuerst für Parmaschinken gehalten. Schon bevor uns Jean verraten hat, dass Sie ihn nach dieser Art behandeln.«

»Ja, er ist ihm ähnlich, aber mehr auch nicht. Da in der Scheune«, sie deutete mit der Hand auf eine lang gezogenes

Gebäude neben dem Stall, »hängen die Schinken zum Trocknen, sie sind alle vorbestellt von den Restaurants in der Umgebung. Ich könnte die doppelte Menge machen, aber dann ist er nichts Besonderes mehr und ich hätte für nichts anderes mehr Zeit.«

Nach der Führung tranken sie mit Gianna ein Glas Chablis aus der Produktion des Nachbarn.

»Er macht guten Wein«, sagte Gianna. »Ich hoffe, Hugo verzeiht mir, aber ich finde ihn sogar besser als unseren früher.«

Sie blieb einen Moment still, dann schien sie einen Entschluss zu fassen: »Sie wissen ja Bescheid über den Tod meiner Freundin. Jean sagte, dass Sie dabei waren, als sie gefunden wurde. Sie gehören zur Polizei.« Sie betonte den Satz wie eine Aufforderung und richtete ihre erstaunliche Nase auf Claudio.

»Es tut uns leid um Ihre Freundin. Aber hier bin ich auch nur Tourist.«

»Ich weiß, entschuldigen Sie. Ich verstehe einfach nicht, was passiert ist. Ariana ist hier aufgewachsen, sie kannte die Fosse in- und auswendig. Es erscheint mir so unsinnig, dass sie hineingestürzt ist.«

»Ja, auch Jean und Marcel waren dieser Meinung«, erinnerte sich Marlene.

»Marcel! Pah!«

»Wie meinen Sie das?«

»Marcel hat sich nur mit Ariana gestritten. Er wollte wieder in ihr gemeinsames Haus ziehen, aber sie hatte die Nase voll von ihm.«

»Aber sie waren doch geschieden.« Claudio sah endlich seine Chance, Gianna war in Redelaune.

»Sicher waren sie das. Seit drei Jahren. Aber das Haus gehörte noch beiden. Hier ist es schwierig, ein altes Haus zu verkaufen, und Ariana durfte allein darin wohnen, oder Marcel durfte nicht darin wohnen, wie man will. Er hat sie früher oft geschlagen, er wurde aggressiv, wenn er getrunken hatte. Danach war er dann weinerlich und kroch am Boden, aber Ariana hatte die blauen Flecken und die Angst. Ein widerlicher Kerl.« Gianna verzog vor Abscheu das Gesicht. »Ich kann mir sein Theater richtig vorstellen! Aber einen Tag später war er schon hier und wollte ihre Sachen abholen. Fragte ganz scheinheilig, ob ich einen Schlüssel zum Haus hätte, dieser Scheißkerl.«

Sie nahm einen Schluck Wein.

»Und, hatten Sie?«

»Natürlich! Als Freundin hat man den Zweitschlüssel. Aber glauben Sie, das habe ich ihm auf die Nase gebunden? Ich habe bei der Polizei angerufen, die sagten, sie würden sich darum kümmern. Der junge Cheval hat ihre Sachen hier abgeholt.«

Claudio hatte den Kopf an die Seitenscheibe von Marlenes altem Kombi gelegt und dachte nach. Er fragte sich, wann Madame Pourquoi endlich mit der Wahrheit herausrücken würde. Er kannte diese Zurückhaltung von seinem Freund Sebastiano, aber hier fand er sie doch übertrieben, schließlich war Ariana eindeutig erstochen worden, da war nichts zu deuteln. Was sollte also die Geheimhaltung? Vielleicht wartete sie auf grünes Licht von dem ominösen Commissaire, wie hieß er doch gleich? La Frogue oder Laroque?

Marlene fuhr in einen Kreisverkehr und weckte Claudio aus seinen Träumereien.

»Wenn Marcel seine Frau umgebracht hat, hätte er sie bestimmt nicht morgens ›gefunden‹, als er gerade in die Fosse pinkeln wollte. Außer, er hat das extra gemacht, eben weil es so unwahrscheinlich ist und er sich damit unverdächtig macht. Aber ich traue ihm so viel Grips nicht zu. Er müsste dazu noch ein extrem guter Schauspieler sein, und das ist er ganz bestimmt nicht.« Marlene hatte es auf den Punkt gebracht.

»Er könnte es vergessen haben. Er war sehr betrunken am Abend, sagt Jean. Er hat Ariana in der Nacht getroffen, ist in Wut geraten, wie so oft in diesem Zustand, und hat zugestochen. Sie ist über die Mauer gefallen, und er hat das Messer hinterher geworfen. Dann hat er sich in den Eingang des Hotels gelegt und geschlafen, bis er von seiner vollen Blase geweckt wurde. Er wollte gerade ins Wasser pinkeln, da sieht er sie und so weiter und so weiter.«

»Nur um an das Haus zu kommen?«

»Nein, nicht aus Berechnung. Das Haus wäre ein nettes Zubrot. Affekt. Wäre nicht das erste Mal. Auch nicht das erste Mal, dass ein Täter vergessen hätte, was er getan hat.«

Claudio drehte diesen Gedanken hin und her. Er hatte einiges für sich, stellte ihn aber nicht zufrieden. Vor allem musste er mehr über die Mordwaffe wissen. Diese verdammte Madame Pourquoi!

7. Ari lässt grüßen

Ach, kommen Sie. Unser Gerichtsmediziner Dottor Sebastiano sagt immer, ich hätte gute Ideen.«

Es blieb einen Moment still.

»Sie kennen Ari?«

»Ari? Ja, natürlich kenne ich Sebastiano, schließlich ist er unser Doc und außerdem mein Freund.«

»Ich rufe Sie später noch einmal an, dann weiß ich mehr.«

»Danke, Madame Pourquoi.«

»Bilden Sie sich nichts ein!«, schoss sie zurück.

»Was sagt sie?«, fragte Marlene. Sie lag mit einem Bademantel auf dem Bett, ein Frotteetuch um die Haare, und lackierte sich die Fingernägel.

Claudio setzte sich zu ihr und meinte: »Die Gelegenheit ist günstig. Du kannst dich nicht wehren.« Er rutschte näher und begann, den Bademantel aufzuziehen.

»Lass das! Meine Nägel sind noch nicht trocken.«

»Na eben!«

Claudio hatte den Mantel aufgeklappt. Sie lag da, die Hände leicht erhoben.

»Hm.«

Er küsste sie auf den Mund und rutschte weiter nach unten. Marlene begann zu kichern. Er umkreiste ihren Bauchnabel mit den Lippen und eroberte südliches Terrain. Marlene wand sich und nestelte an seinem Hemd. Die Nägel waren beim Teufel, aber man konnte nicht alles haben – und jetzt wollte sie Claudio.

»Wo waren wir stehen geblieben?«

Claudio warf sich auf sie und sah sie erwartungsvoll an.

»Was, schon wieder?«

Claudio nickte heftig mit dem Kopf und rollte die Augen.

»Ah, du hast wieder von Gustaves Viagra genascht. Du weißt doch, dass du davon Pickel kriegst. Und außerdem wird man davon redselig, siehe die Quasselstrippe Gustave.«

Claudio ließ von ihr ab und sagte: »Der arme Gustave hat dich ja ganz schön geärgert.«

»Man darf mich nicht stundenlang in kalten Gemäuern langweilen, dann werd' ich grantig und nachtragend. Aber ich morde nur mit der Zunge.«

Claudio rollte erneut die Augen. »Oh, ja, ja.«

»Affe! Also, was war das vorhin mit Madame Pourquoi?«

»Sie will zurückrufen, wenn sie etwas Neues weiß. Aber sie ließ sich bitten. Erst als ich Sebastiano erwähnte, hat sie eingelenkt. Vielleicht will sie ihn erst anrufen und nachfragen, ob ich echt bin.«

»Sie kennt ihn?«

»Offensichtlich. Sie hat ihn Ari genannt. Das tut kein Mensch, er findet seinen Vornamen scheußlich. Einen Augenblick musste ich überlegen, wen sie meinte.«

»Ari? Ist das die Abkürzung für Aristoteles?«

»Aristide. Seine Großmutter hat Lautrec geliebt.«

»Na, und?«

»Seine Mutter hoffte, dass Sebastiano das Herrenhaus in den Bergen erben würde. Die Nonna war ihre Schwiegermutter. Also, das ist etwas kompliziert, jedenfalls hat zum Schluss seine Cousine geerbt. Aber, egal, die ist okay und er kann immer dorthin, wenn er will.«

»Was ist denn jetzt so schlimm an Aristide?«

»Nichts, nur die Nonna war schlimm.«

»Ruf ihn doch mal an.«

»Warum?«

»Um zu erfahren, ob Madame sich gemeldet hat, ob er sie kennt.«

»Vielleicht später, ich warte noch bis heute Abend.«

Claudio zog Marlene an sich und schloss die Augen. Sanft dämmerte er weg.

»Hör mal, ich finde das komisch, dass sie ihn mit Vornamen nennt. Das klingt so vertraut, auch wenn er ihn nicht leiden kann, oder vielleicht gerade deshalb. So besonders.«

»Ja, und?«

»Die Entfernung ist ein bisschen groß.«

»Glaubst du, sie ist seine heimliche Geliebte?«

»Hm.«

Edith Pourquoi meldete sich schon eine Stunde später. »Wie ich schon sagte, ist Ariana Gobbarde ermordet worden. Sie wurde erstochen. Ein Stich unterhalb des linken Rippenbogens. Sie ist durch die Wucht in die Fosse gefallen. Wahrscheinlich stand sie oben an der Mauer, mit dem Rücken zum Wasser. Ein unerwarteter Stoß – und zack.«

Claudio sah den begleitenden Handkantenschlag vor sich.

»Im Wasser hatte sie nicht mehr die Kraft, sich an Land zu ziehen, was ihr auch nur kurzfristig geholfen hätte, bis sie verblutet wäre. So ist sie dann ertrunken. Das ist die unmittelbare Todesursache.«

»Wissen Sie etwas über das Messer?«

»Nein, ich weiß nicht einmal, ob es ein Messer war. Ich habe mit Ihrem Freund Docteur Sebastiano darüber gesprochen. Wir kennen uns von einigen Tagungen der europäischen Gerichtsmediziner. Ich habe seine Vorträge besucht und weiß, wie viel Erfahrung er hat. Er hatte keine spontane Idee, aber ich habe ihm die Aufnahmen der Wunde geschickt. Er grüßt Sie übrigens.«

»Danke, dann habe ich Ihre Großzügigkeit wohl Sebastiano zu verdanken.«

»Ja, das haben Sie. Glauben Sie, ich spreche mit jedem dahergelaufenen Inspecteur aus Italien?«

»Niemals, Madame, käme ich auf diese Idee.«

»Überlegen Sie mal. Die Wunde ist rund, ziemlich klein und tief, 12,5 Zentimeter. Der Gegenstand ist also dünn, etwas in der Art einer Ahle.«

»Ich rufe Sie an, wenn mir etwas einfällt. Ist Ihr Commissaire wieder zurück?«

»Nein, sonst könnten Sie das alles vergessen. Er hat eine Lebensmittelvergiftung und liegt in einem Krankenhaus in Luxemburg. Und bevor Sie sich hier langweilen, können Sie auch nachdenken, aber mehr nicht. Ist das klar?«

»Oui, Madame.« Claudio hörte nur noch das Knallen des Hörers.

8. Die Basilikata kann warten

Boris de Beers, Marlenes langjähriger Freund und ehemaliger Liebhaber versuchte krampfhaft, einen Gedanken zu fassen, der ihm immer wieder entglitt.

Marlene hatte ihn angerufen und von ihren Urlaubserlebnissen berichtet. Claudio lieferte anschließend weitere zwanzig Minuten Details, die im Wesentlichen mit Marlenes Informationen übereinstimmten, im Ganzen aber nüchterner waren und auf Vermutungen verzichteten. Zusammengenommen bekam Boris einen vollständigen Überblick über die Ereignisse der letzten Tage. Der Bogen spann sich von pinkelnden Exmännern über nervtötende Professoren zu einer Wasserleiche mit seltsamer Wunde. Dazwischen gab es eine Schweinezüchterin und eine Gerichtsmedizinerin, die Sebastiano »Ari« nannte. Irgendetwas an dieser Mischung erinnerte ihn ... an was? Besonders die schmale, tiefe Wunde ließ ihm keine Ruhe. Wenn sie nicht von einem Messer stammte, wovon dann? Er hatte eine vage Idee, die sich sofort verflüchtigte, sobald er sie fassen wollte.

Er vermutete, dass er etwas gelesen hatte, wahrscheinlich aus seinem Fachgebiet.

Boris war freier Journalist für Wein- und Gourmetzeitschriften und arbeitete an einer Serie über Winzer in berühmten Weinbaugebieten. Nach dem Piemont und der Toscana hatte er eine Zwangspause eingelegt.

Sein neuestes Projekt, eine Kolumne in einem bekannten Weinmagazin, ließ ihm keine Zeit. Sie erschien seit sechs Monaten und brachte Unruhe, Stress und Befriedigung in sein Leben. Er ging schonungslos mit den modernen Methoden der Weinproduktion um, hatte weder Respekt noch Mitleid mit den rührseligen Kritikeropas und ließ an der (Wein-) Wirtschaftspolitik der EU kein gutes Haar.

Der Chefredakteur wollte nach zwei Beiträgen die Kolumne streichen, da sich mehr als ein renommiertes Mitglied der Weingesellschaft auf den Schlips getreten fühlte. Aber da hatte er die Rechnung ohne die Leser gemacht. Es hagelte Protestbriefe, die Mailbox quoll über – sie wollten mehr. Zustimmung auf ganzer Linie, die Auflage war schnell verkauft. Es kam Geld herein.

Mehr Schein als Wein erreichte schnell Kultstatus. Boris blieb kaum Zeit für seine Artikelreihe, die ihn quer durch die europäischen Weinanbaugebiete führen sollte. Jetzt war er gerade dabei, die Kolumne für die nächsten drei Monate im Voraus zu schreiben und sich so Zeit freizuschaufeln.

Er wollte in den tiefen Süden Italiens, die Basilikata. Das Gebiet war weitgehend unbekannt und hielt einige Überraschungen bereit. Boris hatte einen Winzer kennengelernt, der die alten, autochthonen Rebsorten kultivierte und erstaunliche Ergebnisse erzielte. Weißweine, die entgegen aller Vermutung, von der Sonne erschlagen worden zu sein, frisch und zitronig, dabei aber charakterstark und vollblütig waren. Rotweine, die dunkel und samtig schimmerten und den Vergleich mit Spitzengewächsen der Toscana nicht scheuen mussten.

Aber jetzt, nach den Gesprächen mit seinen Freunden, überlegte Boris, ob er nicht zuerst das nördliche Burgund bearbeiten sollte. Er war sich im Klaren darüber, dass seine Triebfeder reine Neugierde war. Eine Eigenschaft, die der Ausübung seines Berufs zugutekam. Aber vielleicht war es überhaupt eine gute Idee, zuerst Frankreich zu bearbeiten. Dann käme nicht der dritte Beitrag über Italien in Folge, was für mehr Abwechslung sorgen würde.

Was hatte er nur gelesen? Er wusste nicht, was er suchte, war aber sicher, es zu erkennen, sobald er es sah. Er begann, in dem grob geflochtenen Korb neben seinem Schreibtisch zu wühlen. Hier legte er Magazine und Zeitungen ab. Er nahm den Packen auf den Schoß und fand auf dem Boden eine lange vermisste Krawatte. Er glättete sie und legte sie zurück.

Er las die Inhaltsverzeichnisse und warf die Nieten wieder in den Korb. Boris fand die Zeitschrift schließlich in der Küche, oben auf seinen Kochbüchern. Ein vier Jahre altes Heft, das auf dem Titelbild ein hübsches Schwein vor einer malerischen Berglandschaft zeigte. Er las den Artikel durch: »Das war's!«

Boris griff zum Telefon.

»Claudio, ich hab's! Ich glaube, das Mordwerkzeug war ein Pferdeknochen.«

»Wie, bitte?«

»Die Verbindung zu der Schweinezüchterin hat mich an etwas erinnert, das ich gelesen hatte. Ich habe lange gesucht, bis ich die Zeitung gefunden habe. Wenn man einen Parmaschinken auf seinen Reifegrad prüft, benutzt man dafür einen Pferdeknochen. Der ist lang, dünn und stabil. Das Aroma bleibt am Knochen hängen, sodass ein erfahrener Prüfer weiß, wie weit der Schinken ist. Erstaunlich, nicht? Das Tolle ist, dass der Geruch aber auch schnell wieder verfliegt, man den Knochen also immer wieder verwenden kann.«

»Hm, hört sich vielversprechend an. Ich gebe es an Madame Pourquoi weiter. Dann wissen wir, wonach wir suchen müssen.«

»Wir?«

»Die französische Polizei, meine ich.«

»Claudio, ich habe mir überlegt, euch zu besuchen. Ich schreibe als Nächstes über das Chablis-Gebiet, da könnte ich doch wunderbar in eurem Hotel absteigen.«

»Du wolltest doch in die Basilikata.«

»Hab' ich geändert, ich ziehe das Burgund aus journalistischen Gründen vor. Außerdem ist Dolores schon drei Wochen weg und ihr freut euch bestimmt, mich zu sehen. Ist euch nicht langweilig?«

Claudio lachte: »Doch, Boris, komm' und erlöse uns.«

»Ich mache noch ein paar Sachen fertig. Zwei, drei Tage schätze ich, dann bin ich da. Ist noch etwas frei in eurem Hotel?«

»Ich frage nach und sage dir Bescheid. Ciao, bello.« Claudio wirbelte mit einem breiten Grinsen herum. An Marlene gewandt sagte er: »Jetzt wird sich die Dottoressa wundern. Boris hat wahrscheinlich das Mordwerkzeug herausgekriegt. Geh' doch mal ins Internet und suche nach Pferdeknochen zum Schinkenprüfen.«

»Hier ist ein Bild.« Marlene hatte schon während des Telefonats ihren Laptop aktiviert und drehte ihn zu Claudio herum.

Neben einer Maßeinheit lag ein einundzwanzig Zentimeter langer Knochen. Das Griffende war wie eine kleine, ovale Kartoffel geformt und ging über in einen circa fünf Millimeter dicken, nadelspitz zulaufenden Stab. Durch ein Loch im Griff war ein Band gezogen. Dazu gehörte eine passende Lederscheide. Es gab einfache, aber auch luxuriöse Ausführungen, bei denen der Griff kunstfertig geschnitzt war.

»Soll ich es Sebastiano schicken?«

»Ja, dann sind wir auf der sicheren Seite.«

Kurz danach war Sebastiano am Apparat. »Ich war gerade dabei, E-Mails zu beantworten«, meinte er zur Erklärung seines prompten Rückrufs. »Ich glaube schon, dass so ein Knochen das Tatwerkzeug sein könnte. Jedenfalls, soweit ich es rein nach den Bildern beurteilen kann. Docteur Pourquoi kann euch das ganz genau sagen.«

»Prima, Sebastiano. Die Madame hält große Stücke auf dich. Sonst dürfte ich nicht mal über den Fall nachdenken.« Claudios Aussage enthielt tausend Fragen. Kennst du sie? Wie gut? Woher? Erzähl mal.

Dottor Sebastiano, Leiter der Gerichtsmedizin Turin, wurde verlegen.

Claudio kannte seinen Freund gut genug, um das zu spüren. Er räusperte sich: »Kannst du mir ein andermal erzählen. Ich muss die Dame jetzt anrufen. Bis bald.«

»Bis bald, Claudio, grüß' Marlene.«

»Na, und?« Marlene zappelte vor Neugierde.

»Er meint, der Knochen könnte passen.«

»Gut! Und sonst?«

»Schöne Grüße.«

»Danke. Und sonst?«

»Was?«

»Herrgott! Kennt er jetzt Madame le Docteur?«

»Natürlich, das hat sie doch gesagt.«

»Claudio, du weißt, was ich meine. Kennt er sie gut, also besser? Jetzt lass' dir doch nicht jeden Wurm aus der Nase ziehen.«

»Ich habe ihn nicht gefragt, cara. Das ist seine Sache.«

Marlene sah ihn an: »Ja, das ist seine Sache. Das nächste Mal spreche ich mit ihm.«

»Dann ist es immer noch seine Sache.«

»Interessiert dich das gar nicht?«

»Nein, warum sollte es?« Claudio ärgerte sie, es interessierte ihn sehr wohl. Er wäre ein schlechter Polizeibeamter, wenn er Klatsch und Tratsch nicht zu schätzen wüsste, aber er konnte nicht so locker damit umgehen wie Marlene. Außerdem war das eine der wenigen Möglichkeiten, sie auf die Palme zu bringen.

Marlene schnaufte. Dann holte sie tief Luft: »Rufst du jetzt Madame Pourqoui an?«

Claudio betrachtete sie amüsiert. »Sofort, chérie.« Er nahm den Hörer und legte ihn wieder auf. »Was meinst du, sollen wir vorher noch eine Runde spazieren?«

Marlene warf ihr Brillenetui nach ihm.

9. Vielleicht sind Sie zu gebrauchen

Gianna sank auf das Sofa und barg das Gesicht in den Händen. Das war zu viel für einen Tag. Am Morgen hatte die Gerichtsmedizinerin ihr mitgeteilt, dass Ariana ermordet worden war. Erstochen und ertrunken. Als würde eins nicht reichen. Giannas Gedanken verharrten hier, denn das, was folgte, war noch undenkbarer, noch schlimmer. Eine höfliche Stimme hatte sie am Telefon nach dem Pferdeknochen gefragt, mit dem sie die Reife ihrer Schinken prüfte. Diese Knochen durchdringen jedes Fleisch – das wüsste sie doch?

Gianna versuchte, logisch zu denken. Woher konnte der Mann wissen, dass sie kurz zuvor von dem Mord erfahren hatte? Andererseits, wieso hatte er sie überhaupt angerufen? Auf ihre Frage hatte er leise gelacht und sie an den Besuch ihres Bruders erinnert.

Er hatte weder eine Drohung ausgesprochen, noch mehr zu dem Knochen gesagt. Die Tatwaffe wurde noch gesucht. Und doch war für Gianna klar, dass Ariana mit einem Prüfknochen ermordet worden war. Wenn er sie damit erpresste, musste er der Mörder sein. Aber wieso? Nur, weil sie nicht bei dieser Gesellschaft arbeiten wollte? Das war lächerlich und unangemessen. Da musste mehr dahinter stecken. Was hatte Emilio ihr verschwiegen?

Sie ging zum Trockenschuppen und sah ihren Prüfknochen an der Wand über dem langen Tisch hängen, auf dem die Schinken eingesalzen wurden. Das beruhigte sie etwas. Die Vorstellung, ihr eigener Knochen wäre das Mordwerkzeug gewesen, hatte ihren Puls in die Höhe getrieben. Sie nahm ihn vom Haken und untersuchte ihn genau, roch daran, fand aber keine Spuren. Er war sauber, wie immer. Er könnte natürlich auch danach wieder zurückgebracht worden sein. Die Schuppentüren waren gewöhnlich nicht abgeschlossen.

Sie zwang sich, die Spekulationen zu lassen, und rief ihren Bruder im Büro an. Seine Reaktion war so eindeutig ängstlich, dass sie eine Gänsehaut bekam. Er wolle nicht sprechen, sie solle bis zum Abend warten.

Unruhig lief sie hin und her. Dann ging sie zu ihren Schweinen, die freudig auf sie zuliefen und ihre dicken Nasen in ihre Hände stupsten. Sie schüttete ihnen ihr Herz aus, und sie quiekten mitleidig dazu.

Danach war ihr klar, worum es ging. Sie hatte hin und her überlegt, alle Möglichkeiten erwogen, doch sie kam immer wieder zum gleichen Schluss: Emilio war die Schlüsselfigur und sie die Zugabe, die den Betrug abrundete, denn alles andere ergab keinen Sinn.

Als sie am Abend mit ihm sprach, ließ sie ihm keine Zeit für Ausflüchte. Sie konfrontierte ihn mit ihren Vermutungen und er hatte nicht die Kraft, ihr zu widersprechen. Anschließend redeten sie nicht mehr viel, beide waren wie gelähmt.

Was sollte sie tun? Und wenn sie mitmachte? Dafür sorgte, dass minderwertige Schinken möglichst gut gefälscht wurden und danach von Emilio ihren Segen bekamen?

Es würde nie enden. Sie wäre in einer Spirale des Betrugs und der Angst gefangen.

Früh am nächsten Morgen holte die Polizei Giannas Pferdeknochen. Gianna wagte nicht, ein Wort zu sagen.

Pero meldete sich erneut.

»Gehen Sie zum Teufel!«

»Emilio ist vernünftiger.«

»Ich weiß, aber mit mir können Sie nicht rechnen.«

»Gut, dass Sie noch mehr Angestellte als Ariana haben«, stellte der Italiener fest und legte auf.

Gianna zitterte, sie spürte, wie sich Panik in ihr ausbreitete. Sie goss sich einen Cognac ein und stürzte ihn herunter. In Filmen half das, im Leben nur bedingt.

Als an die Tür geklopft wurde, ließ sie in einer fahrigen Bewegung das Glas fallen. Es zerschellte auf den Steinfliesen mit einem Geräusch, das ihren Ohren wehtat.

Marlene und Claudio traten ein, sie warf einen Blick auf Gianna und führte sie zu einem Sessel.

Gianna begann zu weinen. »Verzeihen Sie«, Gianna schniefte und fingerte ein Taschentuch aus ihrer Hose. Sie setzte an zu reden, wurde aber von Schluchzern geschüttelt. »Dieses Schwein!«

»Was ist mit dem Schwein, Gianna?«, fragte Claudio.

»Er hat sie ermordet!«

Claudio wurde klar, dass kein Durocschwein gemeint war. »Wer hat das getan?«, fragte er behutsam.

Gianna begann zögernd zu reden. Von den Anrufen, ihren Vermutungen und schließlich von ihrem Bruder, was sie erneut weinen ließ. »Ich kann da nicht mitmachen. Aber wenn jetzt jemandem etwas geschieht? In Parma oder hier? Ich habe Angst.«

»Sie haben das Richtige getan. Sie wären Ihr Leben lang in der Hand dieser Leute – und Ihr Bruder auch. Tun Sie gar nichts, lassen Sie mich mit dem Commissaire reden. Sagen Sie keinem etwas, auch nicht Ihrem Bruder. Wenn der Mann wieder anruft, versuchen Sie, neutral zu bleiben, in der Art, Sie würden es sich überlegen, Sie brauchten ein paar Tage Bedenkzeit. Wir werden uns bei Ihnen melden.«

»Aber was können Sie denn tun?«

»Warten Sie ab, Gianna.« Claudio zögerte. Dann lächelte er sie an. »Jetzt sind Sie nicht mehr allein!«

Die ersten paar Kilometer auf dem Weg zum Kommissariat legten sie schweigend zurück.

»Und was kannst du wirklich tun?«, fragte Marlene in einem so resignierten Tonfall, als hätten sie schon eine halbe Stunde diskutiert.

»Es gibt verschiedene Möglichkeiten«, erwiderte Claudio. »Man muss herausfinden, um wen es sich handelt. Die Nummer zurückverfolgen, die Register der Wirtschaftskriminellen durchforsten, Lieferwege abchecken und so weiter.«

»Aber schützen kannst du keinen, dazu sind es zu viele Leute, oder?«

»Wir werden sehen, Marlene. Wenn ich anfange so zu denken, muss ich meinen Beruf aufgeben. Manchmal fällt es mir schwer, aber ich glaube immer noch, dass ich etwas erreichen kann. Und das tut fast jeder Polizist.«

»Claudio im Kampf gegen das Böse.« Marlene klang sarkastisch.

»Hättest du es lieber anders?«

»Nein, entschuldige, es war nicht so gemeint. Ich bin wütend, dass diese Frau nicht einmal in Ruhe ihre Schweine verhätscheln kann, ohne dass so ein Arsch sich einmischt und Gott spielt. Was bilden sich diese Leute nur ein? Der hätte das Messer in der Brust verdient!«

»Dann würdest du Gott spielen!«

»Na und? Ich darf das!« Marlenes Augen blitzten auf.

»Es ist gut, dass du wütend bist, cara. Solange bist du nicht gleichgültig. Das ist unser größtes Problem heute. Alles ist egal. Wenn du gegen Gummiwände kämpfst, wirst du müde. Auch das kennt jeder Polizist.«

»Na, gut, dann auf ins Kommissariat. Lasst uns die Witwen und Schweine retten!« Sie nahm Zuflucht zur Flapsigkeit, ein Zeichen, dass er sie getroffen hatte und sie es ernst meinte.

»Oh nein, mein lieber Inspecteur. *Wir* machen gar nichts. Ich werde jetzt in Luxemburg den Commissaire benachrichtigen und dann wird er entscheiden, was zu tun ist.« Madame Pourquoi schüttelte energisch ihre Haarpracht. »Was wollten Sie überhaupt bei Gianna?«

»Wir wollten Schinken kaufen«, mischte sich Marlene ein.

Madame murmelte etwas von »Wer's glaubt, wird selig«.

»Dann wissen Sie bestimmt, dass wir Giannas Pferdeknochen ins Labor gebracht haben. Sie beschwört, dass er nie weg war. Ich glaube ihr, deshalb suchen wir in der Fosse nach einem anderen Exemplar, falls das Ding hineingefallen ist. Nicht sehr wahrscheinlich, aber, wer weiß? Sie müssen also meinen Leuten nicht auf die Nerven fallen«, fügte sie hinzu. »Und jetzt gehen Sie. Danke für die Informationen, wir kommen allein zurecht.«

Marlene wollte noch etwas sagen, aber Claudio hielt sie zurück. »Grüßen Sie Ari, wenn Sie mit ihm sprechen. Bis bald, Madame le Docteur.«

Er war sicher, dass sie die Tür hinter ihnen zuknallen würde, aber sie überlegte es sich anders.

»Also, gut. Ari sagt, Sie seien sein Freund. Wenn der Commissaire wieder da ist, kommen Sie. Der Fall hat mit Italien zu tun, vielleicht sind Sie zu gebrauchen.«

10. Grabungswut

An dem Tag, an dem Boris de Beers in Tonnerre ankam, herrschte Gewitterstimmung. Es war schwül und dunstig. Über der Fosse schwebten unzählige Mücken und Libellen, die metallisch blau glänzten.

Sie hatten bis zum Nachmittag matt herumgehangen, sich vom Restaurant in den Innenhof, vom Bett ins Bad und wieder ins Restaurant geschleppt. Gegen fünf Uhr, zur Tea-time, die sie mit hellem Bier, gemischt mit Zitronensaft, abhielten, schlich Boris ins Hotel. Er hielt sich nicht mit einer Begrüßung auf, sondern griff sofort zu Marlenes Glas und leerte es in einem Zug.

»Ist das furchtbar draußen. Meine Klimaanlage ist hin, ich zerfließe. Aber das tut gut. Noch zwei, bitte«, rief er Jean zu, der an der Rezeption so tat, als würde er arbeiten.

»Da bist du ja!«, freute sich Marlene und stand auf. Boris küsste sie und fuhr Claudio durch die Haare.

»Schön euch zu sehen. Braun gebrannt und gut gelaunt, was will ich mehr.« Das konnte man von Boris nicht sagen. Er war bleich und sah übernächtigt aus. Das Grau in seinen braunen Haaren nahm überhand, sie standen zerzaust in alle Richtungen, als hätte er sie selbst geschnitten. Er hatte abgenommen, seine Leinenhose schlackerte um den dünnen Hintern, das weiße Hemd hing darüber. Aber er lachte und sackte in den nächsten Sessel. »Ich brauche Ferien! Da hab' ich was angefangen, mit dieser Kolumne. Weder die Redaktion noch die Leser lassen mich in Ruhe. Die Leser wollen immer mehr, aber ich kann nicht immer Spektakuläres bieten, und die Redaktion wittert Geld, also soll ich immer Spektakuläres bieten. Jetzt habe ich für drei Monate vorgearbeitet und will von dem ganzen Krempel nichts mehr hören. Eine Woche Ruhe, dann besuche ich Winzer, trinke Wein und lass' mich von allen verwöhnen, die es nicht lassen können. Das ist mein Plan. Und ihr?« Er ließ seine langen Beine nach vorne rutschen und lehnte den Kopf an das Rückenpolster.

»Boris, ruhig, ruhig«, Claudio sprach in dem Tonfall, der bei lahmen Pferden gut ankommt. »Geh' auf dein Zimmer, stell' dich unter die kalte Dusche und sei zum Abendessen wieder da. Marc, der Küchenchef, fängt mit dem Verwöhnen heute schon an. Dann erzählen wir dir alles. Los, verschwinde!«

Boris raffte sich auf, griff nach seiner Tasche, salutierte und verschwand.

Marlene meinte nachdenklich zu Claudio: »So aufgedreht habe ich ihn selten erlebt. Ob mit Dolores alles in Ordnung ist?«

Claudio zuckte mit den Schultern: »Das werden wir nachher erfahren.«

»Ich habe seit einer Woche nichts von ihr gehört. Sie treibt sich da irgendwo im Urwald herum, und ich weiß nicht, was los ist.« Boris spielte mit dem Stiel seines Weinglases. »Ich mache mir Sorgen.«

»Sie hat sicher kein Netz.« Marlene hatte auch nichts von ihrer Schwester gehört, war aber noch nicht beunruhigt. Wenn sie die Grabungswut gepackt hatte, kannte sie weder Freund noch Feind, dann musste man selbst die Verbindung herstellen.

Genau das klappte seit einigen Tagen nicht mehr, aber Kambodscha war nicht Frankfurt. Dolores war Archäologin, seit Jahren ohne feste Anstellung, und nutzte jede Gelegenheit, an Grabungen teilzunehmen. Sie hatte zahlreiche Verbindungen aus der Studienzeit, und so scharrte sie einmal in Volterra, dann auf Sizilien oder in Köln, meist zu einem Hungerlohn oder sogar unentgeltlich, um den Anschluss an ihren Beruf nicht zu verlieren.

Sie teilte sich mit Marlene ein Haus am Bodensee, das sie für den Exmann einer Tante hüteten und nach seinem Tod erben würden. Sein Antiquariat im gleichen Ort hatte er in Dolores´ Hände gegeben und sich im warmen Portugal niedergelassen. Sein Rheuma dankte es ihm, seine Nichten ebenfalls. So viel Glück, sagte sich Dolores, sollte man nicht hinterfragen. Sie begann mit ihrer Tour durch die Ausgrabungsstätten, lernte interessante Menschen kennen und hielt sich auf dem Laufenden. Boris nannte sie ironisch »Libera der Grabstätten«. Das Leben als Springerin gefiel ihr so gut, dass sie ein Stellenangebot ablehnte. Sie liebte es, an den unterschiedlichsten Orten zu arbeiten, von der klassischen Grabung bis zu den kühlen Kellern der Museen, in denen auf langen Tischen Scherben zusammengesetzt wurden. Es wurde nie langweilig, und dass finanziell wenig dabei herumkam, wurde durch die Freiheit aufgehoben, die ihr diese Lebensweise bot. Sie kam klar, sie hatte wenig Kosten und konnte die Einkünfte des Antiquariats für sich verbuchen. Dem Rheuma sei Dank!

Nach eisernem Sparen hatte sie die Reisekosten für einen dreimonatigen Aufenthalt in der gigantischen Tempelanlage Angkor Wat in Kambodscha zusammen und konnte sich einen Traum erfüllen. Dort arbeitete einer ihrer früheren Professoren, der sie gerne mitnahm, er schätzte ihre Arbeit und hatte schon mehrmals versucht, sie an die Universität zu locken.

Nach ihrer Ankunft hatte sie sich gemeldet, begeistert und energiegeladen, danach hatten Boris und Marlene ein paar Mal von ihr gehört, aber meistens selber den Kontakt aufgenommen und das war jetzt nicht mehr möglich.

»Hast du in der Uni angerufen?«

»Nein, noch nicht. Das werde ich aber morgen machen. Die wissen hoffentlich, wo ihre Leute sind.«

Marlene nahm Boris' Hand: »Ich glaube nicht, dass etwas passiert ist. Du wirst sehen, sie hat keine Verbindung, das ist alles.« Marlene sprach nicht aus, dass sie selber schon an einen Anruf im Archäologischen Institut der Universität Köln gedacht hatte. Ihre Schwester hatte von jeher das Talent, anderen Menschen Sorgen zu bereiten, aber sie war liebenswert, was es erschwerte, ihr böse zu sein, und das war manchmal das Allerschwerste.

Jean kam an den Tisch und räumte die Teller ab. Zum Hauptgang, Lotte de mer aus Marcs bretonischer Heimat, servierte er einen frischen Sancerre. Boris atmete den Duft des Fisches ein: »Das ist ja Ingwer.«

»Ja, Marc gibt gerne etwas Kapstadt dazu.«

Boris probierte neugierig. Seine Zügen entspannten sich das erste Mal seit seiner Ankunft.

»Wunderbar! So, genug von mir. Erzählt!«

Beim Dessert, einem farbenfrohen Fruchtsalat mit gerösteten, in Mokkalikör getränkten Kuchenstückchen, war Boris auf dem neuesten Stand. »Also war es wirklich der Pferdeknochen.«

»Höchstwahrscheinlich. Ich warte auf den Commissaire, der heute aus Luxemburg zurückgekommen ist. Er hat sich für morgen angemeldet.«

»Ist das noch Urlaub, oder wirst du bezahlt?«

»Kommt darauf an. Wenn die Verstrickung nach Italien meine Mitarbeit erforderlich macht, kann man das als Amtshilfe oder Zusammenarbeit betrachten. Dann ist es offiziell. Sonst ist es auch Hilfe, aber indirekt, weil ich dazu Lust habe, also mehr ein Freundschaftsdienst. Aber ich vermute, dass wir die offizielle Schiene fahren werden. Der Betrug mit Lebensmitteln läuft europaweit, und zwar in immer größerem Ausmaß. Das ist ein eigener Wirtschaftszweig geworden. Neben den mafiaähnlichen Organisationen mischen immer mehr kleine Banden mit. Jeder Gockel denkt, er wäre Al Capone, cretini!«

Boris hatte stirnrunzelnd zugehört. Er wusste genug über Lebensmittelfälschungen, durch seinen Beruf wahrscheinlich mehr als die meisten Menschen, aber er wunderte sich doch über die Vorgehensweise dieser Leute. »Warum geht der ›Italiener‹ so ein Risiko ein? Er kann den Brandstempel fälschen und selber aufdrücken. Wieso zieht er einen Mitarbeiter des *Consorzio* mit hinein und dann noch dessen Schwester? Und dazu noch ein Mord! Ich meine, es ist ja schön und gut, dass er vernünftig gefälschten Schinken liefern will, aber man kann auch alles übertreiben.«

»Das ist der Punkt. Gefälscht wird an jeder Ecke, warum dieser Umstand? Aber«, überlegte Claudio weiter, »vielleicht war es nicht sein Mord. Vielleicht hat er nur eine günstige Gelegenheit ausgenutzt.«

»Also ein Fälscher mit Anspruch, mit einem Mord, der sich als Erpressung nutzen lässt, weil er gerade daherkommt? Vielleicht noch ein Käufer mit Ahnung, der weiß, wie Qualität aussieht?« Marlene ließ einen Rest Sancerre in ihrem Glas kreisen. »Ah, dieser Feuersteinduft, ich liebe ihn, und er passte perfekt zur Ingwersauce. Warten wir ab, was morgen der Commissaire zu sagen hat.«

Sie wandten sich anderen Themen zu, aber sie alle waren zu müde für einen langen Abend. Boris verabschiedete sich bald. Er wollte noch einmal eine SMS an Dolores schicken.

11. Die Methode ist nicht reizlos

Guten Morgen, Gustave!« Marlene begrüßte den pensionierten Professor.

Er kam über die Terrasse auf ihren Tisch zu und begann schon drei Meter entfernt zu reden. »Bonjour, bonjour, Sie glauben nicht, welch grandiose Idee mir gekommen ist«, er setzte sich, ohne zu fragen, auf den einzigen freien Stuhl. Claudio und Boris bedachte er mit einem kurzen Nicken, um sich sofort wieder Marlene zuzuwenden.

»Sie werden mich nicht lange im Unklaren lassen.« Marlene lächelte süß.

»Wir machen eine Weinprobe. Nicht das Übliche, nein, wunderbar«, er beschrieb mit dem Arm einen weiten Kreis, »am Rande der Fosse, im Mondenlicht. Die warmen Sommernächte ... Ich sehe es vor mir. Die Honoratioren der Stadt flanieren um das Wasser, die Damen in langen Kleidern, die Herren im Smoking. Wir nehmen eine kleine Gebühr, die St. Pierre zugutekommt. Die Weine sind hervorragend, sie werden von fachkundigen Kommentaren begleitet, vielleicht hie und da eine Anekdote, Marc wird die passenden Delikatessen dazu anbieten, unter weißen Leinenzelten stehen die Tische, ein kleines Orchester spielt Chansons, nach dem Diner ein bisschen Tanz. Uns fällt sicher noch einiges ein, Marlene.«

»Eine tolle Idee, Gustave. Wer gibt die Kommentare von sich?«

Der Professor sah Marlene leicht irritiert an. »Meine Liebe, wer sonst als Sie?«

Marlene rechnete damit, dass er ihr die Hand küssen würde, und griff zur Kaffeetasse. »Ich? Gustave, ich muss arbeiten, diverse Winzer besuchen, Verträge abschließen und so weiter. Das können Sie selber genauso gut.«

»Aber, liebste Marlene, es ist doch für unsere Église.«

»Gustave, ich rede nicht gerne vor vielen Leuten.«

»Sie sind zu bescheiden, charmant. Ich weiß doch, wie gerne Sie Ihr Wissen weitergeben. Claudio hat mir das verraten, gleich am ersten Abend.« Er stieß Claudio an, der intensiv an einem Croissant kaute und irgendetwas grummelte.

»Claudio meinte sicher etwas anderes.«

»Nein, Marlene, Sie sind die Beste, und für St. Pierre ist nur das Beste gut genug!«

Boris tauchte wieder auf, er hatte seine Serviette verloren, und räusperte sich: »Er hat recht, Marlene, du bist die Beste und viel zu bescheiden. Wissen Sie, Professor, sie hat mir von Ihrer hervorragenden Führung erzählt. Und dass sie nicht anders konnte, als eine schöne Summe zu spenden für dieses vernachlässigte Kleinod.« Boris fixierte Gustave, der breit lächelte. »Und deshalb wird sie bestimmt gerne den Abend übernehmen, zu einem Sonder-Honorar. Nur siebenhundert Euro, statt der üblichen tausend. Sag' ja, Marlene.«

»Wenn es denn sein muss.«

Claudio verschluckte sich am Kaffee, Marlene klopfte ihm auf den Rücken, während sie den Professor anstrahlte.

Gustaves Sprachlosigkeit war von kurzer Dauer: »Ist das ein Freund von Ihnen? Der hat ja Humor.«

»Im Ernst, Gustave, ich will nicht.«

»Nehmen Sie mich, ich mache es für fünfhundert!« Boris bestrich ein Stück Baguette mit Brombeermarmelade und bot es ihm an.

»Hier, stärken Sie sich erst einmal. Sie sind so blass.«

Gustave stand auf, nickte kurz und rauschte davon.

Marlene war erleichtert. »Wenn es um St. Pierre geht, schreckt er vor nichts zurück. Gut, dass du mich gerettet hast.«

Claudio sagte: »Dieser Kerl ist unangenehm. Vielleicht haben wir jetzt Ruhe vor ihm, er kann dich offensichtlich nicht leiden.«

»Gott sei Dank.« Boris goss sich Kaffee nach und griff zum letzten Croissant. Er überlegte kurz, dann entschied er sich für einen Klecks gesalzene Butter.

Claudios Handy bimmelte. Er sah die Nummer seines Chefs.

»Hier Szapella, Claudio. Die französischen Kollegen haben Ihre Mitarbeit angefordert.«

»Gut. Wie lange geben Sie mir Zeit?«

»Solange Sie brauchen. Hier ist es ruhig, und ausnahmsweise ist keiner krank. Wir können uns den Luxus leisten, den Franzosen zu helfen.« Claudio hörte das Grinsen in seiner Stimme.

»Aber ziehen Sie es nicht in die Länge, weil Ihnen das Essen so gut schmeckt. Und halten Sie Marlene außen vor. Soweit es geht.«

Gleich fragt er, ob Boris schon da ist, dachte Claudio.

»Und wenn Ihr Freund Boris kommen sollte, fragen Sie ihn über Lebensmittelbetrug aus. Darüber müsste er einiges wissen.«

»Er ist gestern gekommen.«

»Warum mache ich mir Gedanken? Was sagt er?«

»Dass er das Vorgehen der Leute zu umständlich findet. Ich fahre gleich in die Gendarmerie und spreche mit dem Commissaire. Wie geht es Nerolina?«

»Sie frisst meine Wurst und sitzt auf dem Sofa neben meiner Frau.«

»Danke, Commissario, grüßen Sie die beiden. Ich halte Sie auf dem Laufenden.«

»Jetzt bist du also offiziell dabei! Das war's mit den Ferien.« Marlene sah zu Boris hinüber, der immer noch aß. Boris hatte das Gespräch gespannt verfolgt. Sah sie da freudige Erregung in seinem Gesicht? »Du bist froh, was? Hat die Langeweile dich schon wieder gepackt?«

»Komm, Marlene. Dir macht das Detektivspielen doch auch Spaß.«

»Piano, piano! Ganz richtig, ich bin offiziell dabei. Das ist keine private Ermittlung, um die Langeweile zu vertreiben oder Detektiv zu spielen. Also haltet euch zurück.«

Boris gähnte. »Na, gut. Dann gehe ich jetzt mit Marlene spazieren und erzähle ihr von der Kaas-Connection, die am Niederrhein ihr Unwesen treibt.«

Claudio gab sich geschlagen. »Szapella meint, du weißt einiges.«

»Habe ich bis hier gehört, er hat geschrien, als wärst du im Ausland.«

Commisaire Lafrogue erwies sich als gemütlicher, leicht übergewichtiger Mann Ende fünfzig. Er litt unter Bluthochdruck, wie er Claudio mitteilte. Der Arzt hatte ihm Wein, Kaffee und fettes Essen verboten. Er bemühte sich redlich, aber beim Wein hörte der Spaß auf. »Bon, Sie werden mich verstehen, Sie kommen aus dem Piemont.«

Claudio nickte ernst, er verstand ihn tatsächlich.

»Diese Typen machen sich immer unbeliebter«, beendete Lafrogue das Vorgeplänkel. »Das Fälschen ist eine Sache, aber wirklich wütend machen mich die Folgen. Ich rede nicht von den finanziellen. Die Traditionen, die ausgemerzt werden, weil sich anders schneller Geld machen lässt. Bald erkennt keiner mehr einen handgemachten Schinken oder Käse, und eines Tages sind sie ganz verschwunden. Dann können wir in historischen Kochbüchern darüber lesen und uns über die skurrilen, komplizierten Essgewohnheiten unserer Vorfahren amüsieren. Sie haben doch diese Gesellschaft *Slow Food* in Italien erfunden. Ich finde sie gut, aber ist es nicht ein Witz, dass das Natürlichste auf der Welt geschützt werden muss wie eine aussterbende Art?« Lafrogue hatte sich in Rage geredet. Er wurde leiser und meinte: »Aber vielleicht sind wir die aussterbende Art. Wir altmodischen Leute, die eine Möhre schälen und kochen, statt eine Dose zu öffnen.« Er holte tief Luft. »Also, wie gehen wir vor?«

Claudio hatte zu den Ausführungen des Commissaires genickt, jedoch keinen Kommentar abgegeben. Für das Meiste hatte sein Französisch ausgereicht, doch er fürchtete, dass auch hier jemand sein Lieblingsthema gefunden hatte, das sich in die Länge ziehen würde, wenn er Fragen stellte. Aber er sympathisierte mit ihm und seinen Ansichten und freute sich auf die Zusammenarbeit. Dass er so länger im Burgund bleiben konnte – mit der Hoffnung auch Marlene zu überreden, bei Boris sah er kein Problem –, war kein Hindernis.

Wenn Gianna und Emilio auf das Angebot Peros eingehen würden, hätten sie zwei Spione vor Ort und kämen an die Hintermänner. Für Lafrogue war das keine Frage, Claudio hatte Bedenken. Er brauchte mehr Wissen, um die Lage beurteilen zu können und selbst dann war das Risiko hoch. Er schlug Lafrogue ein Treffen mit Boris vor, der ihnen seine Kenntnisse über Lebensmittelfälschung und -betrug weitergeben konnte. Er selber wollte bis dahin über Europol Informationen einholen.

Auf dem Rückweg kam Claudio an einigen der alten Häuser Tonnerres vorbei. Sie waren in einem ähnlich bedauernswerten Zustand wie die Kirche. Aber der Arbeitsaufwand war überschaubar, und aus einigen schallten hoffnungsvoll Baugeräusche. Die Stadt schien noch nicht aufgegeben zu haben, wenn der Kampf auch mühsam war. Als er zur Fosse Dionne abbog, lag das liebevoll restaurierte Hotel vor ihm, wie eine Ahnung des Ortes in der Zukunft. Daneben, im kalten Grün, suchten Taucher nach dem Mordwerkzeug.

Lafrogue kam pünktlich zwei Stunden vor dem Abendessen. Marlene vermutete, dass er zum anschließenden Menü bleiben würde. Er hatte sie mit ausgesuchter Höflichkeit und dem ganzen Charme eines Genießers begrüßt. Er wusste zu schätzen, was er vor sich hatte, egal ob Madeira oder Madame. Sie kannte solche Männer. Wenn die Verehrung mit Zurückhaltung gepaart war, ließ sie sich mit Vergnügen darauf ein. Der Commissaire schien zu dieser seltenen Gattung zu gehören.

Vorerst saßen sie in einem separaten Raum, der für kleine Gesellschaften genutzt wurde. Boris hatte sich vorbereitet, neben ihm lag ein Stapel Papier, hinter ihm stand die Menütafel des Restaurants, geputzt, mit einem Stück Kreide und einem Lappen griffbereit.

Claudio gab eine kurze Zusammenfassung und bat seinen Freund zu beginnen. Boris setzte seine Brille auf, was noch mehr an Schule erinnern ließ. Doch der leicht schräge Eindruck verging schnell nach seinen ersten Sätzen.

»Bevor ich auf unser spezielles Problem eingehe, will ich kurz etwas zum allgemeinen Lebensmitteltheater sagen, das wir in Europa haben. Theater, weil es zum großen Teil Fassade, Illusion und schöner Schein ist. Wenn auf einen Liter Wasser 0,2 milliardstel Gramm künstlicher Aromastoff kommen, um Grapefruitsaft entstehen zu lassen, was ist das dann? Arglistige Täuschung oder genialer Billigersatz? Verboten oder erlaubt? Auf der Packung sind die schönsten Früchte zu sehen – also Täuschung? Bei den Inhaltsstoffen ist das Aroma angegeben – also legitim? Zu einfach! Wenn das Aroma angegeben wird, ist es legitim. Und weil es legitim ist, darf arglistig getäuscht werden! Indem paradiesische Bilder Natur vorgaukeln und das Gesöff sich Fruchtsaftgetränk nennen darf. Das gleiche Prinzip haben wir bei Schinken, Käse, Fischprodukten und tausend anderen sogenannten Lebensmitteln. Solange die Inhaltsstoffe deklariert sind, können die Produzenten praktisch machen, was sie wollen. Das darf man natürlich nicht die Nahrungsmittelindustrie hören lassen, die vor lauter Vorschriften ja jetzt schon kaum etwas verdient. Auch Brüssel wäscht seine Hände in aromatisierter Unschuld, wo kämen wir denn hin, wenn jeder Konsument sofort erkennt, was er isst? Und so wird verschleiert, was das Zeug hält, vom Produzenten über die Fabrikation, vom Handel bis zum Konzern, vom Lokalpolitiker bis zum Europaparlament. Es ist so einfach wie langweilig – es geht ausschließlich um Geld. Wir können davon ausgehen, dass da, wo gefälscht werden kann, gefälscht wird. Das ist in vereinfachter Form die heutige Situation. Und da von politischer Seite so gute Vorarbeit geleistet wird, fühlt sich die kriminelle Seite unserer Gesellschaft bemüßigt mitzumischen. Warum also nicht einen Parmaschinken fälschen? Wobei ich mich frage, ob ein gut gefälschter Parmaschinken nicht einem künstlichen Käse vorzuziehen ist? Okay, okay«, Boris dämpfte das empörte Gemurmel. »Wir sind beim Thema. Unser italienischer Freund will Parmaschinken fälschen und verkaufen. Und zwar in großen Mengen. Soweit so gut. Aber warum macht er es so kompliziert? Warum nimmt er keinen Schinken, setzt ein gefälschtes Brandzeichen drauf und basta? Gut, es gibt ein paar Hürden, die er nehmen muss. So ist unter der fünfzackigen Krone Parmas ein Code, der den Hersteller angibt. Mit diversen anderen Zeichen wird der Schinken beim Züchter, im Schlachthof und so weiter versehen. Im Ganzen sind es fünf verschiedene Kennzeichnungen. Dafür ist ein Inspektor des *Consorzio* natürlich praktisch. Besonders wenn wir überlegen, wohin er den Schinken exportieren will.«

»Vielleicht will er ihn im Land lassen. Hier in Frankreich wird eine Menge Parmaschinken verbraucht.«

»So ist es, Commissaire. Aber hierher wird so viel Parmaschinken importiert, dass kein Platz mehr ist für große Mengen. Ein paar Hundert Schinken kann man loswerden, aber die Mengen, die sich Signor Pero offenbar vorstellt – nein. In Deutschland sieht es ähnlich aus. Ich vermute, dass ein osteuropäisches Land Abnehmer ist, wahrscheinlich Russland. Russland hat die Einfuhr von luftgetrockneten Schinken reglementiert. Nur noch eine begrenzte Anzahl von Parmaschinkenherstellern ist berechtigt zu liefern. Andererseits hat Russland Bedarf an Luxusgütern. Günstige Voraussetzungen für einen schönen Betrug!«

»Was würde denn so ein gefälschter Schinken einbringen?«, fragte Lafrogue.

Boris blätterte in seinen Unterlagen. »Der Jahresumsatz an Parmaschinken liegt bei 1,5 Milliarden Euro. Also der legale.« Er trank einen Schluck Wasser. » Aber darum geht es jetzt nicht. Tja, sagen wir der Einkauf liegt bei drei bis fünf Euro pro Kilogramm für die Rohware, und Pero verkauft für 15 Euro pro Kilo, dann sind das bei hundert Schinken à sieben Kilo 6000 bis 8400 Euro Umsatz. Und mit hundert Schinken wird er sich nicht abgeben. Die Käufer werden zum normalen Preis verkaufen, das heißt etwa 50 Euro pro Kilo. Das macht 24.500 Euro, wenn ich richtig gerechnet habe. Und, wie gesagt, das sind nur hundert Stück. Aber das ist geschätzt, der Preis hängt auch immer von der verfügbaren Menge an Fleisch ab. Es gibt Jahre, in denen der Rohstoff teurer ist als in anderen. Durch Krankheiten, Futterpreise, schlechte Ernten und so weiter.«

Marlene fragte: »Hui. Mischt da die Russenmafia mit?«

»Wenn die Schinken dahin gehen, bestimmt.« Claudio sah Boris an. »Andererseits macht die Russenmafia nicht so viele Verzierungen."

»Das ist genau, was ich nicht verstehe. Und das kann nur in der Person dieses Signor Pero, wenn er denn so heißt, begründet sein«, antwortete Boris.

»Wie drückte Gianna sich aus? Seine Erpressung gleicht der Oper, die Inszenierung ist alles.« Marlene dachte an die Autogeschichte. »Kein Psychopath, aber bestimmt ein halber.«

Boris nickte. »Ich glaube, dass er in den letzten Jahren schon aufgetaucht ist. Als ich gestern durch mein Archiv geblättert habe, sind mir zwei Fälle von Lebensmittelfälschungen aufgefallen, die kurios sind. Einmal ging es um Pralinen. Ein belgischer Kollege hat mir davon erzählt. Eine renommierte Brüsseler Firma wurde von einem Kunden nach der neuen Rezeptur einer mit Chili gewürzten Praline gefragt. Ein Käufer, der diese Pralinen immer nahm, reagierte plötzlich allergisch. Die Firma antwortete, sie hätten gar nichts geändert, wie denn die Kontrollnummer der Charge sei. Diese Nummer existierte nicht im System der Firma. Auf Nachfrage rückte der Kunde mit der Sprache heraus. Er hatte die Lieferung nicht, wie sonst, bei der Firma bestellt, sondern über einen Weg, den er nicht näher beschreiben wollte. Der Einkaufspreis war so interessant, dass er nicht nein sagen konnte. Die Firma ließ sich die restlichen Schachteln schicken und ersetzte sie stillschweigend. Sie wollten mit allen Mitteln verhindern, dass diese Geschichte an die Öffentlichkeit gelangte. Ich weiß es nur, weil mein Kollege mit der Tochter des Direktors verheiratet ist und weiß, dass ich den Mund halten kann. Er versicherte mir, die Qualität wäre gut gewesen, aber die Chilisorte war eine andere. Geschmacklich nicht zu erkennen, für den Käufer aber unverträglich. Reines Pech, normalerweise wäre das nie aufgefallen. Keiner weiß, wie viele Geschäfte die gefälschte Sorte verkauft haben. Interessant war die Sorgfalt, mit der gefälscht wurde. Die Zutaten waren zwar von minderer Güte, das ließ sich aber nur durch Untersuchungen nachweisen. Geschmacklich dominierte das Chili. Et voilà! Eine ganz ähnliche Sache gab es mit einem Kräuterlikör. Das wurde bekannt. Die Firma brauchte einige Zeit, um sich davon zu erholen. Was nicht bekannt wurde, war, dass der Brennmeister über ein Jahr lang ein Kinderkrankenhaus unterstützte. Die Summe war so hoch, dass die Firma auf eine Anklage verzichtete und ahnungslos spielte.«

»Woher weißt du das?«

»Die Tochter des Prokuristen lag mit Leukämie in dieser Klinik. Der Brennmeister war ihr Patenonkel.« Boris atmete aus. »Ich kenne den Brennmeister seit zwanzig Jahren. Als das Mädchen starb, hat er eine ganze Nacht bei mir gesessen. Die Firma war in Südeuropa und existiert nicht mehr. Der Brennmeister ist nach Amerika gegangen. Aber ich würde dir einen Kontakt herstellen, wenn es unbedingt nötig ist«, meinte er an Claudio gewandt. »Die Verhaltensweise in beiden Fällen erinnert mich an unser Problem. Ich bin überzeugt, dass es sich um den gleichen Mann handelt.«

»Wieso?«, fragte Marlene.

»Er schickte dem Verantwortlichen der Pralinenfirma Fotos von pickligen Gesichtern. Eine ganze Zeit lang. Dann einen

Bericht über ein Mittel, das sie verursacht. Dann das Mittel. Dann das Versprechen, es unbemerkt in sein Essen zu rühren. So jemand kann nicht in der Küche stehen. Also gab er nach.«

»Pfui. Was sagt uns das jetzt?«

»Warte. Bei dem Brennmeister stellte er ihn vor die Wahl. Entweder er kann das Kinderkrankenhaus unterstützen und somit auch sein Patenkind, oder er lässt es und versagt seinem Patenkind die Hilfe. Es wurde irgendein teures, medizinisches Gerät gekauft, frag' mich nicht wofür. Was ist das für eine Alternative? Natürlich wählst du das Kind. Hier zeigt sich ganz deutlich, dass Pero seine Hausaufgaben macht. Er verbringt einige Zeit mit Recherche und das sagt uns, dass wir es mit einem Perfektionisten zu tun haben, der das Spiel liebt. Dass er nicht so schnell aufgibt und keine große Organisation hinter sich hat, die ihm auf die Finger klopft. Eher ein kleines, feines Erpresserunternehmen, mit einem Chef, der auf Etikette hält.«

»Merde, alors. Das hört sich an, als würden Sie ihn bewundern.« Der Commissaire war rot angelaufen.

»Außerdem hat er Ariana ermordet«, erinnerte Marlene.

»Ja, damit hat er verspielt. Ansonsten, nein, ich bewundere ihn nicht, aber seine Methoden sind nicht reizlos.«

Claudio öffnete sein Notizbuch. »Pero ist zwar sein richtiger Name, aber Europol hat keine kriminellen Aktivitäten in seinem Zusammenhang ausgespuckt, das heißt, er war entweder nicht sehr aktiv, außergewöhnlich erfolgreich und somit unsichtbar, oder er agierte unter anderem Namen. Offiziell lebt er von der Hinterlassenschaft seiner Eltern, die vor einigen Jahren gestorben sind. Er besitzt ein großes Stadthaus in Parma, das von einem Hausmeisterehepaar betreut wird. Sie arbeiten seit seiner Kindheit für die Familie, er hat sie mit geerbt. Was er sonst so macht, ist unbekannt. Soweit zu Pero. Fälschungen von Parmaschinken kamen vor. Allerdings als falsche Deklaration auf Verkaufspackungen. Dass ganze Schinken gefälscht wurden, ist bis jetzt nicht bekannt.« Er wandte sich an Boris: »Ich werde auf jeden Fall bei Europol deine Vermutungen, die Pralinen und den Likör angeben. Vielleicht gibt es da Parallelen. Die Kollegen sind sehr hilfsbereit, können aber nichts machen, wenn sie nicht wissen, wonach sie suchen sollen. Die Parmageschichte scheint mir im Verhältnis groß angelegt. Er wird auf mehr Leute zurückgreifen müssen. Das ist eine Chance. Trotzdem wären die Geschwister ideal. Wenn es sich tatsächlich um den gleichen Mann handelt, wie du vermutest, ist der Mord an Ariana eine Steigerung. Er wird unberechenbarer, skrupelloser. Das wiederum spricht gegen eine Mitarbeit der beiden. Vielleicht war es aber auch ein Versehen, ein unglückliches Zusammentreffen. Würde meiner Ansicht nach mehr zu diesem Typ passen. Aber im Grunde wissen wir nichts. Die Frage ist, welches Risiko ist größer? Wenn sie mitmachen oder ablehnen? Andererseits brauchen wir Zeit. Wenn sie bei ihrer Weigerung bleiben, wird Pero zu weiteren Druckmitteln greifen. Wir haben keinerlei Beweise. Es gibt nur Telefonate, die sich nicht zurückverfolgen lassen, und die Aussagen der Geschwister. Mit einem guten Anwalt ist der Typ raus, und zwar rapido.«

Er wusste, das einer der Schwerpunkte von Europol auf organisierter Kriminalität lag, aber dazu konnte man Pero nicht zählen. Claudio und Lafrogue würden über das Schengenabkommen mit den Kollegen der EU-Staaten zusammenarbeiten. Über die Zentraleinheit in Straßburg hatten sie jederzeit Zugriff auf das aktuelle Schengener Informationssystem, SIS II, das Millionen Daten über verbrecherische Aktivitäten und Personen in Europa gespeichert hatte.

Noch war nichts passiert, was den Einsatz der Verbindungsbeamten von Europol rechtfertigte, und sowohl Claudio als auch Lafrogue bevorzugten die kleine Runde. Sie wollten zuerst wissen, was hier gespielt wurde.

Claudio hatte mit der Einbeziehung Europols der Pflicht genüge getan und konnte seinen Chef beruhigen. Inwieweit er später darauf zurückgreifen musste, wollte er erst dann entscheiden. Lafrogue war der gleichen Meinung. Sie einigten sich darauf, die Geschwister einzubeziehen, wenn diese einverstanden wären.

Es war eine Sache, Gianna zu überzeugen, eine andere, Emilio zur Mitarbeit zu bewegen. Gianna, die von vornherein dem Kreislauf der Erpressung entgehen wollte, erkannte schnell, dass eine Zusammenarbeit mit Pero die einzige Möglichkeit war, ihm seine betrügerischen Absichten nachzuweisen. Zwingend notwendig aber war die Beteiligung Emilios. Ohne dessen Brandzeichen waren die Schinken legale Schinken, gut hergestellt, sorgfältig behandelt. Und als genau das überall zu verkaufen. Pero konnte bis zum Zischen des Stempels jederzeit eine Hundertachtzig-Grad-Wende machen und sich als Produzent feiner Schinkenwaren im europäischen Markt etablieren.

Boris empfand die Ironie der Geschichte als seltsam prickelnd. Hier zeige sich wieder die Handschrift eines gewitzten Planers, meinte er zu Claudio. Claudios Kommentar war ein Blick, der bis tief in Boris´ Herz reichte, dorthin, wo seine Geheimnisse versteckt lagen. Boris war bis heute nicht sicher, ob sein Freund das Fehlen eines Smaragds, zwei Jahre zuvor im Piemont, bemerkt hatte. Er nahm sich immer wieder vor, es zu beichten, aber dann kam immer wieder etwas dazwischen, wie das eben so ging.

Emilio zierte sich, den Betrüger zu betrügen. Das Risiko erschien ihm ungleich größer, als sich erpressen zu lassen. Gerade hatte er sich damit vertraut gemacht, durch kriminelles Handeln reich zu werden, was der Angst durchaus ein Samtkrägelchen verpasste. Jetzt sollte er den Bösewicht hintergehen, so tun als ob, möglichst glaubwürdig. Er war ein schlechter Schauspieler. Er sah nur die doppelte Gefahr, der Nutzen war ihm inzwischen egal.

Dass er schließlich zustimmte, war der Allianz Giannas und seiner Frau zu verdanken. Sie duldeten keinen Widerspruch. So einfach konnte das Leben manchmal sein.

Jetzt warteten sie auf einen Anruf Peros, der sicher kommen würde.

Claudio sprach in der Zwischenzeit mit seinem Chef, der Emilios Vorgesetzte von den geplanten Schritten unterrichtete. Sie waren so entsetzt, dass sie nicht groß zum Schweigen verpflichtet werden mussten. Unfassbar, dass der Ruf ihres geheiligten Parmaschinkens solchen Machenschaften zum Opfer fallen sollte. Szapella nannte sie »etwas weltfremd«.

Die Tage vergingen mit Winzerbesuchen und unruhigem Gezappel in Liegestühlen. Boris versuchte zu arbeiten, saß aber nur herum, Claudio wurde nervös, und Marlene vertrieb sich die Zeit in Marcs Küche, um ein paar Geheimnisse zu erhaschen.

Gianna lieferte einen Schinken ins Restaurant. Claudio und Boris spielten im Innenhof gerade eine Partie Boule, als sie dazukam.

»Er hat heute Morgen angerufen. Meinte, mein Pferdeknochen sei doch sicherlich nur für die Schinkenprüfung gedacht. Mich hat's gegruselt, so sanft war seine Stimme. Als ich dann sein Angebot angenommen habe, wurde er auf einmal ganz nett. Ehrlich, der Kerl ist unheimlich. Ich mochte ihn trotzdem, ist das nicht furchtbar?« Sie schüttelte sich.

»Das ist seine Masche. Zuckerbrot und Peitsche. Alles sehr kultiviert. Wie geht es jetzt weiter, Gianna?« Claudio warf die nächste Kugel, sie verfehlte meilenweit ihr Ziel.

»Ich soll abwarten, bis er sich meldet. Wahrscheinlich in den nächsten Tagen. Dann holt er mich ab und will mir die Produktionsstätten zeigen.«

Boris war am Zug, warf und traf Claudios Kugel. Gianna griff die nächste und versenkte das Schweinchen. Die Männer guckten.

»Üben, Signori!

»Na, dass Sie ein Schweinchen treffen, ist ja klar«, nörgelte Boris.

»Wenn er anruft, melden Sie sich sofort bei mir«, Claudio reichte ihr eine Karte mit seiner Handynummer.

Gianna dachte auf dem Rückweg daran, was Claudio ihr eingeschärft hatte. Kein Risiko eingehen, immer ja und Amen sagen, seine Telefonnummer auswendig lernen und die Karte verbrennen. Das hatte er nicht gesagt, aber sie würde es tun.

12. Panther auf Rollschuhen

Sie müssen doch wissen, wo Ihre Leute stecken!« Gähnte die gelangweilte Sekretärin des archäologischen Instituts in Köln? Boris konnte es nicht glauben. »Haben Sie denn gar keine Verbindung zu Professor Sieben? Hat der keinen Laptop? Was ist mit dem Hotel?«

»Sie Witzbold. Hotel! Seit einer Woche kampiert die Gruppe in Zelten, um keine Zeit mit den Anfahrten zu vergeuden. Die Netze sind bekanntermaßen schlecht, verstehen Sie? Der Professor meldet sich alle paar Tage. Kann nicht mehr lange dauern.«

»Sie sagten gerade, die Netze seien schlecht.«

»Ja, ja, aber einmal in der Woche fahren sie in die Stadt, oder was man so Stadt nennt. Zum Einkaufen und so, verstehen Sie?«

»Dann richten Sie dem Professor doch bitte etwas aus.«

»Wenn ich dann da bin.«

»Sie können ja eine Nachricht hinterlassen. Oder, wissen Sie was, geben Sie mir seine E-Mail-Adresse.«

»Hat denn Ihre Freundin keine?«

»Doch, sie reagiert nicht, das sage ich doch die ganze Zeit.«

»Da seh'n Sie's, die Netze sind schlecht.«

»Bitte, geben Sie mir die Adresse.«

»Das hat er nicht gerne, verstehen Sie?«

»Ich bin Journalist. Ich schreibe einen Artikel über Ihre ›Hilfsbereitschaft‹. Die kommt dann unter ›Angehöriger bis zum Herzanfall gereizt‹ in die Kulturbeilage meiner Zeitung. Ich bin bekannt, verstehen Sie?«

»Mein Gott. Aber auf Ihre Verantwortung. Siebenarchäologen@graben.com.«

»Das ist nicht Ihr Ernst.«

»Also wollen Sie sie jetzt?«

»Ja, meinen herzlichsten Dank auch. Machen Sie sich einen wunderschönen Tag. Und arbeiten Sie nicht zu viel.«

»Ach, Sie haben ja keine Ahnung. Heute kommen die ganzen Praktikanten, um ihre Wochenpläne abzuholen, verstehen Sie?«

»Ich verstehe Sie voll und ganz.«

Boris schwitzte. Er ging ins Badezimmer und hielt sein Gesicht unter kaltes Wasser. Dann schickte er eine Mail an Professor Sieben. Sein Argwohn um Dolores nahm zu. Sicher, sie vergaß über ihre Arbeit häufig alles andere, aber jetzt war der siebte (ha) Tag, dass sie stumm blieb. Marlene tat so, als wäre sie nicht beunruhigt, aber er glaubte ihr nicht.

Boris war seit zwei Jahren mit Dolores zusammen. Er hatte sich zögerlich auf dieses Verhältnis eingelassen. Doch sie war selbstständiger, als er befürchtet hatte, nein – als ihm lieb war. Sie lebte ihr eigenes Leben, teilte es aber gerne mit ihm, wenn es denn passte. Wenn nicht, bemühte sie sich um Kompromisse. Er wollte kein Kompromiss mehr sein. Er hatte sogar an Heirat gedacht, sich aber noch nicht getraut, sie zu fragen.

Claudio ging mit Marlene entspannter um. Sie war ihrer Schwester sehr ähnlich, aber Claudio konnte das offensichtlich gut ertragen. Und Boris hatte ihm geraten, sie an der langen Leine zu lassen! Wenn er daran dachte, musste er lachen. Er hätte sich selber diesen Rat geben sollen. Aber, egal, sieben Tage keine Nachricht, hatte nichts mehr mit Spielraum zu tun. Sie war schließlich nicht im Nachbarort Milch kaufen. Ihm war mulmig zumute.

Er hörte Stimmen aus dem Innenhof. Durch das Fenster sah er Gustave neben Marlene stehen und auf sie einreden. Dann holte er ein Kästchen aus der Jackentasche und öffnete es. Marlene gab einen unbewussten Laut von sich. Boris konnte nicht in die Schachtel sehen und wurde neugierig. Er verdrängte seine Befürchtungen und verließ das Zimmer.

Als er unten ankam, legte sich Marlene gerade eine Kette um den Hals. Sie war aus Gold, mit bunten Schmucksteinen und wirkte antik. Aus der Nähe sah Boris, dass es sich um Smaragde, Saphire und einen Rubin handelte. Die Steine waren nicht besonders groß, aber von schönem Feuer. Das Geschmeide war wertvoll und gehörte in ein Museum. Was machte es an Marlenes Hals?

»Toll, nicht?« Sie strahlte. »Er hat mich bestochen.«

Boris zog eine Braue hoch.

»Das ist aus dem Heimatmuseum. Gustave hat es vor Jahren im Herrenhaus gesehen.« Sie zeigte vage hinter sich. »Er hat den Besitzer überredet, es im Museum auszustellen, weil es natürlich irgendwie mit St. Pierre zusammenhängt. Er darf es mir für einen Abend leihen, wenn ich die Moderation für die Spendenveranstaltung übernehme.«

»Was du tust?!«

»Ich kann nicht widerstehen. Aber Gustave wird nicht von meiner schwachen Seite weichen. Ich werde es zurückgeben müssen.«

»Bedauerlich!«

Gustave hatte am Abend zuvor in der linken Schreibtischschublade gekramt. Hier bewahrte er das Material zur Église St. Pierre auf. Und in der rechten Schublade, in der Mitte und in beiden Seitenschränken. In der Kommode und im Küchenschrank. Überall. Sein Pensionärsleben drehte sich um die Kirche. Andere Interessen hatte er nicht mehr. Er langweilte sich nie, denn sein Hobby war vielschichtig.

Tatsächlich hörte er diese Bezeichnung nicht gerne. Als Historiker hatte er ein besonderes Verständnis für die Geschichte des Bauwerkes. Diverse geistliche und weltliche Persönlichkeiten hatten die Geschicke der Kirche bestimmt. Architektonische Besonderheiten erschlossen sich ihm auf ganz neue Weise. Er sah in der Rettung dieses Kleinods eher eine Berufung. Es gab Leute, die statt Kleinod Klotz sagten, aber die konnte er nur bedauern. Wer kein Gefühl für die spezielle Ausstrahlung dieses Wahrzeichens der Stadt hatte, war arm. Er seufzte. Arm. Das war das Dauerproblem. Wovon die ganzen Maßnahmen zum Erhalt bezahlen?

Wenigsten die nächsten paar Monate war er gerettet. Ein anonymer Spender hatte eine erkleckliche Summe auf das Kirchenkonto überwiesen. Genug, um die Treppe zum Uhrenturm zu ersetzen. Wenn er mit Marcel einen guten Preis aushandeln konnte, würde es noch für ein neues Fenster in der Apsis reichen. Kein buntes, damit musste er noch warten, aber wenigsten Glas, wo jetzt Pappe war.

Er hatte gefunden, was er suchte. Die Fotokopie eines Briefes aus dem 18. Jahrhundert. Ein wohlhabender Kaufmann aus Tonnerre bestellte bei einem Goldschmied eine Kette als Brautgeschenk für seine Tochter. Die Trauung sollte in St. Pierre stattfinden. Das Geschmeide war mit einigen Smaragden und Saphiren geschmückt, in der Mitte prangte ein Rubin. Der Preis war astronomisch. Aber man bedenke, dass der adlige Schwiegersohn der Erbe des größten Landbesitzes der Umgebung sei. Beste Beziehungen zum königlichen Hof wurden gepflegt. Der König selbst, ein passionierter Jäger, schätzte den Wildreichtum der burgundischen Wälder und jagte in ebendiesen Ländereien.

Vom Tuchhändler auf direktem Weg nach Versailles – das war schon ein paar Louis d'or wert. Gustave konnte die

Gedankengänge des Mannes nachvollziehen. Marie Antoinettes Verschwendungssucht war legendär. Die Damen bei Hof brauchten Kleider wie ihre Untertanen Brot. Und, man konnte ja nie wissen, vielleicht fanden seine Stoffe sogar Gnade vor den Augen der lebenslustigen Königin.

Doch das Beste war der Name seiner Tochter: Marlène! Wenn er damit nicht Marlene überreden konnte, die Veranstaltung zum Erhalt der Kirche zu moderieren.

Gustave grinste breit: »Die Dame, der es gehörte, hieß Marlène, wenn das kein Zeichen ist!« Er zog den Brief aus seinem Notizbuch und überreichte ihn Marlene. »Lesen Sie selbst!«

Sie hatten Mühe, Gustave loszuwerden. Er wollte den Ablauf des Abends durchsprechen, am liebsten direkt die Presse benachrichtigen, die Gäste einladen, Marc um die Menüfolge bitten. Er war kaum zu bremsen. Boris mischte sich ein: »Marlene, kann ich mit dir über Dolores sprechen?«

Gustave verschwand mit grantigen Blicken auf Boris. Marlenes Hals war wieder frei, sie ließ sich in den nächsten Sessel plumpsen.

»Ich mach's wirklich nur, weil ich diese Kette tragen will. Sie ist unglaublich schön. Dafür kann ich Gustave mal drei Stunden ertragen. Was ist mit Dolores?«

Boris berichtete.

»Ich sende auch eine Mail. Und morgen rufe ich in Köln an.Wir können im Moment nichts anderes tun. Oder willst du rüberfliegen?«

»Nein, nicht wenn sich jemand im Institut meldet.«

»Wieder warten. Das scheint unsere Lieblingsbeschäftigung zu werden.«

»Wo ist Claudio?«

»Steckt mit Lafrogue den Kopf zusammen.«

Marlenes Handy klingelte. Sie hörte eine Weile zu, dann nickte sie, sah zu Boris und sagte »Ciao, ciao« in den Apparat. »Claudio fährt noch zu Gianna, sie bekommt einen Sender in ihren Lippenstift gesetzt.«

»James Bond!«

»Ist aber die übliche Methode, sagt er.«

»Dann weiß das auch Pero.«

»Aber er rechnet nicht damit. Morgen wird sie abgeholt, um sich die Produktionshallen anzusehen. Es geht los.«

Gianna fühlte sich unbehaglich. Pero fuhr einen eleganten, schwarzen Citroën. Er hielt sich an die Verkehrsregeln und wirkte entspannt. Er hatte Barockmusik von Bach eingelegt und summte leise mit.

Gianna hatte sich dreimal umgezogen und war schließlich bei den üblichen Jeans und einem T-Shirt geblieben. In einer Schultertasche war ihr Handy, Papiere und das, was eine Frau so bei sich hatte. Der Lippenstift in einem Seitenfach leuchtete durch die Tasche wie in einem Röntgengerät, er piepste und verbreitete einen unangenehmen Geruch.

Gianna seufzte.

»Wir machen gleich eine Pause.« Pero sah zu ihr herüber.

»Nein, fahren Sie durch, ich will es hinter mir haben.«

Jetzt seufzte Pero.

Sie näherten sich den Außenbezirken von Lille. Das Gelände war immer flacher geworden, große landwirtschaftliche Flächen durchsetzt von Dörfern, ab und zu etwas Industrie. Eintönig und trist. Die Wolken hingen schwer und tief, es begann zu nieseln.

Sie umfuhren die Stadt auf einem Autobahnring, dann weiter in Richtung Belgien. Die Gegend wurde nicht attraktiver, dafür der Regen heftiger. Sie erreichten das Grenzgebiet, dort, wo die Lys Frankreich und Belgien trennt. Sie war hier kanalisiert und für kleinere Frachter schiffbar.

»Dieses Land ist blutgetränkt.« Pero stellte die Musik leiser und deutete unbestimmt nach vorne. »In beiden Weltkriegen wurden hier Schlachten geschlagen. Tausende Tote, kein Ergebnis.« Er klang verbittert.

»Haben Sie Verbindungen hierher?«

»Nein. Aber ist die Dummheit der Menschen nicht grenzenlos?« Er lachte über das Wortspiel.

Sie näherten sich einem Zaun, hinter dem sich ein Gelände mit mehreren Hallen erstreckte. Er hielt vor einem verschlossenen Tor, stieg aus und drückte auf eine Klingel. Über dem Tor hing ein Schild: *Jambon San Antonio*. Ein junger Mann im Overall kam aus einer der Hallen und zog die Torflügel auf. Pero lenkte den Wagen bis vor das Gebäude. Gianna und er folgten dem Mann, der sich als Alain vorgestellt hatte, durch eine schmale Eisentür ins Innere.

Gianna stockte der Atem. Vor ihr erstreckten sich Arbeitstische, Salzbottiche, tiefe Edelstahlwaschbecken, diverse Arbeitsgeräte, Haken mit einem Dutzend weißer Kittel und Mützen. Neben je zwei Tischen befand sich ein Rollregal, in das die Schinken gelegt werden konnten. Im Hintergrund sah sie den Eingang zu den Kühlräumen, in denen sie vor der Lufttrocknung lagern mussten. Fast hätte sie Pero zu dieser Ausstattung gratuliert. Der sah sie neugierig an. »Na, was meinen Sie?«

»Sieht gut aus«, konnte sie sich abringen.

»Wir machen einen Rundgang. Sagen Sie, was fehlt oder verbessert werden muss. Die Schinken kommen in zwei Wochen, bis dahin sind wir dann so weit.«

Die anderen Hallen waren zum Lufttrocknen und Verpacken vorgesehen. In der letzten sah sie Propangasflaschen stehen. Hier sollte also ihr Bruder die Brandstempel aufdrücken und mit einer Handbewegung aus einem normalen einen Parmaschinken machen. Ein Zischen, und der Kilopreis stieg um 500 Prozent oder mehr.

Sie war geneigt, die wenigen Unzulänglichkeiten, die sie entdeckte, zu übergehen, aber sie erinnerte sich an Claudio, der ihr eingeschärft hatte, auf die Wünsche Peros einzugehen, und schlug hier und da Änderungen vor.

Einer der Männer, es waren fünf oder sechs, alle im Overall und Franzosen, schrieb ihre Vorschläge auf. Er trug einen Seitenscheitel und sah wie ein Lehrer aus, vielleicht vierzig Jahre alt, mit geschliffener Aussprache. Wie mochte Pero an seine Leute kommen? Sie wollte ihn nicht fragen, es war keine gute Idee, über das Nötigste hinaus Interesse zu zeigen.

Auf der Rückfahrt bog der Citroën auf den Parkplatz eines Rasthofes ein. Pero wollte Kaffee, Gianna nutzte die Gelegenheit, die Toiletten aufzusuchen. Ein Reisebus hatte eine Horde schnatternder Schülerinnen ausgespuckt, hinter denen sie warten musste. Die Situation erschien ihr irreal. War sie hier wirklich mit einen Verbrecher, Erpresser, wahrscheinlich Mörder zum Kaffeetrinken?

Wieder auf der Autobahn, legte Pero erneut Bach ein, dann drehte er sich Gianna zu. »Jetzt verlassen wir das Gebiet der blutigen Kämpfe.« Er lächelte. »Wollen wir hoffen, dass diese Zeiten nicht wiederkommen.«

Er brachte sie nach Hause und verschwand in die Dämmerung, auf leisen Rädern, wie ein Panther auf Rollschuhen.

Gianna goss sich ein Glas Wein ein. Nachdem sie es getrunken hatte, wusch sie sich die Hände, setzte sich mit einem Stück Baguette und einem zweiten Glas in den Lieblingssessel ihres Mannes und rief Claudio an.

Paolo Pero war mit sich zufrieden. Er schnurrte Richtung Turin und ließ den vergangenen Tag an sich vorbeiziehen. Die Produktionshallen waren ordentlich und professionell ausgestattet. Seine Männer hatten gut vorgearbeitet.

Es hatte sich gelohnt, sie sorgfältig auszuwählen. Arbeitslose Franzosen, die mit ihrem Geld hinten und vorne nicht auskamen. Noch nicht so lange auf der Suche, dass die graue Verzweiflung sie im Griff hatte, aber lange genug, dass sie den Schatten sahen. Für die Kleinkriminellenszene waren sie sich zu gut, jedoch bereit, ihre Arbeitskraft für einen anspruchsvollen Betrug einzusetzen. Das schmeichelte ihrem Intellekt. Zwei Akademiker, vier Handwerker, keiner Spieler oder Trinker. Darauf achtete er.

Pero liebte es, mit der Eitelkeit der Menschen zu spielen, die oft ein größerer Antrieb war als das Geld. Bei ihm war es nicht anders, er war ehrlich genug, das zu erkennen.

Gianna konnte er damit nicht beikommen. Sie setzte andere Prioritäten. Gianna würde besser arbeiten, wenn ihr die Umgebung zusagte. Er bemerkte, wie wichtig es ihm war, dass sie einen guten Eindruck hatte. Er schob den Gedanken beiseite und konzentrierte sich auf die nächsten Schritte.

Die Schinken würden in einigen Tagen in Rumänien verladen werden. Er hatte dort Kontakte, die Jahre zurückreichten – in eine Zeit, als er noch mit Zigaretten gehandelt hatte. Es war einfach gewesen, seine alten Geschäftspartner zu überzeugen. Zwar durfte wieder Schweinefleisch aus Rumänien exportiert werden, nach Jahren von Schweinepest und sonstigen unappetitlichen Krankheiten, aber die teuflische Mehrwertsteuer von 24 Prozent verdarb jeden Spaß an einem anständigen Geschäft. Für seine Partner war der Schwarzhandel die normale Geschäftsform. Sie sparte einen Haufen Geld und hinterließ das gute Gefühl, die Scheiß-Politiker zu verarschen.

Brutto kostete ihn diese Aktion einen Bruchteil der legalen Einfuhr. Brutto hieß inklusive Schmiergeldern. Die wurden allerdings immer höher. Sie orientierten sich an Angebot und Nachfrage, ganz wie im richtigen Leben. Pero war nie knauserig gewesen, aber sein spezieller Ehrbegriff eckte an den Forderungen an. Er musste diese Sache durchziehen, er hatte schon zu viel investiert. Aber er würde seine Partner im Auge behalten. Wenn nötig, konnte er nach der dritten Fuhre abbrechen, dann hatte er Gewinn gemacht.

13. Gerichtsmediziner

Salut, Ari, ciao, ciao.« Madame Pourquoi drückte so behutsam auf die Aus-Taste des Telefons, als wäre sie die Bohne auf einer Mokka-Sahne-Torte. Sie atmete langsam ein und ruhig wieder aus. Gut! Kurz vor dem Aufgeben hatten die Taucher heute endlich den Pferdeknochen gefunden. Er hatte sich in einigen Unterwasserpflanzen verfangen, sonst wäre er durch das munter sprudelnde Bächlein davongespült worden. Er war durch das Wasser oberflächlich sauber, aber die Forensik würde Blutspuren finden. Wenn der Mörder dümmer war als vermutet, vielleicht sogar Fingerabdrücke oder DNA.

Ari hatte ihr gratuliert. Sie wünschte, er könnte kommen. Aber da waren ja seine Freunde, dieser eingebildete Inspecteur und dessen Freundin, jetzt auch noch ein Journalist. Sie hatte sich die Einladung gespart. Madame Pourqoui stellte sich vor den Spiegel über dem Aktenschrank und zupfte an ihren Haaren. Sie musste zum Friseur, oder nicht?

Dottor Sebastiano legte das Skalpell in die Schale für benutzte Teile und warf dem Leichnam einen letzten Blick zu. Herzinfarkt, kein Mord, so gerne er die Witwe auch im Gefängnis gesehen hätte. Eine Xantippe, wie sie im Buche stand. Gewiss hatte sie ihren Mann bis zur Weißglut getrieben. Indirekter Mord. Nützte aber nichts, der war nicht strafbar.

Sebastiano war sicher, dass die Friedhöfe von dieser Art Toten überquollen. Vielleicht etwas übertrieben, aber nach der letzten Tagung der europäischen Gerichtsmediziner in Berlin war sein Glaube an die Menschheit praktisch auf dem Nullpunkt. Das war jedes Mal so, im Laufe der Zeit relativierte sich seine Wahrnehmung wieder.

Nur, wenn man eine Woche lang mit Kollegen die neuesten Mordmethoden austauschte, konnte das Weltbild schon mal in Schieflage geraten. Dabei ging es nur um die privaten Morde, die offiziellen, also Kriege, Terrorismus, Anschläge et cetera, blieben außen vor.

Diese Tagung hatte es in sich gehabt. Drei Vorträge pro Tag, er selber hatte insgesamt zwei gehalten. Dann die Arbeitsgruppen, und abends sezierten sie im Kreise der Kollegen Rinderbraten und Hühnerhälften. Die Tischgespräche hatten sich nicht sonderlich von den Tagesthemen unterschieden. War es da ein Wunder?

Er dachte an seine Frau, die mal wieder bei ihrer Schwester in Atlanta war. Keine Entschuldigung, natürlich nicht.

Sebastiano hatte sich damals auf die Reise nach Kapstadt gefreut. Der internationale Kongress der Gerichtsmediziner vor zwei Jahren war die Gelegenheit gewesen, für eine Woche zu verschwinden und den Kleinkram seines Berufes hinter sich zu lassen. Die wachsende Anzahl der Formulare, die Sichtung von Papieren und E-Mails nahmen ein lächerliches Ausmaß an. Er versuchte zu delegieren, was nur ging, doch seine Assistenten ließen sich nur begrenzt mit guten Rotweinen bestechen.

Kapstadt war bunt und stressig gewesen, exotisch und anders. Es summten mehr als dreitausend Rechtsmediziner herum, er wusste kaum, welche Veranstaltungen er besuchen sollte. Beim ersten Vortrag, es ging um die Haltbarkeit menschlicher Knochen in arktischem Klima, saß Madame Pourquoi neben ihm. Sie liefen sich während dieser Woche einige Male über den Weg und verabredeten sich für die Abendessen. Sie blieben auch nach dem Kongress in Verbindung.

Wenn eine Tagung anstand, mailte sie ihm, dass sie hinführe oder umgedreht. Der andere fuhr auch. Ob zufällig oder gewollt hinterfragte er nicht.

Jetzt hatte sie ihn, kaum aus Berlin zurückgekehrt, angerufen.

Diese Pferdeknochensache war interessant und hatte sich als richtig erwiesen, wie er gerade gehört hatte. Mal ein anderes Mordwerkzeug. Er hatte Lust, nach Tonnerre zu fahren und sich die Sache vor Ort anzusehen.

Pikant war, dass sein Freund Claudio ebenfalls im Burgund weilte. Claudio war sensibel, er würde es merken. Marlene bestimmt. Er entschloss sich, in Turin zu bleiben.

14. Schlafende Hunde

Commissaire Lafrogue und Claudio standen über eine Landkarte gebeugt in Lafrogues Büro, im Präsidium in Tonnerre. Der Raum war für ein Büro gemütlich eingerichtet. Ein paar Topfpflanzen gediehen prächtig, die Kaffeemaschine war im Dauereinsatz und statt der üblichen Neonröhren brannten einige Wand- und Tischlampen. Der Commissaire holte sich Koffeinnachschub. Seine Diät hatte Urlaub.

»Hier sind die Hallen.« Claudio zeigte auf das Grenzgebiet kurz hinter Lille. »Können wir das Ding aufhängen?«

Lafrogue nickte und deutet auf eine leere Wand, die schon durch tausend Löchlein gemustert war. Claudio fischte die Nadeln vom Schreibtisch und hängte die Karte auf.

»Sehen Sie, wenn die Schinken fertig sind, können sie entweder über das Wasser oder mit dem LKW fortgeschafft werden. Wir müssen wissen, wo sie hingehen sollen.« Der Commissaire pikste eine rote Nadel an das Ufer der Lys.

»Das wird Pero kaum verraten.«

»Nein, aber vielleicht kriegt Gianna im Laufe der Zeit etwas mit. Immerhin kann die erste Fuhre frühestens in acht Monaten ausgeliefert werden. Das gibt uns Zeit, uns um die Lieferanten zu kümmern.«

»Wieder mit einem Lippenstift?« Claudio hatte diese Maßnahme für albern gehalten, aber zugestimmt, falls Gianna Hilfe benötigt hätte.

»Nein, mein Freund«, schmunzelte Lafrogue. »Sie sind jung, Sie fahren hinterher. Ich gebe Ihnen einen Kollegen mit, Sie folgen den Lastern nach Hause, et voilà, schon haben wir sie!«

»Wenn wir das Kennzeichen haben, wissen wir ungefähr, wie der Rückweg aussehen wird. Ich möchte vorsorglich die

Polizei der infrage kommenden Länder informieren. Dann müssen wir uns im Notfall nicht mit langen Erklärungen abgeben.«

»Ah, Sie wollen schlafende Hunde wecken!«

»Lafrogue, ich hoffe, es kommt diesmal gar nicht so weit. Aber ich will nicht irgendwann, irgendwo in der Öde sitzen, in einem Land, dessen Sprache ich nicht spreche und in dem mein Auto auffällt wie ein Fuchs unter Hühnern.«

»Bon. Wir bereiten alles vor. Nebenan ist ein Schreibtisch frei, den können Sie benutzen. Wir haben noch über eine Woche. Wir geben Ihnen einen anständigen Wagen. Der Kollege, hm ...«

»Oh, nein, nicht Cheval!«

Lafrogue lachte, bis ihm die Tränen kamen. »Das wär was!« Er rang nach Luft. »Keine Angst, mein Freund. Lieutenant Romain wird Sie begleiten. Er wird Ihnen gefallen.«

»Dann werde ich jetzt ein bisschen telefonieren und anschließend Marlene informieren. Sie ist mit der Vorbereitung dieser Spendenveranstaltung beschäftigt. Gustave hat sie doch noch überredet. Oder vielmehr bestochen – mit Schmuck.«

»Frauen! Hat er es geschafft? Die meisten sehen ihn lieber von hinten, aber die Kirche dankt es ihm. Komischer Kauz! Haben Sie mal eine Führung mit ihm gemacht?« Er schnaubte. »Dumme Frage, war bestimmt das Erste, was Sie tun mussten. Er ist geradezu fanatisch. Na ja, besser, als trübsinnig zu werden. Er hat keine Familie mehr, ist seit Jahren allein.«

»Stimmt, er nervt. Das hält aber im Moment Marlene davon ab, mitfahren zu wollen, und erspart mir Diskussionen. Ich hoffe nur, dass ich bei der Veranstaltung hier bin.«

»Inspecteur Manera, die moralische Stütze. Ihr Journalistenfreund scheint auch Bedarf zu haben, oder?«

»Boris macht sich Sorgen um seine Freundin. Sie ist Archäologin, gerade in Kambodscha und er hat seit über einer Woche nichts von ihr gehört.«

»Merde, hat er schon die Botschaft angerufen?«

»Nein, aber die Universität, die das Projekt organisiert. Die wissen auch nichts. Aber ich glaube, er will noch ein paar Tage warten, bevor er etwas unternimmt.«

»Er soll die Botschaft anrufen, die können jemanden schicken.«

»Der seine Freundin dann fröhlich kratzend in der Tempelanlage findet.«

»Ist sie so?«

»Meistens.«

»Merde, alors. Armer Kerl.«

Im Baum gegenüber Boris´ Fenster saß eine Schar Spatzen und machte Radau. Als Boris sich aus dem Fenster lehnte, um einen besseren Handyempfang zu haben, stoben sie, bis auf einen, auseinander. Es knackste und rauschte, dazwischen war Dolores Stimme zu hören.

»Du glaubst es nicht! Wir sind seit ...gen in einem kleinen Dorf … Nähe. ... schönste ... gesehen habe …?«

»Dolores, geht es dir gut?« Boris schrie.

»Na... ...toll!«, schrie sie zurück.

»Das hat keinen Zweck. Ich liebe dich.«

»Ich dich auch. Bis bald, Boris. Hey, jetzt ist die Verbindung plötzlich gut!«

»Schick' mir lieber eine Mail.«

»Mach' ich. Alles … ging nicht früher. Tut mir … aber …«

»Tschüss, meine Süße, du kostest mich den letzten Nerv.«

Der Spatz plusterte sich auf, ließ einen Klecks fallen und flog schimpfend davon. Boris drückte auf Rot und ging zurück ins Zimmer. Er hatte sich gerade entschlossen, noch einmal in Köln anzurufen, da war Dolores an der Strippe gewesen. Vor Erleichterung war ihm etwas schummrig, sauer war er außerdem, aber das konnte er ihr nicht mitteilen. Die Götter der Netze waren mit ihr.

Er verließ das Hotel. Die Sonne stand hoch am Himmel, es war heiß. Er schlenderte an der Fosse vorbei, der man die Störungen der letzten Zeit nicht ansah. Unbeeindruckt lag sie klar und grün in ihrer Schüssel. Er wählte eine steile Gasse, die hoch zu St. Pierre führte, und nahm sich zum wiederholten Mal vor, Sport zu treiben. Er war schlank und einigermaßen fit, aber das Wörtchen »noch« lauerte um die Ecke. Nur, dass er weder Laufen noch Fitnessclubs mochte. Früher hatte er einmal Tennis gespielt, gar nicht schlecht, in einem etwas altmodischen, eleganten Stil, der mehr auf den Spielfluss als auf abgehacktes Punktescheffeln ausgerichtet war. Das war lange her. Die Zeit fehlte und die alten Partner gab es auch nicht mehr.

Jämmerlich! Er spürte eine leichte Depression aufziehen. Also, gut. Dolores war bei einer Grabung, es ging ihr gut, sie liebte ihn. Basta!

Und wenn sie zurückkam? Und wenn sie zurückkam, würde er sie vom Flughafen abholen, in der Hand einen Strauss roter Rosen und hinter dem Rücken eine Flasche Champagner. Oh Gott, vielleicht noch mit einem Rückendekolleté? Boris grinste.

Aber Sport würde er machen.

Er hatte die Kirche noch nicht von Nahem gesehen. Das Ausmaß der Reparaturbedürftigkeit war nicht zu übersehen. Der exponierte Platz gab ihr Würde und stellte zugleich ihre Mängel ins Licht. Ein maroder Charme, der ihn ansprach. Boris fürchtete, dass mit der Restaurierung auch ein Teil der

Atmosphäre verloren gehen würde. Aber die Chancen standen gut, dass er diese Entwicklung nicht mehr erleben musste.

Er setzte sich auf die Stufen vor dem Portal und rief Marlene an.

»Sie hat sich vorhin gemeldet. Alles in Ordnung.«

»Gott sei Dank. Und?«

»Keine Ahnung, die Verbindung war miserabel. Ich hoffe, sie mailt.«

»Okay, Boris. Ich bin hier noch bei einem Winzer oberhalb von Chablis. Auf dem Rückweg besuche ich Gianna. Wir sehen uns zum Abendessen. Oder komm auch zu Gianna, du kannst dir ihren Hof ansehen. Jean gibt dir die Adresse.«

Boris nahm die Ablenkung gerne an. Er atmete tief durch und fühlte sich etwas besser.

Als er in Giannas Hof einbog, war gerade Fütterungszeit. Aufgeregtes Quieken erfüllte die Luft. Die Schweine schubsten sich gegenseitig von den Trögen, Gianna und ein Helfer redeten auf sie ein. Boris beobachtete das Spiel, bis Gianna sich umdrehte und ihn entdeckte.

»Ciao, bello. Eine Partie Boule?«

»Ciao, Gianna, aber nur, wenn Sie mir Unterricht geben!«

»Sicher. Kommen Sie her, helfen Sie mir mal mit den Eimern.«

Boris holte einen Eimer voller Trockenfutter und trug ihn in eine Scheune. Gianna war vorausgegangen, in jeder Hand Bottiche mit dampfender Pampe. Sie stellte sie in eine Ecke und wischte die Hände an der Hose ab. Ihre Haare standen ab und die Dreckspuren an ihrer Wange wirkten wie eine Kriegsbemalung. Sie war erhitzt und sah frisch aus. Schwacher Schweineduft umgab sie, der sie nur umso lebendiger wirken ließ. Sie schob sich eine Strähne aus der Stirn und sah ihn prüfend an. Boris trat einen Schritt nach vorne und küsste sie. Sie schmiegte sich für einen kurzen Moment warm in seine Arme, dann löste sie sich und lächelte ihn an.

Boris sagte: »Pardon.«

»Pas de quoi. Gleich kommt Marlene, sie möchte mich ausfragen, weil Claudio mit Informationen geizt. Kommen Sie, wir gehen hinein. Ich will mich umziehen.« Sie verließ die Scheune.

Boris folgte ihr mit einem unwirklichen Gefühl. Es war immer noch sehr heiß, aber ein laues Lüftchen kam auf, das auf ein wenig Erfrischung hoffen ließ.

In Giannas Küche stand eine Weinkiste voller Zitronen, die ihr Bruder aus Italien mitgebracht hatte. Sie hatte Boris gebeten, einige auszupressen, während sie sich duschen und umziehen wollte. Boris hatte aus zwei Dritteln Saft, einem Drittel Wasser und wenig Zucker eine Limonade gemacht. Jetzt suchte er im Kühlschrank kaltes Bier, das er als Fundament von etlichen Flaschen Chablis fand. Er war mit dem Umräumen beschäftigt, als Marlene in die Küche trat.

»Ich habe geklopft, hast du mich nicht gehört?«

»Hier ist so viel Krach. So, jetzt hab' ich euch!« Er beförderte die Bierflaschen auf den Küchentisch und legte den Wein zurück.

»Was machst du da?«

»Shanty. Zitronensaft mit Bier.«

»Genau das Richtige jetzt. Wo ist Gianna?«

»Kommt sofort, sie ist duschen.«

Marlene ließ sich auf einen Stuhl fallen und fächelte sich Luft zu. »Gewitterluft. Ich habe einen tollen Wein entdeckt. Nicht weit von hier ist ein Winzer, der einen Chardonnay mit Riesling mischt. Ganz frisch und spritzig. Nur immer diese witzigen Namen: ›Charli‹. Finde ich blöd.«

»Aber die Kunden nicht. Wenn die Winzer überleben wollen, müssen sie zeitgemäß sein. Das ist ein typischer Name für eine junge Kundschaft, die einen unkomplizierten Wein will.« Er klang wie ein Werbeprospekt.

»Weiß ich ja. Blöd finde ich es trotzdem.«

Gianna trat ein, die nassen Haare hingen in kleinen Locken von ihrem Kopf, der Schweinegeruch war etwas Floralem gewichen. Sie setzte sich zu Marlene an den Tisch.

»Och, ich find's ganz lustig. Die Winzer haben Humor, wer hätte das gedacht? Was denken Sie, wie verknöchert hier die alten Winzerfamilien sind? Wenn sie ihre Châteaux nicht bis zum Sonnenkönig zurückverfolgen können, dann müssen sie wenigstens so tun. Da hat Witz selten Platz. Ist doch erfrischend, die neue Entwicklung. Und wenn sie dann noch dem Absatz dient ...« Sie zuckte mit den Schultern. Ihr weißes Sommerkleid ließ sie wie einen gesunden, aber hungrigen Engel aussehen. Sie griff nach einem Glas und begann, minutiös von ihrer Lille-Reise zu erzählen. Pero kam erstaunlich gut dabei weg, bis zu der Stelle, als er von der Hoffnung sprach, dass sich das Blutvergießen nicht wiederholen möge.

»Das war eine klare Warnung. Im ersten Moment habe ich das gar nicht gemerkt. Der Kerl hat etwas Unheimliches.«

»Genau das ist seine Methode«, meinte Boris. »So hat er es auch bei Ihrem Bruder gemacht. Sicherheit und Drohung im Wechsel. Das zermürbt.«

»Ich soll dabei sein, wenn die Schinken ankommen, damit ich sie prüfen kann. Claudio und ein französischer Kollege wollen dem leeren Laster folgen, um den Heimathafen zu finden.«

»Ich wette immer noch auf Rumänien.« Boris schwenkte sein Glas, um Schaum zu erzeugen. »Kann er denn dort einfach jemanden festnehmen?«

»Das weiß ich nicht. Aber es ist auch noch nicht so weit. In acht Monaten sollen die fertigen Schinken verladen werden. Dann kann man auch den Empfänger und die Zwischenlieferanten ermitteln. Solange müssen wir stillhalten und mitmachen.«

»Und Ihr Bruder?«

»Seine Frau ist eingeweiht und sein Chef. Das war für ihn die Hauptsache, dass er nicht wie ein Betrüger dasteht. Jetzt hofft er, dass das nächste Jahr schnell vorübergeht. Er kommt ja erst in einigen Monaten ins Spiel.«

Gianna trank ihr Glas leer und reichte es Boris zum Nachschenken. Sie zog eine Spange aus der Kleidertasche und steckte sich die Haare hoch, dann stand sie auf und nahm ein Stück Schinken aus dem Kühlschrank, das sie mit einem Messer auf ein Holzbrett legte. Dazu ein Korb mit Baguette. Während sie den Schinken schnitt, meinte sie: »Was mich am meisten aufregt, ist, dass ich innerhalb von acht Monaten einen Schinken machen soll, der als Parmaschinken durchgeht. Da fehlen mir locker sieben Monate. Ich nehme mir allein für die Einsalz- und Ruhephasen 12 Wochen Zeit. Wo soll ich denn einsparen? Vor allem, wenn das Fleisch minderwertig ist, und das wird es sein. So kann ich niemals die gewünschten Ergebnisse liefern, sonst könnte ja jeder Idiot guten Schinken machen.« Sie spießte ein Stück auf und fuchtelte damit vor Marlenes Nase herum. »So muss ein guter Schinken aussehen.«

»Ich glaube, das ist Pero klar. Er will halt nur das bestmögliche Ergebnis.« Boris hoffte, dass Pero da genauso sicher war wie er.

Die Woche verging ruhig, fast in Ferienstimmung. Marlene spulte ihr Programm ab, Claudio begleitete sie. Sie entdeckten, versteckt in den sanften Hügeln des Nordburgunds, einige spannende Weingüter. Meist Winzer, die sehr kleine Produktionen hatten und kein Aufhebens um ihre Arbeit machten. Marlene war erstaunt, dass es diesen Typ hier noch gab. Sie waren aus der Mode gekommen, die bescheidenen Könner, denen die Qualität eines Weines wichtiger war als die Publicity. Die ihn am liebsten nur mit Freunden tranken und auf Auszeichnungen pfiffen.

Claudios Kommentar war trocken: »Wenn ich nur zwei Hektar habe, brauche ich keine Werbung. Der Wein ist doch sowieso gleich weg.«

Er zog sie auf, wenn sie in sentimentales Schwärmen kam. Aber manchmal brauchte sie das eben, und Claudios Verständnis war bestenfalls rudimentär. Da hielt sie sich besser an Boris, der auch gefühlsduselig sein konnte. So schnappte sie nur zurück: »Aber trinken tust du ihn gern!«

Worauf Claudio das Glas hob und ihr zuprostete.

Auf dem Parkplatz des Hotels stand inzwischen ein silberner Kombi, typisches Vertreterfahrzeug, austauschbar und unauffällig. Aber ausgestattet mit Funk und einem ausgezeichneten Navigationssystem.

Lieutenant Yves Romain hatte den Wagen gebracht. Er war blond gelockt und lachte gerne. Er erinnerte an einen Engel, einen der harmlosen Sorte, die gerne schnelle Autos vor alten Damen anhalten. Der schwarze Gürtel in Karate beruhigte Claudio. Lafrogue hatte ihm das verraten, Romain selber sprach nicht gerne darüber. Man lernte ihn kennen und mochte ihn, eine bessere Tarnung gab es nicht.

Marlene fand ihn süß und lud ihn zum Essen ein. Er hatte von seiner Familie erzählt, den Brüdern, die das Engelsheer erweiterten, seiner Mutter, die so viel geballte männliche

Schönheit nicht mehr bemerkte und sich immer ein Mädchen gewünscht hatte. Und dann der Erzengel, sein Vater, der ein Sanitärunternehmen besaß, in das seine Geschwister eingestiegen waren.

Romain hatte eine Freundin, die ihn eifersüchtig bewachte und lieber heute als morgen heiraten wollte. Er selbst stellte sich ein paar Jahre im Ausland vor, vielleicht bei Europol, bevor er sich dauerhaft binden wollte. Marlene hoffte, dass seine Freundin schlau genug war, das zu akzeptieren. Dem Einsatz mit Claudio fieberte er entgegen.

Boris saß den halben Tag an Recherchen zu Lebensmittelbetrügereien, um neue Erkenntnisse zu gewinnen. Aber er fand kaum Hilfreiches.Wenn er nicht mit seinen Freunden Weingüter besuchte, stand er bei Marc in der Küche oder fachsimpelte mit Jean. Er sitze herum wie Falschgeld, meinte Marlene. Claudio bemerkte richtig, dass Falschgeld nicht säße, aber er habe den gleichen Eindruck.

Dolores schickte eine Mail, in der sie begeistert von den Arbeiten am Tempel berichtete. Sie war überwältigt von der Exotik Kambodschas und plante einen Bildband mit Geschichten aus dem Archäologen-Camp.

Im Frühjahr war ihr erstes Buch erschienen, ein reich bebildeter Band, der auf dem Tagebuch eines im 19. Jahrhundert in Volterra verschollenen Forschers beruhte. Sie hatte in der Toskana gearbeitet und auf dem Dachboden ihrer Wohnung seinen Koffer mit dem Tagebuch und weiteren Notizen gefunden. Nach der Grabungssaison hatte sie das Material gesichtet und ausgearbeitet. Schließlich eine Auswahl aus ihren über tausend Fotos getroffen und ein Buch zusammengestellt, das nicht nur schön, sondern auch informativ war.

Dank der Beziehungen ihres Antiquitar-Onkels hatte sie einen Verleger gefunden und Glück gehabt. Es verkaufte sich vorzüglich, sodass sie Lust hatte, in der Winterpause ein neues Buch zu beginnen.

Sie schien rundum zufrieden, Boris fragte sich, ob sie ihn vermisste. Wie ein Gespenst wehte Gianna in ihrem weißen Sommerkleid durch seinen Kopf.

Dazwischen nervte Gustave mit seiner Kirche. Er hatte Marlene eine Liste der Weine gebracht, die zu Marcs Menü getrunken werden sollten. Sie stammten ausschließlich aus renommierten Châteaux. Gustave erhoffte sich von den Produzenten ebenfalls Spenden. Keine gute Idee, fand Marlene. Ihrer Meinung nach hatten es Winzer besonders gern, wenn sie so subtil gedrängt wurden. Aber das war nicht ihr Problem. Sie hatte es einfach, weil über diese Weine alles bekannt war. Sie brauchte im Grunde nur herunterzubeten, was jeder wusste.

15. Bei Dracul und Liliac

Claudio hatte das Seitenfenster des Kombis geöffnet und rauchte. Sie waren seit zwei Stunden unterwegs. Romain fuhr wie eine gesengte Sau. Das hatte Claudio nicht erwartet, sein Magen rebellierte, er hatte schlechte Laune. »Bei der nächsten Raststelle hältst du an. Ich fahre weiter!«, knurrte er.

»Ich bin nicht müde, es geht noch.«

»Ich fahre!«

»Okay, okay.« Romain schielte zur Seite und bremste abrupt, bevor er seinen Vordermann aufspießen konnte.

Sie bogen in eine Tankstelle mit Cafébar ein. Romain holte zwei kleine Schwarze und stellte sie auf den Stehtisch.

»Pass' auf, Yves.« Claudio holte Luft. »Du bist eine Zumutung als Autofahrer. Mir wird schlecht. Ich möchte lebend zurückkommen. Marlene würde dich umbringen, und mein Commissario wird sie decken. Boris schlägt dich vorher zusammen. Noch Fragen?«

Romain lachte. »He, Claudio, du bist empfindlich. Wie mein Vater, der fährt auch nicht gerne mit mir.«

»Ach.«

Sie erreichten die Lagerhallen an der Lys am frühen Abend. Gianna war bereits am Nachmittag mit ihrem eigenen Auto eingetroffen. Die Lieferung wurde in der Nacht erwartet.

Claudio und Romain sondierten das Gelände. Die Hallen standen allein an einer schmalen Landstraße, die aus einem Dorf in die Felder führte. Das Terrain war von einem hohen Eisenzaun geschützt. Niedriges Buschwerk säumte den gegenüberliegenden Straßenrand, etwa hundert Meter vor der Geländeeinfahrt führte ein Feldweg in das Gehölz.

Traktorräder hatten tiefe Furchen hinterlassen.

Nachdem sie einmal vorbeigefahren waren, folgte Claudio der Straße bis hinter die nächste Kurve, dann wendete er und fuhr zügig an den Hallen vorbei und bog in den Feldweg ein. Auf einer Lichtung verrottete ein Lagerschuppen, in dem ausgemustertes Gerät untergebracht war. Der silberne Kombi ließ sich unter ein Vordach fahren, hinter einen verbeulten Gülletank. Sie stiegen aus und schlugen sich durch das Unterholz Richtung Hallen. Romain ging voraus, er bewegte sich ruhig und überlegt. Er deutete auf einen umgestürzten Baum, der einen natürlichen Schutz bot.

Sie richteten sich auf eine längere Wartezeit ein. Claudio fingerte automatisch nach seinen Zigaretten und steckte sie wieder weg. Sein Partner zog Schokolade aus seiner Tasche und reichte sie ihm mit einem Grinsen.

Gegen 22.30 Uhr kam ein Laster aus dem Ort. Das große Tor öffnete sich, er fuhr hindurch und hielt an einer Rampe. Die Leute mussten sich sehr sicher fühlen, Flutlicht flammte auf, Personen in Overall kamen aus der Halle und redeten laut. Aus der Fahrerkabine sprangen zwei Männer, die die hinteren Türen öffneten. Claudio sah durch einen Nebel von Wasserdampf Schinken an langen Stangen hängen. Gianna war kurz aufgetaucht, verschwand dann wieder. Das Fleisch wurde schnell entladen. Die Arbeiter schlugen die Türen des Kühlwagens zu und gingen in die Halle. Hinter ihnen schloss sich das Rolltor der Laderampe. Stille.

Claudio und Romain warteten ein paar Minuten, dann schlichen sie näher an den Zaun, ohne die Deckung der Sträucher zu verlassen. Sie wollten das Kennzeichen lesen. Es war zu verdreckt, aber das Land ließ sich entziffern: RO, Rumänien.

Sie gingen zurück zu ihrem Kombi und fuhren bis zum Ortseingang. Dort parkten sie vor dem ersten Haus und warteten. Auf dem Rückweg musste der Laster hier vorbeikommen, einen anderen Weg gab es nicht. Claudio informierte über Europol die Länder, durch die die wahrscheinliche Rückroute verlief. Ihre grenzüberschreitende Beschattung war damit offiziell bekannt.

Die Zeit verging zähflüssig, sie schliefen abwechselnd und wachten frierend, mit verdrehten Gliedern wieder auf. Die Thermoskanne war längst leer. Claudios Zigarettenvorrat ging dem Ende zu, und er hoffte nur, dass dieser blöde Laster bald erscheinen würde. Die Morgendämmerung ließ sich erahnen, als sich ein Scheinwerferpaar von hinten näherte. Der Lkw brummte an ihnen vorbei.

Yves Romain fuhr wieder. Der Laster zwang ihn zu einer bedachten Fahrweise, was seine gute Laune aber nicht trübte. Hinter Lille bog der Lkw auf einen Rastplatz ein, die Männer stiegen aus, einer verschwand in die Toilette. Claudio betete, dass der Zweite ihm folgte, aber der holte eine Flasche heraus und setzte sich auf den Einstieg.

Romain meinte: »Ich frage ihn nach dem Weg, ich glaube nicht, dass er französisch spricht, dann hast du Zeit das Ding anzubringen.«

Er setzte eine Brille auf und schob eine Baseballkappe über seine Locken. Verblüffend.

Claudio stieg aus und ließ Romain vorfahren, bis er auf Höhe der Fahrerkabine war. Durch das offene Fenster hörte er ihn palavern. Der Rumäne stand auf und bemühte sich, schüttelte aber dann den Kopf. Claudio klackte einen winzigen Magnetsender unter das Schutzblech eines hinteren Reifens.

Der Rumäne gestikulierte, dann schlug er mit der flachen Hand auf das Dach des Kombis und hob den Arm. Das war international: alles klar, Kumpel, gute Fahrt, wir sehen uns.

Romain tippte an seine Kappe und grinste, ein kurzes Hupen, mehr brauchte es nicht zur Völkerverständigung. Er sammelte Claudio bei den Toiletten wieder ein.

»Netter Typ, hat mich aber leider kaum verstanden.«

»Fahr mal zu den Parkplätzen. Ich brauche Zigaretten, einen Kaffee und etwas Süßes.«

Im Verkaufsraum setzten sie sich an die Bar. Neben ihnen standen Arbeiter in orangefarbenen Jacken, ein paar Kollegen kamen dazu, Schulterklopfen und Lachen. Einer zog eine Brieftasche hervor, aus der er ein Foto nahm, das die Runde machte.

Yves meinte: »Ein Baby!«

»Meinst du?«

»Klar, guck mal, wie der strahlt. Bei einer heißen Braut säh das anders aus.«

Claudio sah ihn erstaunt an.

»Ich bin in einer Großfamilie aufgewachsen. Glaub' mir, ich kenne den Babyblick. Und die Kerle sind oft die Schlimmsten. Du bist wohl eher Einzelkind, was?« Romain deutete mit dem Finger auf seine Brust. »Aber mach' dir nichts draus. Einzelkinder sind in Ordnung.«

Der Sender war mit dem Navigationsgerät verbunden und führte sie sicher hinter dem Wagen her. Sie ließen den Rumänen dreißig Minuten Vorsprung. Durch Belgien und Deutschland war die Autobahn so stark befahren, dass sie keine Probleme mit dem Abstand hatten, obwohl sie schneller waren. Danach legten sie eine längere Pause ein, um ihnen nicht in die Quere zu kommen. Claudio hatte auf dem Rastplatz das Kennzeichen entziffern können. Ein kleiner Ort kurz hinter der ungarischen Grenze.

Es war inzwischen neun Uhr abends und noch hell. Sie befanden sich in Ungarn. Die Landschaft war langweilig, die Autobahn kaum befahren. Der Lkw folgte stur der Straße zum

Heimathafen. Laut Navi bei dieser Geschwindigkeit noch zwei Stunden Reisezeit. Dann wäre es zum Glück dunkel.

Sie waren hinter Budapest auf der E 75 nach Süden gefahren. Seit ein paar Kilometern kurvten sie auf Landstraßen in östliche Richtung. Claudio saß am Steuer, Romain fummelte am Radio herum. Allerorten Balalaikaklänge oder Balkan-Pop.

»Geht mir auf den Senkel!«, sagte Ives Romain.

»In der Ablage sind CDs. Vielleicht ist was dabei.«

»Bach, Mozart, Uriah Heep, Piaf, Aznavour. Wer hat die denn ausgesucht?«

»Die lagen drin.«

»Willst du davon was hören?«

»Aznavour«, entschied sich Claudio

»Oh, Gott, hat meine Mutter immer gehört.«

»Wieso hat? Vorhin lebte sie doch noch.«

»Über Aznavour ist sie hinweg, jetzt hört sie Tango.«

»Armer Papa!«

»Du sagst es. Jetzt will sie auch noch tanzen. Da kommt die Grenze.« Romain zeigte auf das Schild.

Sie reihten sich in eine Schlange ein, die langsam vorwärts kroch. Zwar war Rumänien 2007 der EU beigetreten, aber kein Mitglied des Schengenraums, der die Kontrollen für den Personenverkehr an den Binnengrenzen der Mitgliedstaaten aufhob. Es sah exakt so aus, wie Claudio sich eine osteuropäische Grenzstation vorstellte. Trist, Neonlicht, abblätternder Putz, Unkraut aus Asphaltritzen, dezenter Uringeruch. Rechts und links die passende Landschaft. Er zündete sich eine Zigarette an.

Der Grenzbeamte winkte sie heran und beugte sich zum offenen Fenster. »Bonjour«, sagte er mit breitem Grinsen und zeigte auf ihr Nummernschild. Dann kam ein Schwall Rumänisch und er griff nach den Pässen.

Claudio hatte ein paar Worte verstanden, die Sprache war seiner Muttersprache entfernt ähnlich. Er fragte in deutlichem Italienisch nach Arad, der Heimatstadt des Lasters. Der Beamte, ein junger Mann mit blitzblauen Augen, antwortete langsam in seiner Sprache. Claudio bedankte sich. Sie bekamen die Pässe zurück, grüßten und fuhren weiter.

»Arad hat ein Restaurant, *Liliac*, an der Hauptstraße, gleich wenn wir reinkommen auf der rechten Seite. Da soll man gut essen, ich glaube, sie haben auch Zimmer, wenn ich alles richtig verstanden habe.«

Sie waren noch zwanzig Kilometer von der Stadt entfernt. Der Lkw bewegte sich nicht mehr. In einem dünn besiedelten Gebiet hatte er sein Ziel erreicht. Sie folgten schmalen Straßen und schlecht beleuchteten Wegen, bis die spärliche Bebauung Feldern wich. Dazwischen Bauernhöfe und große Wellblechhallen. Hinter dem nächsten Hof stand der Wagen.

Sie parkten unter ein paar Bäumen, neben einem Heiligenhäuschen. Zwischen vereinzelten Wolken blitzten Sterne, der Mond versteckte sich, die Luft war feucht und stickig. Claudio und Romain sahen sich um. Nichts. Keine Menschenseele zu sehen. Romain steckte eine Taschenlampe ein, dann gingen sie los.

Sie erreichten den Hof an dessen Rückseite, einer Backsteinwand mit kleinen Fensterlöchern. Dahinter hörten sie Scharren und Schnaufen. Der Geruch war unangenehm. Die Luft sirrte vor Fliegen. Am Ende der Mauer spähte Claudio um die Ecke. Die Wand setzte sich fort. Hatten bis jetzt noch ein paar Büsche Deckung gegeben, so lag diese Seite völlig ungeschützt. Sie schlichen weiter, außer den Stallgeräuschen war es still.

Ein Hund begann zu bellen. Sie blieben stehen und warteten. Das Bellen hörte auf. Romain legte eine Hand an die warme Backsteinmauer, als wollte er das Gebäude beruhigen, und ging weiter. Claudio folgte. Kurz vor der nächsten Ecke stand plötzlich der Hund vor ihnen. Der Mond kam hervor und zeigte einen Verschnitt von Schnauzer und Rottweiler. Er knurrte leise und bewegte sich nicht. Romain hielt die Luft an. Claudio murmelte ein paar Worte und steckte langsam die Hand in die Hosentasche. Seit er Nerolina besaß, hatte er immer ein paar Hundekuchen dabei. Er warf sie dem Tier zu. Der Hund verschlang sie in Sekunden, dann knurrte er wieder. Er wich keinen Zentimeter, kam aber auch nicht auf sie zu. Claudio fragte sich, wie lange.

»Und jetzt?«, wisperte Romain.

»Keine Ahnung.« Claudio sprach ruhig auf den Hund ein. Das Knurren wurde leiser, dann hörte es auf. Der Hund stand nur wachsam da. Romains und Claudios Nerven waren zum Zerreißen angespannt. Claudio murmelte weiter besänftigend.

»Dracul, Dracul!« Der Hund spitzte die Ohren, musterte noch einmal die beiden, dann begann er zu bellen. »Dracul, Dracuuuul!« Er wandte den Kopf, dann trollte er sich.

Romain und Claudio atmeten aus. Sie hörten eine Männerstimme mit dem Hund reden, dann ein Gitter und eine Tür, die ins Schloss fiel. Dracul bellte noch einmal, dann war wieder Stille.

»Hoffen wir mal, dass das die Zwingertür war.«

Von der Ecke konnten sie in einen Innenhof sehen, der auf der gegenüberliegenden Seite durch die Front des Wohnhauses begrenzt war. Hinter den Fenstern hingen gelbliche Tüllgardinen, durch die kaltes Licht fiel. Claudio sah einen Neonkranz von der Decke hängen. Das war bestimmt die Küche. Er erinnerte sich an alte Verwandte, die die gleiche Lampe besaßen.

Eine funzlige Glühbirne unter dem Vordach der Eingangstür beleuchtete schwach den Lkw und ein Schild an der Wand. Ein knallrosa Schwein neben einem Baum, darunter *Radu, cresterea porcilor*. Links, im Hundezwinger, nagte Dracul an einem Knochen. Er hörte sie und knurrte kurz. Der Hund war jung, das war ihr Glück gewesen. Noch interessierte ihn ein Knochen mehr als Einbrecher. Hinter den Vorhängen wurde eine Gestalt sichtbar, sie hörten mehrere Personen reden und lachen. Eine Frau mit einem Topf in den Händen beugte sich unter den Neonkranz. Hier schien der Tisch zu stehen, es wurde leiser, ab und zu klirrten Besteck und Gläser.

Romain zog eine kleine Digitalkamera aus der Tasche und stellte sie so ein, dass er ohne Blitz fotografieren konnte. »Komm«, flüsterte er. »Bevor sich einer sehen lässt, verschwinden wir.«

Sie fuhren zurück nach Arad. Das *Liliac* hatte noch geöffnet, aber die Küche war seit Stunden geschlossen. Der Schankraum roch säuerlich nach vergossenem Bier. Ein paar alte Männer hockten mit krummen Rücken über einem Brettspiel an einem der Holztische und beobachteten sie neugierig.

Liana, die Wirtin, ein dralle Schwarzhaarige, hatte in Treviso gearbeitet. Sie dankte Gott, dass sie ihr geliebtes Italienisch reden durfte und dieser Abend gerettet war. Sie durchsuchte den Kühlschrank nach Wurst und Käse, dazu gab es Gemüsesalat mit reichlich Mayonnaise und sechs hart gekochte Eier. In zwei ordentliche Humpen zischte das hausgebraute Bier. Liana setzte sich zu ihnen und redete ohne Unterlass. Sie war nach Arad zurückgekehrt, als ihr Vater krank wurde, die Mutter war schon lange tot. Als er starb, hatte sie das *Liliac* geerbt, und jetzt saß sie hier seit vier Jahren fest. Keiner wollte ihr das Lokal abkaufen.

»Wen wundert's?«, meinte Liana. »Hier will man nicht mal begraben sein.«

Das Naturschutzgebiet, von einem Fluss und Wanderwegen durchzogen, war zu weit entfernt, die Stadt langweilig und arm. Sie würde bei der nächsten Gelegenheit die Flucht ergreifen, ob mit Claudio oder Romain hatte sie noch nicht entschieden, das sah man ihrem abschätzenden Blick an. Beide hatten sich als Journalisten vorgestellt, die an einem Reisebericht über Rumänien arbeiteten. Ob sie dann das *Liliac* erwähnen würden? Selbstverständlich! Nie waren sie so charmant empfangen worden. Romain machte Fotos. Und erst der Gemüsesalat!

Sie entschlossen sich weiterzufahren, sehr zum Bedauern der einsamen Wirtin, die ihnen ein Proviantpaket mitgab und sie an ihr großes Herz drückte.

Die Grenzstation war geschlossen. Noch fünf Stunden, bis der Schlagbaum sich öffnete.

»Ich bin müde.« Claudio fuhr auf den Parkplatz. Sie klappten die Sitze um und schliefen.

Gegen sieben Uhr morgens fuhren sie nach Ungarn hinein. Am nächsten Rastplatz tranken sie Kaffee und plünderten Lianas Care-Paket.

»Liana sei Dank. Diese Wurst ist wirklich gut.« Romain biss ein Stück ab und streckte sich. »Was sagen die Kollegen?«

»Ich habe noch keine Antwort. Nur, dass deine Fotos angekommen sind.«

16. Besondere Gelegenheiten

Gustave warf einen letzten Blick auf die gedeckten Tische am Rand der Fosse Dionne. In zwanzig Minuten sollten die Gäste kommen. Er war aufgeregt und sah immer wieder auf die Uhr. Der heiße Tag war in einen lauen Abend übergegangen, der Himmel klar. Es würde noch einige Stunden hell sein, sodass die Église St. Pierre, der Star der Veranstaltung, während des Menüs sichtbar blieb.

Er hatte Marlene den Brautschmuck gebracht, den sie zu einem einfachen, grauen Etuikleid tragen wollte. Superb! Gustave lächelte, das musste die Gäste in gute Laune versetzen! Ein vorzügliches Essen, mit den besten Weinen, moderiert von einer schönen Frau. Es gab kein besseres Rezept, um ein Portemonnaie zu öffnen.

Im Hintergrund klang leise Vivaldi. Gustave ging hinein und bat Jean um einen Calvados. Er musste sich beruhigen.

Jean goss das Glas nur halb voll: »Komm, Gustave, es wird alles gut gehen. Das Wetter ist perfekt. Marc vollbringt Wunder, wie immer. Marlene wird eine charmante Gastgeberin sein. Mach dir keine Sorgen.«

»Ja, ja, ich weiß. Hoffentlich spenden sie eifrig. Sonst wird St. Pierre den Winter schwer überstehen. Das Dach ist wieder an wenigstens drei Stellen undicht. Die Balken sind schon in Mitleidenschaft gezogen. Die letzte große Spende ist verbraucht. Und wenn ich dann an den Dachstuhl denke, wird mir ganz anders.«

»Geh' wieder raus und empfange die Gäste, Gustave.« Jean war verstimmt. Dieser Egoist dachte nur an sich und seine Église, kein Wort des Lobes für Marc, der sich ein Bein ausriss, oder für Marlene und ihn selbst. Ohne sie könnte die ganze Chose nicht stattfinden. Das war das letzte Mal, das sie sich so einspannen ließen, das schwor er bei Marcs geliebtem Fleischmesser.

Er hörte Schritte und sah Marlene eintreten, ein Traum in grauer Seide mit funkelnden Edelsteinen.

»Sie werden den Abend zu einem unvergesslichen Ereignis machen.« Jean nahm ihre Hand und drehte sie einmal im Kreis. »Die würdige Begleitung zu Marcs Köstlichkeiten. Soll doch die dumme Église verrotten!«

»Jean, was ist Ihnen denn über die Leber gelaufen?«

»Ach, Gustave spinnt herum, aber das tut er immer, ich kenne das. Nur heute geht es mir an die Nieren.«

»Na gut, dann die Nieren.« Jean musste lachen. Er goss ihnen einen Schluck Champagner ein und hob das Glas: »Auf einen gelungenen Abend!«

»Ja, Jean. Schade, dass Claudio nicht dabei sein kann.«

»Schafft er es nicht mehr?«

»Nein, ich habe gerade mit ihm gesprochen, sie sind bei Nancy, werden aber noch fast drei Stunden brauchen. Dann ist das Menü vorbei, vielleicht schaffen sie das Dessert noch.«

»Marc hat sicher für die zwei etwas zurückgehalten.«

»Boris!« Marlene pfiff. Boris kam durch das Foyer auf sie zugeschlendert, er trug einen Smoking. »Du stiehlst dem armen Gustave die Show. Aber das ist Sinn der Sache, oder?«

»Die Rache des kleinen Weinjournalisten. Claudio ist bei Nancy? Hat er schon irgendwas erzählt?«

»Wir haben nur kurz gesprochen. Sie machten gerade Pause.«

Gustave erschien und sagte: »Marlene, kommen Sie, die ersten Gäste sind da!«

Es war dunkel und sternenklar, als Claudio und Romain eintrafen. Sie sahen müde aus, waren aber zu überdreht, um schlafen zu gehen. Sie wuschen sich und setzten sich zu Boris an den Tisch, gerade rechtzeitig für Marcs Dessert, eine grandiose Eistorte, gefüllt mit Mokkacrème und Kirschmousse.

Marlenes letzte Moderation bezog sich auf die Weine, die dazu gereicht wurden. Marc hatte einen roten Banyuls Grand Cru vorgesehen, einen kräftigen Süßwein aus dem Languedoc-Roussillon. Marlene schlug wahlweise einen halbtrockenen Rosé Crémant vor, für die Gäste, die gerne etwas Frisches zum Abschluss tranken oder beides probieren wollten.

»Cara, ich erzähle dir morgen alles.« Mit diesen Worten war Claudio ins Bett gesunken und eingeschlafen. Marlene ließ den Abend noch einmal Revue passieren. Er war gelungen, ganz klar. Die Gäste hatten sich wohlgefühlt, Marc hatte sich selbst übertroffen und Gustave mit den Sternen um die Wette gestrahlt, als er die unauffällige Box öffnete, in die Spenden geworfen werden konnten. Und ihr hatte es Spaß gemacht, in diesem Ambiente zu arbeiten, das hatte sie selten genug. Wie oft war es der Salon eines miefigen Vorstandsmitglieds oder der Partykeller eines lustigen Ehepaares in den Fünfzigern. Sie wurde zynisch, dachte sie, sie war selbst bald in den Fünfzigern und lustig war sie auch. Damit glitt sie in den Schlaf.

Gustave war hellwach. Er beugte sich in seinem Arbeitszimmer über die eingegangenen Spenden. Neben sich eine Flasche alten Bordeaux aus dem Regal für besondere Gelegenheiten. Seit dem Tod seiner Frau vor sechs Jahren war das erst die dritte Flasche. Die erste hatte er getrunken, als er die Gesellschaft zum Erhalt von St. Pierre gegründet hatte. Damals im Kreis der anderen Vorstandsmitglieder.

Er wusste noch, wie sie hier im Zimmer gestanden hatten, alle ganz berauscht davon, ihre Kirche zu retten. Was hatten sie für Ideen gesponnen. Große Orgelkonzerte, Mitternachtsmessen. Sie sahen die festlich gekleideten Menschen den Hügel hinaufziehen, erwartungsvolle Gesichter, freudige Mienen. Jeden Sonntag ein gefüllter Klingelbeutel, weil die Menschen wollten, dass St. Pierre wieder so wurde, wie es einst war: imposant, stark, würdevoll. Gustave lächelte in der Erinnerung.

Wie bald war alles anders geworden. Das Beschaffen der Gelder war mühsam, seine Mitstreiter erwiesen sich als unfähig, abgesehen von Madame Chamois. Aber die musste unbedingt heiraten und nach Nizza ziehen. Verräterin! So blieb alles an ihm hängen, wie üblich. Er wusste, dass er nicht immer gern gesehen war. Aber nur mit Hartnäckigkeit und Willensstärke ließ sich dieser Traum erfüllen.

Die zweite Flasche hatte er vor nicht allzu langer Zeit geopfert. Als die anonyme Spende einging. So bezeichnete er den unerwarteten Geldsegen auf dem Vereinskonto. Allein hatte er sie geöffnet, ganz vorsichtig, der Korken war brüchig. Dann hatte er sie in ein Körbchen gelegt, damit der Bodensatz unten blieb. Er hatte die Farbe alter Rotweine, sie erinnerte ihn an getrocknetes Blut. Und allein hatte er sie getrunken. Es gab Dinge, die man nicht teilen konnte.

Und jetzt war Zeit für die dritte Flasche. Er goss das erste Glas ein, ließ den Wein kreisen und schnupperte daran. Etwa leichter Kork? Er ließ ihm noch etwas Luft. Dann probierte er. Leichter Kork, tatsächlich. Er schnalzte verärgert mit der Zunge und goss sein Glas in die Topfpflanze mit den robusten Blättern. Sollte er eine andere holen?

Ach, was soll's! Dann eben Nummer vier, er hatte es verdient!

Das ganze Ritual von Neuem. Kork! Nein! Kork!! Gustave schleuderte sein Glas an die Wand. Er schäumte vor Wut. Die

Flasche war schon in seiner Hand, als er merkte, was er tat. Er stand auf und warf sie in der Küche ins Spülbecken, der alte Bordeaux gluckerte durch den Abfluss. Gustave lehnte sich erschöpft an die Wand, Tränen standen in seinen Augen. Er hatte doch nichts falsch gemacht. Sonst hätten sie nicht so viel gespendet.

Er ging zurück in sein Arbeitszimmer und zählte erneut die Ausbeute des Abends.

17. Fußballprofis

Ich verstehe das Ganze nicht.« Claudio saß mit Marlene und Boris beim Frühstück. Yves Romain hatte sich zu ihnen gesellt.

»Jeder der ›Bande‹, der uns auf der Reise begegnet ist, macht einen völlig harmlosen Eindruck. Der Fahrer war ein netter, hilfsbereiter Kerl. Der Bauernhof in Arad sieht ganz normal aus. Die Frau des Hauses bringt den Suppentopf auf den Tisch. Ich weiß, auch die Bösen essen und das Verbrechen versteckt sich oft unter Normalität. Aber hier stimmt etwas nicht.«

Romain nickte: »Der Hund. Dieser Riesenhund. Der hätte uns anfallen müssen. Aber was macht er? Knurrt halbherzig. Ich hab' mir trotzdem bald in die Hose gemacht. Claudio murmelt und holt Hundefutter aus der Tasche und schon ist er brav und läuft zu Herrchen, als er gerufen wird. Dracul … muss man sich mal vorstellen!«

»Der wird verwöhnt, ist noch jung und wahrscheinlich spielen die Kinder den ganzen Tag mit ihm oder jemand anders, wenn's keine gibt.«

»Aber, ich bitte euch. Wenn ich illegale Geschäfte mache, dann will ich einen Wachhund und dann sorge ich dafür, dass es einer wird.«

»Vielleicht fühlen die sich so sicher da hinten, dass sie keine Notwendigkeit sehen.« Marlene griff nach der Kaffeekanne und goss ihre Tasse voll. Sie war froh, dass Claudio und Romain wieder da waren. Wie viele Sorgen sie sich gemacht hatte, merkte sie erst jetzt. Vorher war sie abgelenkt gewesen, dafür hatte schon Gustave gesorgt. Gustave, der hatte schon um neun Uhr am Telefon gehangen, um ihr das

Ergebnis der Veranstaltung mitzuteilen. Zwölftausend Euro, das Meiste in Schecks, der Rest bar.

Er benahm sich wie ein Kind mit ADS. Nur, was bei einem Kind Missfallen erzeugte, wurde bei einem Erwachsenen zur Heimsuchung. Er hatte sich zur Nachbesprechung für den Nachmittag angesagt. Marlene nahm sich einen Winzerbesuch in Beaune vor.

Boris überlegte, dann meinte er zögernd: »Was, wenn die nichts voneinander wissen?«

»Wie jetzt?«

»Ich meine, sicher, Pero ist Profi. Er will Schweineschinken fälschen, aber *er* will das. Die Züchter in Rumänien müssen das nicht wissen, das interessiert sie gar nicht. Es ist sogar besser, wenn sie ahnungslos sind – weniger Mitwisser. Sie wollen einfach nur ihr Fleisch verkaufen, fertig. Das einzig Illegale, was sie tun, ist, das Fleisch über die Grenze bringen. Da ist es gefährlich, da muss ordentlich bestochen werden. Daran sind sie gewöhnt, oder was glaubt ihr, wie die ihr Fleisch verkaufen? Rumänien leidet seit Jahren unter strengen Exportbeschränkungen für frisches Schweinefleisch. Nur ein paar ausgesuchte Produzenten dürfen in die EU-Staaten liefern. Damit will man die Ausbreitung der Schweinepest verhindern, hat aber gleichzeitig den größten Teil der rumänischen Schweinezüchter an den Rand des Ruins getrieben. Dazu kommt eine Mehrwertsteuer von vierundzwanzig Prozent auf Lebensmittel.«

»Gibt's doch nicht!«

»Oh, doch, mit dieser tollen Idee will die Regierung seit drei Jahren das Staatssäckel füllen. Soweit ich weiß, sind sie bei Brot wieder runtergegangen, aber Fleisch ist immer noch so teuer. Die Züchter können also auch im eigenen Land kaum etwas verkaufen. Es verschwinden Tonnen von Fleisch und keiner weiß wohin.«

»Das ist staatliche Anstiftung zu Betrug und Revolte!« Marlene summte leise *Ça ira* vor sich hin.

»Nimmst du mich mit?«

»Seit wann fragst du?« Claudio hielt Boris die Autotür auf. Romain wollten sie bei seiner Freundin absetzen.

Marlene war nach Beaune gefahren, aber Boris hatte keine Lust, sie zu begleiten. Er war neugierig, was Gianna zu erzählen hatte.

Romain ließen sie vor einem Backsteinhaus kurz vor Chablis raus. Er winkte und verschwand in den Garten.

Gianna empfing sie einmal nicht in Arbeitskleidung, sondern sehr förmlich in schwarzem Kostüm. Sie war gerade von der Beerdigung einer Nachbarin gekommen und hatte Kaffee aufgesetzt. Sie stellte Tassen auf den Tisch und setzte sich zu ihnen. »Ich bin seit gestern wieder hier. Pero hat gute Leute engagiert. Im Ganzen zehn. Ich habe mit ihnen die Schinken eingesalzen.«

»Und, wie ist die Qualität?« Boris stand auf, holte die Kanne vom Gas und goss den Kaffee ein.

Gianna gab zwei Löffel Zucker in ihre Tasse und trank. »Besser, als ich befürchtet hatte. Natürlich nicht die Klasse, die ich brauche, aber es könnte schlimmer sein.«

»Heißt das, Sie können eine gute Fälschung herstellen?«, fragte Claudio.

Gianna zuckte mit den Schultern: »Das wird sich zeigen. Zeit fehlt mir immer noch. Sagen wir so, ich werde einen recht anständigen Schinken machen können. Nicht mehr und nicht weniger.«

»Wir haben beobachtet, wie die Schinken ausgeladen wurden. War der Mann, der neben ihnen stand, Pero? Der im Anzug?«

»Stimmt, Sie wissen ja nicht, wie er aussieht. Ja, das war er.«

»Wir haben Fotos gemacht. Sieht ein bisschen aus wie Andy Garcia als Notar.«

»Ja, das verwirrt manchmal etwas.«

»Wissen Sie etwas über die Zuchtbetriebe? Wie viele, wie groß, welche Mengen?«

»Nein, Pero ist da sehr zurückhaltend. Das Fleisch kommt aus Rumänien, sieht man ja. In diesem Wagen waren fast vierhundert Schinken. Die nächsten Lieferungen sind auch in dieser Größenordnung, mehr schaffen wir nicht mit dem Personal.«

»Wie viele Schinken passen in die Hallen?«

»Fünf Laster bestimmt. Jede Woche soll einer kommen. Dann ist die letzte Charge fünf Wochen nach der ersten reif.«

»Das heißt, die Auslieferung erfolgt in mehreren Schritten«, überlegte Claudio. »Jetzt müssen wir nur noch wissen wohin.«

Gianna nickte: »Ich versuche es herauszukriegen. Pero unterhält sich gerne mit mir. Es ist ja noch etwas Zeit.«

»Seien Sie vorsichtig, Gianna.«

Claudio dachte, dass man das immer sagte, obwohl es keinen Einfluss auf das Verhalten des Adressaten hatte. Er kannte niemanden, der aufgrund dieser Empfehlung vorsichtiger gewesen wäre. Es war ein Ritual, wenn man es wegließ, brachte das Unglück.

»Meinst du, sie schafft das?«, fragte Boris.

»Doch, ich glaube schon. Pero scheint sie zu mögen. Das ist praktisch, solange es im Rahmen bleibt.«

»Und ihr bestimmt, wann der Rahmen gesprengt wird.« Boris klang aggressiver, als er es wollte. »Das kann gefährlich werden, Claudio.«

»Ich weiß. Pero wird beobachtet. Szapella hat die Kollegen in Parma hinzugezogen. Wenn er Gianna besuchen will, werden wir informiert. Peinlich, wenn er uns beim Kaffeeklatsch erwischt. Außerdem haben wir die Polizei von Lille um Hilfe gebeten. Sie halten sich in der Nähe der Hallen auf, wenn Gianna da ist.«

»Wie lange bleibst du noch?«

»Nicht die nächsten fünf Wochen. Ich fahre noch zweimal nach Lille und sehe mir die Lkw an. Danach muss ich zurück. Sonst köpft mich Szapella. Und außerdem muss ich ein Haus finden, bevor der Winter kommt.«

»Marlene macht also mit?«

»Sie ist immer noch unsicher. Aber weißt du, ich habe ihr gesagt, dass ich umziehen werde, so oder so. Meine Wohnung wird zu teuer, der Vermieter hat neue Heizungen eingebaut und kräftig aufgeschlagen. Sie soll mal sehen, ob es ihr gefällt, zur Probe.«

»Und ihr Geschäft?«

»Kann sie genauso gut von Italien aus betreiben. Das macht sie jetzt schon zum Teil.«

»Ihr macht das richtig.«

Claudio wartete auf die Fortsetzung, aber Boris war still und sah aus dem Fenster.

Die zweite Fuhre kam ebenfalls aus Rumänien, aber von einem anderen Bauernhof. Diesmal stand sogar eine Firma auf der Seitenwand. Ein Betrieb aus einer der Regionen, aus denen der Export erlaubt war. Die Papiere würden passend sein. Auch diesen Betrieb ließ Claudio durch das SIS laufen. Aber er tauchte genauso wenig in der Datenbank auf wie der Hof bei Arad.

Das einzig Interessante war, dass Arad früher eine Hochburg des Zigarettenschmuggels gewesen war. Möglich, dass Pero daher seine Beziehungen hatte. Doch auch das war nur eine Vermutung.

Als die dritte Lieferung bevorstand, war Boris dabei. Da die Aktion inzwischen Routine war und nur der Datensicherung diente, hatte Claudio zugestimmt. Besonders da Romain nur bedingt einsatzbereit war. Er war bei seinem letzten Karatetraining ausgerutscht und humpelte. Claudio wollte ihn nicht außerhalb des Autos sehen. Also saß er auf der Rückbank und unterhielt sie mit dem neuesten Klatsch aus dem Präsidium.

»Madame Pouquoi telefoniert dauernd mit dem Pathologie-Fritzen aus Turin!«

»Sebastiano?«

»Ari sagt sie immer. Ari hier, Ari da. Ohne dessen Meinung macht sie gar nichts mehr.«

»Gibt es etwas Neues über den Mord an Ariana?«

»Nicht, dass ich wüsste. Dass es der Pferdeknochen war, ist klar. Es fanden sich Fingerabdrücke, durch das Wasser in Mitleidenschaft gezogen, aber immerhin. Aber damit konnte Madame nichts anfangen, sie tauchen in keiner Datenbank auf. Keine DNA, außer von Ariana.«

»Dann hat der Mörder keine Handschuhe getragen. Da heute jeder weiß, dass man das macht, war es wohl nicht geplant.«

»Wer hat denn zufällig einen Pferdeknochen dabei?«, fragte Boris.

»Außer einer Schinkenproduzentin.«

»Du glaubst doch nicht, dass Gianna ...?«

»Nein, aber es muss einen Bezug geben. Wenn wir immer noch davon ausgehen, dass Pero dahintersteckt, dann hat er einen verdammt schlampigen Mörder engagiert. Das passt nicht zu ihm. Nur, wo ist die Verbindung dann?«

An der Lys versteckten sie den Wagen wieder hinter dem Güllefass. Romain blieb im Auto, während Claudio und

Boris auf ihren Beobachtungsposten schlichen. Claudio trug ein schwarzes Sweatshirt mit einem Aufdruck des Fußballvereins Lille, das er beim letzten Mal in der Stadt entdeckt hatte. Boris war ganz in Grau und verschwamm in der Dämmerung mit dem Hintergrund.

Der Laster kam spät, erst gegen Mitternacht. Boris nickte ein, war aber bei der ersten Berührung hellwach. Der Ablauf glich den beiden Malen zuvor. Wieder ließ sich Gianna kurz sehen, neben ihr stand Pero. Er stand sehr nah neben ihr, fand Boris. Die Ladung verschwand in die Hallen, das Rolltor ratterte nach unten. Stille.

»Ich kann das Nummernschild nicht erkennen, da steht ein Strauch.« Claudio gab Boris das Nachtglas und huschte durch die Büsche auf die Straße. Er musste dem Gitter ein paar Meter folgen, bis er eine Stelle erreichte, die ihm freien Blick auf das Kennzeichen gewährte. Es war bewölkt, die Flutlichtanlage ausgestellt. Der Wagen stand nicht weit vom Zaun entfernt, er hoffte, dass die Taschenlampe ausreichte. Er ließ das Licht aufblitzen und sah die Nummer. Sie war wieder von einem anderen Ort, er merkte sie sich.

Er wollte gerade den Rückzug antreten, da öffnete sich die Hallentür, gleichzeitig erstrahlte der starke Scheinwerfer und tauchte den Vorplatz in Tageslicht.

Claudio ließ sich auf den Boden sacken. Hier gab es keine Deckung für ihn. Er betete um eine Tarnkappe und dass niemand an der Rückseite des Lasters etwas zu suchen hatte.

Er hörte Geräusche und Stimmen. Rumänisch in einem rauen Tonfall, den er nicht verstand. Jetzt Französisch. À bientôt. Dann Schulterklopfen? Schritte, die Türen des Wagens wurden geöffnet und knallten zu. Wenn er jetzt wegfuhr, war Claudio ungeschützt. Er fühlte einen fatalen Drang, zu pinkeln. Ihm wurde heiß.

Eine Tür der Fahrerkabine öffnete sich wieder. Das raue Rumänisch hatte ein Fragezeichen, auf das eine ebenso raue Antwort folgte. Wieder Schritte, sie kamen näher, jemand machte sich an den Hintertüren des Lasters zu schaffen. Claudio wagte nicht zu atmen, er sah ein paar Turnschuhe weiß aufblitzen, dann verschwanden sie nach vorne. Neuerliches Türenknallen, der Motor röhrte aus tiefster Kehle, Claudio wurde in einen Nebel von schwarzen Abgasen gehüllt. Er hustete, was bei dem Lärm nicht mal für ihn zu hören war. Der Wagen setzte sich in Bewegung und verfeinerte den Qualm mit einer Staubwolke. Das Flutlicht wurde ausgeschaltet. Claudio wartete, bis der Laster das Tor passiert hatte.

»He, was machst du da?« Die französische Frage kam von einem Kerl in Overall, der vor ihm stand. Klein, gedrungen, mit hoher Stimme.

»Ich wollte mal pinkeln.« Claudio rappelte sich hoch. »Dann fuhr der Lkw los und ich hab' mich erschreckt.«

»Wer's glaubt. Komm mal mit.« Der Kerl griff nach Claudios Sweatshirt und zog ihn mit erstaunlicher Kraft hinter sich her. Claudio riss sich los, versetzte dem Terriertypen einen Stoß und rannte die Straße Richtung Ort. Die Häuser fingen bald an, und er erinnerte sich an einen verwilderten Garten mit einem Pavillon im hinteren Teil. Er sprang über den niedrigen Zaun, hinter ihm keuchte der Kerl mit den kurzen Beinen. Er hörte Flüche und berstendes Holz.

Er ließ sich hinter den Pavillon fallen und bemühte sich, leise zu atmen. Schlurfende Schritte schallten von der Straße her.

»Raoul, bisse endlich fertich? Ich will heut' noch ma nach Haus.«

Claudio zog sich hoch, bis er zwischen den Latten hindurchsehen konnte. Er sah seinen Freund nicht.

Boris sprach Deutsch. Jetzt fing er an zu singen. »Warum is es am Rhein so schön? Warum … Mensch, Raoul, wo bisse?«

Der Terrier stand neben einer Holzbank und hielt sich die Seite, er drehte sich um und horchte auf Boris, der polternd und grölend am Gartenzaun vorbeischrammte. Er hatte eine Bierflasche in der Hand.

»He, hasse meinen Freund geseen?« Boris hob die Flasche und trank. Der Typ im Overall sagte, er solle den Abflug machen.

»Ach, Jung, du verstees mich nich.« Er lallte auf Französisch weiter. Claudio verstand nur die Hälfte, irgendetwas von Fußballverein und Meisterschaft. »Weiße, der Raoul un ich, wir sin hier beide im Verein. Uns ham se gekauft, den Raoul un mich. Ich bin fürs Tor un der Raoul is Libro.« Die französische Übersetzung schwappte hinterher. Der Terrier bellte Boris an, der wieder zu singen anfing. »Warum is es ...«

Der Kerl sah unschlüssig in den Garten, dann machte er eine abwinkende Armbewegung und verschwand.

»He, Kumpel, wennse Raoul sies, sach ihm, ich bin hier. Warum is es ...«

Claudio schwitzte Blut und Wasser. Boris übertrieb, das konnte nicht gut gehen.

18. Mäusewein

Auf der Rückfahrt von der Lys nach Chablis machten sie wieder eine Pause. Diesmal lud Pero sie in einen Landgasthof ein.

Gianna fühlte sich unbehaglich in der Intimität eines gemeinsamen Mittagessens, konnte jedoch nicht genau herausfinden warum. Denn abgesehen von der Natur ihrer Beziehung verhielt er sich tadellos. Er war ein amüsanter und kultivierter Tischgenosse, dessen Gesellschaft ihr normalerweise gefallen hätte.

Sie blickte auf seinen grauen Kaschmirpullover mit der Aufschrift *Was für ein netter Mörder*, aber als sie wieder hinsah, war die Wolle rein und unschuldig. Gianna unterdrückte einen Anflug von Hysterie.

Pero erzählte Gianna von dem Vorfall am Gitterzaun. Alain hatte nicht viel mehr berichtet, als dass zwei Betrunkene nach einem Fußballspiel nach Hause torkelten.

Ihr Herz klopfte wie wild, sie dachte sofort an Claudio und befürchtete, dass Pero ihre Reaktion genau beobachtete. Doch er schien keinen Verdacht geschöpft zu haben und tat es als lästig, aber unwichtig ab.

Er unterhielt sie mit ein paar Geschichten aus seiner Familie, wobei er sorgsam seinen Wohnort umging. Sie fragte ihn, wie sie ihn erreichen könnte, wenn es nötig wäre. Er gab ihr seine Handynummer. Wohin die Schinken geliefert werden sollten, verriet er nicht. »Wir werden sehen.« Er lieferte sie zu Hause ab und fuhr weiter nach Italien.

Während sie sich ein Abendbrot zusammensuchte, dachte sie über die Arbeit an der Lys nach.

Die Produktionsstätte bei Lille war tatsächlich sehr gut ausgestattet. Nachdem in der Nacht die Schinken angekommen waren, wurden sie direkt auf fahrbaren Gestellen an die Arbeitstische geschoben. Einen leeren Satz dieser Träger nahmen die Fahrer mit zurück. Er wurde bei der nächsten Fuhre benötigt.

Die Einsalzer begannen sofort mit der Arbeit. Gianna hatte ihnen am ersten Tag die Technik beigebracht. Jetzt bemaß sie die Menge des Salzes, überwachte die Handgriffe und sprang ein, wo Hilfe erforderlich war. Die Ausführung entsprach nicht ihren Ansprüchen, schließlich hatte sie es nur mit ungelernten Kräften zu tun. Doch dafür war ihre Arbeit akzeptabel. Sie bemühten sich und fragten nach, wenn sie unsicher waren.

Die gesalzenen Schinken hatten sie in Kühlräume gebracht. Dort hingen sie, nach einer Ruhephase und weiterem Salzen, fast drei Monate bei einer bestimmten Temperatur und Luftfeuchtigkeit. Erst dann kamen die nächsten Schritte, wie das Waschen und Lufttrocknen. So machte es Gianna normalerweise. Hier musste sie die Prozedur abkürzen. Wahrscheinlich würde sie die Weiterverarbeitung nach vier Wochen in Angriff nehmen.

Die Leute hatten zügig gearbeitet. Sie hatten, ohne Aufforderung, ihre Arbeitstische und Geräte gereinigt und Kittel und Lappen in die Waschmaschine geworfen. Als sie am Morgen nach Hause gingen, war die Halle aufgeräumt und sauber gewesen. Gianna hoffte, dass die Disziplin nicht das Ergebnis von Peros subtilen Drohungen war.

Es machte ihr Spaß, einen solchen Betrieb zu leiten, und nichts anderes war er, auch wenn er illegal war. Sie dachte an ihren Vater, der sie mit offenen Armen in seiner Firma empfangen würde. Sie hatte immer die Ruhe ihres kleinen

Geschäftes bevorzugt, die Unabhängigkeit von den Angestellten, dem Verwaltungsaufwand, und den aufgeblähten Steuerbestimmungen. Doch jetzt kam sie ins Grübeln.

Sie merkte, dass sie Verantwortung übernahm und sich weiter in Peros Machenschaften hineinziehen ließ, als sie wollte. Gianna schüttelte sich, sie wollte weder grübeln noch Schuldgefühle. Sie griff zum Telefon und rief im Hotel an, heute Abend brauchte sie Gesellschaft. Jean lud sie ein zu kommen, alle waren da, in einer Stunde gab es Essen.

Gianna zog ein geblümtes Sommerkleid an, kämmte ihre Haare und griff zum Lippenstift. Dann nahm sie den Rest ihres Käsebrotes, schnappte sich ihre Tasche und verließ das Haus. Auf dem Weg zum Auto warf sie ihren Schweinen das Brot zu und fuhr nach Tonnerre.

Jean hatte eine Tafel im Restaurant vorbereitet, an der die sieben Leute Platz fanden, auf die die Runde angewachsen war. Sogar Madame Pourquoi war dabei.

Als Gianna kam, wurde gerade die zweite Flasche Crémant geöffnet. Das Gesprächsthema waren Boris und der OSC, der Fußballverein von Lille. Marlene meinte zu ihr, die Jungs hätten mehr Glück als Verstand gehabt. Jetzt hatten sie gut Lachen, aber in der Konsequenz war das gesamte Unternehmen gefährdet gewesen. Ganz abgesehen vom Risiko, dem alle Beteiligten ausgesetzt waren. Claudio lachte zwar mit, war sich aber bewusst, dass er Mist gebaut hatte. Niemals hätte er so nah und ungedeckt an das Gelände herangedurft. Er hatte sich verhalten wie ein Anfänger, war übermütig geworden. Boris mitzunehmen war schon sträflich gewesen, obwohl er ohne ihn kaum aus der Nummer herausgekommen wäre.

Jean brachte die Vorspeise, eine Geflügelgalantine. Er hatte eine Flasche Meursault geöffnet, die unbedingt dazugehörte.

Die Galantine war eine Art aufwendig zubereitete Terrine in der Hülle eines entbeinten Hühnchens mit diversen feinen Zutaten. Pistazienkerne sorgten für Biss und Farbe.

Der Meursault war ein Gedicht. Marlene schloss die Augen und ließ sich vom Duft des Weines betören. Er war rein aus Chardonnaytrauben gekeltert – wie der Chablis – und doch völlig anders. Sie hätte keinem den Vorzug gegeben, aber zu der Galantine waren seine Eleganz und Harmonie die vollkommene Ergänzung.

Auch Claudio entspannte sich. Yves Romain und Lafrogue hatten ihm keine Vorwürfe gemacht. Im Gegenteil, sie meinten, das Gleiche wäre ihnen auch passiert, lediglich Madame Pourquoi war ungnädig gestimmt und ließ ihn seinen Fehler bis zum Hauptgang spüren.

»Wusstet ihr, dass Meursault aus dem Lateinischen abgeleitet ist? Von muris saltus, Mäusesprung?«

»Woher wissen Sie das?« Madame runzelte die Stirn.

»Claudio sammelt kuriose Weingeschichten«, mischte sich Marlene ein.

»Wissen Sie denn auch, warum er so heißt?«

»Nein, Madame, dazu bin ich zu dumm.«

»Sie sind nicht dumm, Sie sind eingebildet. Ich weiß gar nicht, wieso Ari so große Stücke auf Sie hält.«

»Ich bin ein guter Freund. Und schenke meiner reizenden Tischdame den letzten Schluck Mäusewein ein.« Claudio ließ sein Verführerlächeln aufblitzen.

Madame tat ihm den Gefallen und wurde rot. Dass der Wein nicht in seinem Gesicht landete, war allein seiner Qualität zu verdanken. Wer schüttete schon einen Meursault Perrières, Premier Cru über einen dahergelaufenen Inspecteur?

Marlene verkniff sich das Lachen und fragte Romain nach seiner Freundin.

»Sie ist Steuerberaterin und bei Gustave. Eine Steuerprüfung des St.-Pierre-Vereins steht bevor. Vielleicht kommt sie später dazu.«

»Da hab' ich wenig Hoffnung, wenn er sie einmal in seinen Klauen hat. Wenn nur Gustave nicht mitkommt, sonst gibt es wieder nur ein Thema und über die interessanten Sachen dürfen wir uns nicht unterhalten.«

»Aber die Église ist wichtig«, warf Madame Pourquoi ein. »Wenn Gustave sich nicht darum kümmern würde, wäre sie längst eine Ruine und das wäre für Tonnerre eine Katastrophe.«

»Sie haben recht, Madame«, erwiderte Boris. »Ich war vor ein paar Tagen das erste Mal oben und habe das ganze Ausmaß des Verfalls gesehen. Dabei ist sie eine schöne Kirche, die den Aufwand lohnt. Ohne sie wäre Tonnerre unvollständig.«

»Sind Sie auch ein Freund von Ari?«

»Ja, wir haben schon so manches miteinander erlebt.«

»Wie halten Sie nur diesen Inspecteur aus?«

»Er ist nicht so schlimm, wie er aussieht«, sagte Boris grinsend.

Claudios Haare standen zu Berge, er hatte sie gerauft in einem leisen Gespräch mit Lafrogue. Mit dem Messer zog er Linien über das gestärkte Tischtuch und stach auf eine bestimmte Stelle ein. Romain zeigte mit dem Finger auf einen anderen Punkt und stellte gestikulierend eine Verbindung her. Commissaire Lafrogue nickte zustimmend.

»Haben Sie Neuigkeiten über Ariana?«, lenkte Boris ab.

»Nein, nicht von meiner Seite. Der Commissaire versucht die Herkunft des Pferdeknochens festzustellen, um so an den Mörder zu kommen. Aber das gestaltet sich schwierig. Gianna hat uns eine Firma genannt, die aber keine geschnitzten

Knochen vertreibt. Ihr Vater und Bruder und seine Kollegen vom *Consorzio* haben auch keine Ahnung. Sie glaubt, dass sie privat verkauft werden. Die nächste Messe in Parma ist eine Möglichkeit, das herauszufinden.«

»Marlene hat sie im Internet gefunden.«

»Schon. Nur existiert die Firma nicht mehr.«

Jean kam mit einem Tablett aus der Küche. Boris goss sich ein Glas Wasser ein.

»Was sagt denn Sebastiano dazu?«

»Oh, Ari. Ari findet den Knochen interessant. Aber das hilft uns auch nicht weiter.«

Jean stellte eine Schüssel in die Mitte der Tafel und öffnete den Deckel. »Rinderbacken in Burgunder. Marc hat sie einen Tag eingelegt und dann sanft geschmort. Rinderbacken gibt es nicht oft, genießen Sie sie. Dazu ein Nuits-Saint-Georges.« Jean nahm zwei Flaschen von einer Anrichte und stellte sie auf den Tisch. »Bedienen Sie sich selbst! Bon appétit!«

»Die haben Ari und ich in Périgueux gegessen. Wir waren auf einer Tagung über Jagdunfälle. Köstlich.«

»Sehen Sie sich öfter?«

»Ja, immer, wenn es Tagungen oder Seminare gibt, kommt er. Seine Frau ist ja meistens in Amerika, bei ihrer Schwester«, fügte sie abschätzig hinzu, während sie energisch das Fleisch zerschnitt.

Boris verfolgte das Thema nicht weiter. Er fragte sich, was sein Freund Sebastiano der reizenden Madame Pourquoi über sein Leben erzählt hatte.

Die Eingangstür öffnete sich mit einem Schwall kühler Luft. Am Nachmittag hatte es geregnet und den Grill-Liebhabern den Spaß verdorben.

Eine mollige Blondine kam herein. Sie sah sich nach einem Platz für ihren Schirm um. Jean kam ihr zur Hilfe und beförderte das tropfende Gestell in einen leeren Einmachtopf aus Steingut. Er nahm ihr Aktentasche und Mantel ab und brachte sie an den Tisch. Er stellte einen Stuhl neben Romain und legte ein weiteres Gedeck für sie auf.

Sie beugte sich zu ihm und küsste ihn auf die Wangen. »Danke, Jean, du bist meine Rettung.«

»Claire, hat Gustave dich entlassen?« Romain stellte seine Freundin vor, die offen in die Runde lächelte und hungrig die Reste musterte.

Sie schien sich in Gesellschaft fremder Leute wohlzufühlen und aß mit großem Appetit Fleisch und Brot. Den Wein begutachtete sie kritisch, bevor sie ihn probierte, dann lächelte sie und ließ sich entspannt zurücksinken.

Sie war nach Stunden konzentrierter Arbeit bei Gustave müde und ausgelaugt. Die Vorbereitungen für die Steuerprüfung hatten sich als aufwendiger erwiesen, als sie geglaubt hatte. Die Unterlagen des Vereins waren recht leger geführt worden, wie sie es diplomatisch ausdrückte. Gustave war die Notwendigkeit einer korrekten Buchführung nur schwer begreiflich zu machen. Immer wieder hatte er auf die Restaurierung hingewiesen, war abgeschweift, hatte Archivmaterial hervorgekramt. Kurz, er hatte alles getan, um von seiner Schlampigkeit abzulenken. Da war er bei Claire an die richtige Adresse geraten. Sie hatte ihm klar gemacht, dass er entweder mithalf, das Chaos zu beseitigen, oder … adios amigo. Gustave hatte nach einer Schmollpause klein beigegeben.

Claire seufzte, dass heute nicht der letzte Termin gewesen war, um Ordnung in die verworrenen Papiere des Vereins zu bringen.

Romain und Claire hatten die gleichen blonden Locken und hätten als Geschwister durchgehen können. Sie waren ein schönes Paar, der Traum jedes Hochzeitsfotografen.

Marlene dachte, dass Yves keine Angst zu haben brauchte. Sie würde ihn nicht von einem Ortswechsel abhalten. Sie würde mitgehen.

Das Dessert ließ die Tischgespräche kurz verstummen. Die Crème Caramel war phantastisch, sie weckte ähnliche Erinnerungen in jedem der Anwesenden. Aber an die von Mama kam sie nie heran. Das wusste auch Marc, der das Rezept seiner Mutter benutzte und doch den Geschmack der Kindheit nicht kopieren konnte.

19. Verdammt

Lafrogue füllte die alte Bordeauxflasche am Waschbecken und goss den Farn in seinem Büro. Danach zupfte er ein paar braune Blätter ab und warf sie in den Papierkorb. Er war nachdenklich.

Am Morgen hatte er mit den Mitarbeitern der »Operation Parma« eine Besprechung abgehalten und das weitere Vorgehen festgelegt. Claudio wurde in Cuneo zurückerwartet. Die ruhig Zeit im Piemont war vorbei, er wurde gebraucht. Yves Romain würde hier vor Ort die Entwicklung im Auge behalten, was dank Gianna relativ einfach war. Sie wussten von zwei Produzenten in Rumänien, sollten noch mehr dazukommen, konnten diese durch die Kennzeichen der Laster identifiziert werden. Über die SIS, das Schengener Informationssystem, hatten sie wenig über die Besitzer erfahren können. Einer war im Zusammenhang mit gestohlenen Autos erwähnt worden – Kleinkram, den man vernachlässigen konnte.

Er hatte bisher keine Verbindung zu den rumänischen Kollegen aufgenommen. Niemand im Polizeidienst dort war ihm persönlich bekannt, und er gehörte zu den Beamten, die grundsätzlich erst dann jemandem vertrauten, wenn sie sich ein eigenes Bild gemacht hatten. Besonders wenn es sich um die östlichen, neuen EU-Staaten drehte, deren Strukturen ihm zu undurchsichtig waren. Er wusste, dass er Vorurteile hatte. Die Korruption in Frankreich, Italien oder Deutschland trieb auch die buntesten Blüten, aber das waren die Teufel, die er kannte, an die neuen war er noch nicht gewöhnt. Zudem hatte Rumänien, auch aus diesen Gründen, noch keine Karte für den Schengenraum, und es sah so aus, als müssten sie noch eine Zeit lang anstehen.

Claudio stimmte ihm zum Teil zu, sah Europa aber doch optimistischer. Es hatte erfolgreiche grenzübergreifende Einsätze von Europol gegeben, die auch von der rumänischen Polizei mitgetragen wurden. Auch Yves Romain war der europäischen Zusammenarbeit zugeneigt, aber der wollte ja auch zu Europol, da schadete ein bisschen Vorarbeit nicht.

Sie einigten sich auf einen Kompromiss. Sie wollten die Operation so weit wie möglich vorbereiten. Dann, wenn die Auslieferung der Schinken kurz bevorstand, über Europol die rumänischen Kollegen einschalten und so, im besten Fall gleichzeitig, Lieferanten, Produzenten und Empfänger hochnehmen. Mehr konnten sie nicht tun, um eine undichte Stelle auszuschließen. Bis jetzt hatten sie nur das SIS in Anspruch genommen und die staatlichen Polizeiorgane der Transitländer von der Beschattung informiert, damit es im Zweifelsfall nicht zu Missverständnissen kommen konnte.

Was Commissaire Lafrogue nicht gefiel, war der lange Zeitraum bis zur Auslieferung der Schinken. Noch gute sieben Monate, bis die erste Charge versandbereit war. Da konnte viel passieren. Gianna war über die gesamte Dauer im Fokus Peros, nein, das gefiel ihm ganz und gar nicht.

Er goss die Zimmerpalme, ein Geburtstagsgeschenk seiner Mitarbeiter, und steckte ein Düngestäbchen in die Erde. Dann wusch er sich die Hände und fuhr mit der Hand über sein Kinn. Die Bartstoppeln kratzten an seinen Fingern, er verschob das Rasieren, ging zum Schreibtisch und griff zum Telefon.

»Hallo Jean, sag mal, ist Boris de Beers in der Nähe? Im Innenhof? Gut.«

Er hörte Jean im Hintergrund rufen, nach kurzer Zeit meldete sich Boris.

»Boris, hier Lafrogue. Können wir uns treffen, ich möchte etwas mit Ihnen besprechen.«

Claudio wurde müde und drehte die Lautstärke auf. Er hörte *Bajofondo*, eine CD von Yves Romain, die er ihm mit den Worten: »Du hörst doch die gleiche Musik wie meine Mutter«, in die Hände gedrückt hatte.

Claudio befand sich kurz vor Turin auf der E 70. Noch eineinhalb Stunden, dann war er zu Hause. Er war gut durchgekommen und konnte es zum Abendessen in sein Lieblingsrestaurant in Serralunga schaffen. Sein Chef, Commissario Szapella, würde Nerolina am nächsten Tag mit in die Questura bringen. Als er vor seiner Abreise angerufen hatte, hatte Szapella gesagt, dass sie mit dem Hund in die Berge fahren wollten und spät zurückkämen. Claudio hatte den Verdacht, dass sie auf jeden Fall spät zurückkämen, auch wenn sie sich die Berge im Fernseher ansehen würden.

Die Südtangente um Turin war wenig befahren an einem Sonntagabend. Als er den Po überquerte, der schlammig unter ihm durchfloss, wurde es noch leerer. Er kannte diese Strecke auch anders. Im Berufsverkehr ging hier schon einmal ein Stau in den nächsten über, kein Vergleich zu heute.

Als der letzte Tango verklang, hielt er auf dem Marktplatz in Serralunga. Er betrat das Restaurant und begrüßte den Besitzer. Rodolfo betrieb die Gaststätte seit zwanzig Jahren, seine Frau kochte piemontesische Hausmannskost der besten Art, und sein Sohn bediente die Gäste. Der Junge war ein bisschen langsam, das wusste jeder und stellte sich darauf ein. Wenn heikle Touristen kamen, bediente Rodolfo selbst. »Heikel« erkannte er sofort, man hört es an der Tonlage, behauptete er, egal in welcher Sprache.

Claudio setzte sich an seinen Platz, einen kleinen Tisch neben dem Brett mit den Postkarten aus aller Welt, die die Stammgäste schickten. Rodolfo kam mit einer Flasche Dolcetto und goss ihm ein. Kurz darauf kam die Vorspeise, ein Teller mit gemischten Antipasti. Claudio nahm immer das Gericht des Tages und ließ sich überraschen. Er war nur einmal reingefallen, da gab es Schnecken, die er verabscheute.

Das Lokal war gut besetzt. Durch die Weinlese hielt die Saison hier bis in den Oktober.

Nach einem Wildschweingulasch und Eis zum Dessert brachte Rodolfo den Espresso und setzte sich zu Claudio an den Tisch. Die meisten Gäste waren gegangen, er hatte etwas Zeit.

»Der alte Geronimo ist letzte Woche gestorben.«

»Der war doch noch ganz munter, als ich fuhr.«

»Das Herz! Steht morgens auf und ist tot!«

»Hm, ja, tut mir leid für seine Frau.«

»Die Beerdigung war vorgestern. Da war auch die Tochter da.«

»Die aus Merano?«

»Genau.«

Claudio wartete. »Bleibt sie eine Weile?«

»Kann sein. Martha geht mit.«

»Nach Merano?«

»Genau. Was ich sagen will, sie verkauft das Haus.«

»Das Haus, hier im Ort?«

»Ja, Claudio, du suchst doch eins, oder?«

Claudio traute seinen Ohren nicht. Das Haus der Furillis lag an der Ausfallstraße nach Monforte, weit zurück in einem großen Garten. Die Straße war nicht sehr befahren. Es lag sonnig, hatte aber alten Baumbestand auf dem Grundstück und war ein typisches Haus vom Anfang des vorigen Jahrhunderts. »Weißt du, was es kosten soll?«

»Keine Ahnung, fahr vorbei, die Tochter hat es mir heute erst gesagt.«

»Danke, Rodolfo. Du wirst zur Einweihungsparty eingeladen, wenn ich es kriege.«

Claudio bezahlte und ging zum Auto. Er machte einen Schlenker und sah sich das Haus von außen an. Es war gelb verputzt, schon verblichen und an manchen Stellen bröckelte die Farbe. Auch die Fensterläden brauchten einen frischen Anstrich. Aber das Dach sah auf den ersten Blick gut aus, den Rest musste man genau prüfen.

Es hatte einen bodenständigen Charme, der ihm gut gefiel – und auch Marlene, da war er sicher.

Boris und Lafrogue trafen sich in einer Bar in der Nähe des Hôtel-Dieu von Tonnerre, dem Hospital aus dem 13. Jahrhundert. Sie setzten sich nach draußen und bestellten Wasser und Kaffee. Der Commissaire war kurzatmig, er hatte in letzter Zeit zu viel gegessen.

»Ich sollte mich an meine Diät halten«, schnaufte er.

»Ich habe mir auch vorgenommen, Sport zu treiben. Ist nicht einfach, wenn man allein ist.«

»Ach, bei mir sorgt schon meine Frau dafür. Aber gerade das macht mich sauer. Sie beobachtet mich, als würde ich gleich tot umfallen. Das geht mir auf die Nerven.«

»Sehen Sie es doch so: Sie haben jemanden, der sich um sie sorgt, dem Ihr Wohlergehen am Herzen liegt.«

Lafrogue sah Boris forschend an: »Ach, und Sie sind ein armer, einsamer Mann, den seine Liebste für ein paar alte Steine sitzen lässt. Pauvre garçon!«

»Wenn Sie etwas von mir wollen, sollten Sie nicht so ironisch sein. Probieren Sie mal, mit einer Jahrtausende alten Tempelanlage zu konkurrieren.«

»Bon. Sie haben mir schon das Stichwort gegeben. Ich sorge mich um Gianna. Claudio ist wieder weg, Romain hat auch noch andere Aufgaben, aber Sie, Sie sind freier Journalist. Bleiben Sie und haben Sie ein Auge auf Gianna. Machen Sie eine Serie über sie oder was Sie so tun. Sie schreiben doch über Essen und Trinken, und Giannas luftgetrocknete Schinken sind ja wirklich erwähnenswert. Da fallen Sie nicht weiter auf. Wenn sie an der Lys ist, muss sie allein zurechtkommen. Aber wenigstens hier möchte ich jemanden in ihrer Nähe haben.«

»Commissaire, Ihre Überredungskunst ist unschlagbar. So käme ich nie an Interviewpartner. Da fallen Sie nicht weiter auf! Was soll das denn heißen? Dass, wenn ich auffalle, mein Leben in Gefahr ist? Wie Arianas?«

»Unsinn, hier kennt Sie doch keiner. Pardon, Sie wissen jetzt, wie ich das meine. Pero wird Sie für einen Journalisten halten, wenn Sie ihm begegnen sollten, und für nichts weiter.«

»Ich muss mit meinen Redakteuren sprechen. Wie lange soll das denn gehen?«

»Die nächsten vier Wochen, dann sind alle Lieferungen angekommen. Gianna ist jede Woche unterwegs, danach ist eine Ruhephase, da wird sie nicht so oft hinfahren müssen.«

»Aber ich kann doch gar nichts tun. Wenn sie sich selbst verrät, bin ich auch machtlos.«

»Sie wird sich nur verraten, wenn sie nervös wird. Und das möchte ich verhindern. Dazu sind Sie da. Sie soll sich nicht allein fühlen. Wenn Sie so wollen, sind Sie Kosmetik. Nutzlos, aber nützlich.«

»Da ist was dran.« Boris dachte, dass er diesen Auftrag gerne vermeiden würde. Aus anderen Gründen. Und ihn deshalb auch gerne annahm. Verdammt.

Als er ins Hotel zurückkam, saß Marlene vor dem Haus auf der Bank und starrte vor sich hin.

Sie blickte auf. »Setz dich mal.« Sie zog ihn neben sich. »Claudio hat ein Haus.« Sie klang völlig ungläubig. Nicht sehr begeistert, eher zweifelnd. Sie erzählte ihm die ganze Geschichte. »Und dann ist er heute Morgen, vor der Arbeit, zu dieser Frau gefahren und hat einfach gefragt. Und die hat einfach ja gesagt. Ja, Sie können das Haus kaufen! Der Preis stimmt, sagt Claudio, nicht billig, aber das ist im Piemont eh nichts, aber auch nicht zu teuer. Er will es allein kaufen.«

»Ist doch prima! Du gehst gar kein Risiko ein. Probier es aus. Wenn es daneben geht, ziehst du wieder an den Bodensee.«

»Jaa. Ja.«

»Was gefällt dir denn nicht?« Boris klang gereizt.

»Ich weiß auch nicht. Wir wollten das zusammen machen.«

»Mein Gott, Marlene. Was willst du eigentlich? Du hast dich immer gesträubt und gezögert und jetzt macht Claudio es dir leicht, und es ist auch nicht richtig.«

»Hast du eine Laune!«

»Mir geht dieser ganze Beziehungscheiß auf den Senkel. Ich will endlich meine Ruhe. Dolores ist alles ganz egal, Hauptsache sie kann graben, du liebst Claudio und bist zu feige mit ihm zusammenzuziehen.« Er war ungerecht, das wusste er. »Tut mir leid, Marlene. Ich bin schlecht gelaunt. Sieh' dir das Haus an und entscheide dann.«

Marlene ging so einiges zu Boris Stimmung durch den Kopf. Sie entschloss sich, es ungesagt zu lassen und später ihre Schwester anzurufen, die auf dem besten Weg war, ihre Beziehung zu gefährden, wenn sie so weitermachte. »Schon okay, Boris. Du hast ja recht. Ich werde es mir ansehen, vielleicht ist dann das Problem schon gelöst.«

Marlene überließ Boris seiner Stimmung und ging in ihr Zimmer, um Claudio anzurufen. Sie überraschte ihn mit ihrem

Entschluss, am Ende der Woche zu kommen und empfand einen leichten Stich, als er sich freute wie ein Schneekönig.

Sie hatte mit ihrer Mitarbeiterin am Bodensee gesprochen, die ganz gut ohne ihre Chefin klarkam. Es standen momentan keine ungewöhnlichen Aufträge an, sodass sie noch eine Woche anhängen konnte, ohne dass das Geschäft darunter leiden musste. Und überhaupt konnte sie die meisten Dinge von hier aus regeln. Der Segen des Internets, dem Marlene zwiespältig gegenüberstand, auch wenn sie ihn zu schätzen wusste.

»Ich bete um perfektes Wetter, cara mia«, sagte Claudio, »dann wirst du nicht widerstehen können.«

Marlene wurde doch langsam neugierig.

Der zweite Telefonanruf fiel ihr schwerer. Sie mischte sich nicht gerne in die Beziehung ihrer Schwester und ihres besten Freundes ein. Sie kam in Loyalitätskonflikte und trat immer in irgendeinen Fettnapf. Aber heute fühlte sie sich verpflichtet. Der Klingelton ging durch, immerhin. Sie wartete, aber nur die Box sprang an. Sie hinterließ einen Gruß und bat um Rückruf.

20. Molly liebt die Freiheit

Boris lehnte sich zurück und sah in den Himmel. Ein Flugzeug zeichnete einen Kondensstreifen in das fleckenlose Blau. Dolores würde bald zurückkommen. Sie hatte sich mit einer überraschend langen Mail gemeldet, in der sie ausführlich von der Grabung berichtete, die gute Fortschritte machte. Das Wetter machte ihr zu schaffen. Sie litt unter der Feuchtigkeit und hatte beschlossen, in zwei Wochen nach Deutschland zu fliegen. Sie vermisste ihn.

Er seufzte.

Draußen vor dem Küchenfenster rannte ein Schwein vorbei, Gianna hinterher. Er hörte sie rufen, Molly bleib stehen, Molly. Aber Molly dachte nur an die Freiheit und er nur daran, Gianna ins Bett zu kriegen.

Er kümmerte sich um sie, so wie Lafrogue es erwartete. Er hatte dem Gourmetmagazin, für das er meistens arbeitete, einen Artikel über Giannas Schinkenmanufaktur angeboten. Sie hatten ohne zu zögern zugegriffen. Der Beitrag sollte ins Oktoberheft, er konnte sich Zeit lassen. Die Termine für seine Interviewreihe mit Winzern des Burgunds standen fest, sie ließen sich wunderbar zwischen seine sonstigen Aktivitäten einbauen. Und seine Kolumne, die so viel Zeit beanspruchte, lag für die nächsten drei Ausgaben fertig geschrieben in der Redaktion.

Er konnte theoretisch bis Oktober in Tonnerre bleiben.

Und sich um Gianna kümmern.

Boris war sich klar, dass sich sein Terminkalender wie von Zauberhand dem Wunsch des Commissaires angepasst hatte. Er fuhr mit der Hand durch seine hellbraunen Haare, an den Schläfen wurden sie grau, aber er gefiel sich damit. Es ließ ihn seriöser wirken, fand er. Dolores hatte sich schiefgelacht, als sie das hörte. Eitler Fatzke, hatte sie gesagt und seine Haare zerstrubbelt. So, das war´s mit der Seriosität, hatte sie gelacht. Er grinste, als er daran dachte, wie es weitergegangen war. Er liebte sie so sehr.

Aber der Kuss mit Gianna ließ ihn nicht los.

Er besuchte sie, wenn er keine Termine hatte, hörte sich an, wie es an der Lys weiterging, oder half ihr auf ihrem Hof. Dazwischen ließ er sich ihre Arbeitsweise erklären und schrieb das Gerüst seines Artikels. Er verbrachte Stunden draußen bei den Schweinen, die er mit Namen kannte. Molly, Milly, Solly, Mara, Cara, Sussa und Hermes. Hermes ging er aus dem Weg, die anderen kraulte er an den Ohren und fotografierte sie in jeder Lebenslage.

Der Kuss wiederholte sich nicht. Boris hatte sich entschieden abzuwarten. Das hieß, er hatte sich zu nichts entschieden. Er fühlte sich unfähig, in irgendeine Richtung die Initiative zu ergreifen. Marlene erzählte er nichts, aber es war zu befürchten, dass sie etwas ahnte. Sie hatte ihn immer schon durchschaut. Nur merkwürdig, dass sie nichts gesagt hatte. Sie war ins Piemont abgereist, um sich das Haus anzusehen, das Claudio kaufen wollte. Vielleicht würde sie auf dem Rückweg hier eine Pause einlegen.

Gianna sprach oft über die Hallen an der Lys. Ihre Ängstlichkeit war verschwunden. Sie behandelte ihre Arbeit für Pero wie einen ganz normalen Job. Nur wenn das Gespräch auf Ariana kam, fiel ein Schatten auf ihr Gesicht.

Einmal sagte sie, dass sie kaum glauben könnte, dass Pero Ariana ermordet hätte. Selbst zu glauben, dass er der Auftraggeber sei, falle ihr schwer. Er war so zuvorkommend und freundlich zu ihr, dass sie manchmal Zweifel an ihrer Erinnerung hatte. Sie musste sich regelrecht seine Erpressung ins Gedächtnis rufen, die sonst in Peros geschmeidigem Charme versinken würde, wie eine Stachelbeere in flüssiger Sahne. Wenn sie mit ihrem Bruder Emilio sprach, wurde die Situation schnell wieder real. Emilio hatte nichts vergessen, im Gegenteil, er nährte seine Wut und wartete ungeduldig auf den Tag, an dem Pero die Fesseln angelegt würden.

Wenn sie zu Hause war, kümmerte sie sich um ihre eigene Produktion, so wie sie es immer getan hatte. Sie belieferte die Restaurants der Umgebung oder bat Boris ihr zu helfen, wenn sie unterwegs war.

Für ihre Mitarbeiter besuchte sie eine alleinstehende Tante. Bein gebrochen, so ein Pech. Keiner kam auf die Idee, das infrage zu stellen.

Molly war die Freiheit leid und trabte grunzend zum Futtertrog. Sie war genauso bestechlich wie jedes Lebewesen. Boris schloss die Augen und überlegte, welche Konsequenzen er daraus ziehen sollte.

21. Die silberne Haut des Drachens

Gianna war auf dem Weg an die Lys. Drei Monate lag die erste Anlieferung von rumänischen Schweineschinken jetzt zurück. Nach dem Salzen ruhten die Keulen einen Monat im Kühlraum, dann wurden sie mit Wasser abgewaschen und zum Vortrocknen aufgehängt.

Da die Schinken im Laufe von fünf Wochen gekommen waren, wurden sie entsprechend zeitversetzt bearbeitet. Die ersten Lieferungen hingen schon in der Halle zur endgültigen Lufttrocknung, während die letzten heute aus dem Kühlraum genommen wurden, um in die Vortrocknung zu kommen. Heute stand außerdem das Einschmalzen auf dem Programm. Gianna musste alle Verfahren abkürzen, wollte aber nicht auf das Einreiben mit Schmalz verzichten, das verhinderte, dass die Schinken zu stark austrockneten und die Außenhaut hart wurde. Alles in allem würden sie im März des nächsten Jahres fertig sein.

Gianna wollte heute auch die Trockenhallen überprüfen, sie machte sich Sorgen wegen der hohen Luftfeuchtigkeit. Sie hatte Pero überzeugt, eine Klimaanlage einzubauen. Sie waren nicht in Parma, also mussten sie Parma erzeugen. Ob das funktionierte, würde man sehen.

Sie hatte sich an ihre Aufgabe und an Pero gewöhnt, der sie oft auf dem Weg nach Nordfrankreich im Burgund abholte und auf dem Rückweg wieder nach Hause brachte. In den langen Stunden der Autofahrt erfuhr sie einiges über ihn, was sie erstaunte. Er hatte als Theologiestudent in Rom gewohnt, das Studium aber abgebrochen, weil er sich verliebt hatte. Die Frau verließ ihn kurz darauf, aber er war ihr heute noch dankbar, dass er nicht Priester geworden war.

Gianna fragte ihn, warum. Vor ein paar Wochen wäre das noch nicht möglich gewesen. »Weil ich keine Geduld mit den Unzulänglichkeiten meiner Mitmenschen habe.«

Stimmt, dachte Gianna, die hatte er nicht.

Einer der Arbeiter war dreimal hintereinander zu spät gekommen. Wie sich herausstellte, war seine Mutter gestorben, und er kam mit der Auflösung des Nachlasses nicht zurecht. Also genehmigte er sich abends mehr Wein, als ihm gut tat, und verschlief am Morgen. Pero hatte ihn ohne Zögern rausgeworfen. Gianna versuchte zu vermitteln, der Arbeiter war ansonsten immer zuverlässig gewesen und diese spezielle Situation verlangte Mitgefühl.

Pero blieb hart, er schien auch keine Angst zu haben, dass er verpfiffen würde. Offensichtlich hatte er den Mann in der Hand. Gianna dachte nicht zum ersten Mal, dass Pero eiserne Nerven haben musste.

»Und wenn er alles auffliegen lässt?«, hatte sie gefragt.

»Was denn? Wir machen Schinken, das ist offiziell. Es wissen nur ein paar Leute Bescheid, auf die ich mich verlassen kann. Ich sichere mich ab, Gianna, das müssen Sie doch wissen.«

»Warum Theologie?«

»Sie wundern sich, weil ich jetzt in einer ganz anderen Branche arbeite? Oder, weil Sie mich für sadistisch halten?« Er warf ihr einen amüsierten Blick zu. »Was hätte Theologen je vom Sadismus abgehalten? Ah, ich sehe, das ist Ihnen unangenehm. Unsere brave, katholische Erziehung. Und Sie waren ja in einem Internat, nicht wahr? Sicher ein konfessionelles. Ja, natürlich.« Er lachte leise. »Ich könnte Ihnen jetzt mit dem widerlichen Pater in meiner Kindheit kommen, der nicht nur das liebe Jesulein liebte oder den Nonnen, die mich auf Steinböden in kalten, dunklen Kirchen knien ließen. So lange, bis ich vor Schmerzen zusammensackte.« Er sah zu ihr herüber.

Gianna wusste nicht, wie sie reagieren sollte. Sie blieb einfach still.

»Keine Sorge, so war es nicht. Ich hatte eine liebevolle Familie, die so etwas nie geduldet hätte. Sie dürfen wieder atmen, Gianna.«

Er beantwortete ihre Frage nicht. Sie fühlte eine geradezu brennende Neugierde, traute sich aber nicht, weiter in ihn zu dringen. Dabei war sie sicher, dass er das wusste und seinen Spaß daran hatte.

Sie fuhr hinter Lille über den Canal de la Deûle. Die Straße führte durch den kleinen Ort Deûlémont in die flache Landschaft an der Lys. Bald sah sie die Produktionshallen von *Jambon San Antonio* links liegen. Es war früh, sie war hungrig, ihr Frühstück lag fast vier Stunden zurück.

Als Erstes wollte sie sich einen Kaffee machen und die Croissants essen, die sie in der Bäckerei am Marktplatz von Deûlémont gekauft hatte. Sie war dort inzwischen bekannt, wurde immer freundlich von der weißhaarigen Dame begrüßt, der Mutter des Bäckers, wie sie erfahren hatte. Von ihr wusste sie, dass *Jambon* als völlig normale Firma angesehen wurde. Sie war sogar gefragt worden, ob es noch freie Stellen gebe.

Sie hielt am Tor und wollte die Schlüssel herausholen. Ihr fiel ein, dass sie eine andere Tasche mitgenommen hatte. Sie stieg aus und drückte auf die Klingel. Pierre und Pascal mussten bereits da sein.

Die anderen Arbeiter kamen erst in der nächsten Stunde. Sie stieg wieder ins Auto und wartete. Nichts passierte, die Gebäude lagen still da wie an einem Feiertag. Sie klingelte erneut. Als sich wieder nichts tat, ging sie am Gitterzaun vorbei, um in den kleinen Hof zu sehen, auf dem die Mülltonnen standen.

Hier befand sich auch die Hintertür, die aufstand, daneben parkte Pierres Motoguzzi, mit der die beiden Freunde zur Arbeit kamen. Gianna rief und lauschte. Sie rief erneut. Nichts. Ihr war ein bisschen unheimlich. Sie überlegte, ob sie über den Zaun klettern sollte. Wenn sie sich auf ihr Autodach stellen würde, müsste das klappen.

Sie ging zurück und holte das Handy aus dem Wagen. Pierres Nummer war einprogrammiert. Sie wählte. »Der Anruf kann zurzeit nicht entgegengenommen werden.« Die anderen Mitarbeiter hatten keine Schlüssel, es blieben nur ein Schlüsseldienst (öffneten die auch Betriebstore?) oder ein Anruf bei Pero. Aber der saß in Parma, was sollte er tun?

Unschlüssig fuhr sie mit dem Auto bis zur Höhe der Hintertür und hupte dort anhaltend.

Pascal erschien, er gestikulierte Richtung Tor. Sie atmete auf und fuhr zurück, die Torflügel schwangen auf, und sie fuhr auf den Vorplatz. Pascal schloss das Tor wieder und holte sie am Auto ab, er wirkte aufgeregt.

»Warum hast du auf mein Klingeln nicht reagiert?«

»Gianna, hier ist eingebrochen worden. Die Sicherungen sind raus, wir haben sie noch nicht wieder eingesetzt, wir haben es gerade erst gemerkt.«

Gianna sagte nur: »Das Kühlhaus.«

»Merde.«

Sie liefen in das Gebäude zu den Kühlräumen. Als sie die Tür öffneten, drang ihnen aus der Dunkelheit ein dumpfer Geruch entgegen. Plötzlich sprang mit einem tiefen Stöhnen das Kühlaggregat an und die Neonröhren an der Decke klickerten den Raum in Tageshelle. Pierre kam aus dem Büro zu ihnen.

»Alle waren raus. Seit einer Woche. Hier war doch keiner, weil es heute erst wieder losgeht.«

Gianna sah sich den Schaden an. Sie nahm einen der Schinken aus dem Fach und untersuchte ihn auf einem Tisch. Er fühlte sich feucht an und roch etwas muffig, zeigte aber keinen Schimmel. Das Salz hatte ihn gerettet.

Pierre und Pascal hatten die Hintertür offen vorgefunden. Zuerst dachten sie, sie hätten nach der letzten Schicht vergessen abzuschließen, aber dann konnten sie kein Licht anmachen. Sie hatten im Büro eine Taschenlampe gesucht, den Sicherungskasten aufgemacht und die Bescherung gesehen. Da hatte Gianna gehupt.

»Ist was gestohlen worden?«

»Wir haben noch nicht nachgesehen. Jedenfalls ist nichts durcheinandergeworfen.«

Sie gingen ins Büro. Nach Giannas Meinung war alles an seinem Platz. Allerdings gab es außer der Kaffeemaschine und dem Computer nichts, was einen Einbruch gelohnt hätte. Das Wertvollste waren die Schinken. Gianna spürte ein unangenehmes Kribbeln.

»Lasst uns in die Trockenhalle gehen.« Ihre Stimme klang gepresst.

Die Trockenhalle war hinter den Kühlräumen durch einen Korridor mit der ersten Halle verbunden. Dieser Flur wirkte wie eine Schleuse, mit je einer Tür an den Enden. Beide Türen sollten verschlossen bleiben, da Luftfeuchtigkeit, Temperatur und Luftzug durch eine Klimaanlage geregelt wurden. Das natürliche Klima von Parma musste hier durch eine schweineteuere Anlage simuliert werden. Genauso wie in Parma, denn die Abhängigkeit von den Jahreszeiten konnte sich heute keiner mehr leisten.

Pero hatte mit dieser Mehrausgabe nicht gerechnet und das mehr als einmal betont. Er hatte mit drakonischen Strafen gedroht, wenn die Türen nicht geschlossen würden. Damit das erschwert wurde, hatte er beide Eingänge mit einem Zahlencode belegt, den alle Mitarbeiter kannten. Die erste Tür war aufgebrochen, Gianna lief durch den schmalen Flur. Auch die zweite Tür stand auf. Die Klimaanlage lief auf Hochtouren, um die eintretende warme Luft auszugleichen. Außer dem enormen Stromverbrauch schien alles in Ordnung. Hier hatte der Eindringling keine Sicherung gekillt. Wahrscheinlich, weil er sie nicht gefunden hatte. Nicht einmal Gianna wusste, wo sie saß.

Pierre deutet nach draußen. »Wir haben Glück gehabt. Der Kasten hängt draußen im Schuppen mit den Werkzeugen. Weiß bestimmt keiner außer uns. Wir sind praktisch die Einzigen, die da reingehen, weil wir für Reparaturen zuständig sind.«

Pascal und Pierre waren Elektroingenieure, die ihre Firma in den Sand gesetzt hatten.

Sie sahen sich um. Es fehlten sechs Schinken. Leicht abzuzählen an den leeren Haken. Die anderen hingen brav und unversehrt da. Gianna beruhigte sich.

Sie rief Pero an. Er reagierte nachdenklich und bat sie, mit der Arbeit, wie vorgesehen, weiterzumachen. Pascal sollte eine Firma kommen lassen, die die Schlösser reparierte.

Es dämmerte, als Gianna und ihre Helfer die letzten Keulen einrieben. Die Hände schmerzten vom Einmassieren der zähen Schmalzmasse. Sie war mit Salz, Pfeffer und Reismehl versetzt und versiegelte die Teile ohne Schwarte während der Monate der Lufttrocknung. Im wahren Leben war das die Arbeit des »Salatore«, der speziell für das Einsalzen und Einschmalzen zuständig war. Gianna musste mit dem zurechtkommen, was sie hatte. Ihre Mitarbeiter waren so gut angelernt wie möglich. Sie gaben ihr Bestes, das musste reichen.

Die Türen waren wieder funktionsfähig und die Klimaanlage arbeitete im normalen Modus.

Während der Rückfahrt dachte Gianna über den Einbruch nach. Das musste die Tat eines Insiders gewesen sein.

Es schien nicht primär um den Schinkenklau zu gehen. Sechs Stück, die passten bequem in einen Kleinwagen, damit ließ sich kein Reichtum erwerben.

Was er offenbar gewollt hatte, war, dem Unternehmen Schaden zuzufügen. Ein typisches Motiv für einen Racheakt. René fiel ihr ein, dessen Mutter gestorben war. Pero hatte ihn ohne Federlesens vor die Tür gesetzt, als er durch seine privaten Umstände unzuverlässig geworden war. Doch die Tat war nicht sonderlich effektiv gewesen. Die Zeitspanne ohne Kühlung war zu kurz, um das Fleisch zu verderben. Das Salz, das seit drei Wochen einwirken konnte, hatte die Keulen geschützt. René hätte das gewusst. Also doch einer von »ganz draußen«? Nichts passte zusammen.

Peros Gedankengänge ähnelten denen Giannas. Er fand heraus, dass Réne zur Zeit des Einbruchs bei seiner Schwester in Avignon war.

Er verpflichtete Pierre und Pascal, nachts die Hallen zu kontrollieren. Beide genossen sein volles Vertrauen, er hatte schon früher mit ihnen gearbeitet. Außerdem besaß er Unterlagen, die die Finanzbehörde entzücken würden. Das war nicht weiter erwähnenswert, jeder, der es wissen musste, wusste es. Es gehörte in den Kreislauf von Information und Reaktion, in dem seine Geschäfte reibungslos liefen.

Als Pascal ihn drei Tage nach dem Einbruch gegen zwei Uhr morgens anrief, konnte der Grund kein guter sein.

Gianna hatte Lafrogue von dem Einbruch berichtet, der die Information an Claudio weitergeleitet hatte. Der Commissaire hatte sie besucht und sich nach ihrem Befinden erkundigt. Er war noch besorgt um sie und bat sie, jederzeit in sein Büro zu kommen oder ihn anzurufen, auch privat, ganz egal.

Gianna hatte ihn im Verdacht, Boris auf sie angesetzt zu haben. Er war auffällig häufig bei ihr gewesen, auch wenn er behauptet hatte, Recherchen für den Artikel über sie zu machen. Er hatte fast sechs Wochen hier herumgehangen, mit einer Pause, um seine Freundin vom Flughafen abzuholen. Dolores war bestimmt begeistert gewesen, nach der langen Zeit in Kambodscha, direkt wieder verlassen zu werden. Boris hatte ihr erzählt, dass er sie mitbringen wollte, aber das ging nicht, weil sie am Institut in Köln zu tun hatte. Also hatte er seine Arbeit im Burgund alleine wieder aufgenommen. Sie an Dolores' Stelle wäre mitgefahren, dachte Gianna, die war es doch wirklich selber schuld.

Als er endgültig nach Deutschland zurückgekehrt war, hatten sie sich lange umarmt und wortlos getrennt. Gianna wusste, was in seinem Kopf vorging und mehr als einmal war sie in Versuchung gewesen. Sie wollte keine Beziehung zerstören, sie hatte ein solches Verhalten immer verurteilt, musste aber zugeben, dass es ihr schwerfiel.

Unwissend hatte ihr Pero geholfen, der sich auf distanzierte Art um sie bemühte. Sie gestand sich ein, dass sie ihn mochte, und ließ eine gewisse Vertrautheit zu.

In der Nacht nach Lafrogues Besuch schlief sie unruhig und oberflächlich, bis das Telefon in ihren Dämmerzustand schrillte.

Gianna meldete sich und hörte Peros Stimme. Er klang beunruhigt. Sie hörte zu und sagte: »À demain.« Sie fror plötzlich. In den Hallen hatte es gebrannt. Die Feuerwehr war im Einsatz. Pero war auf dem Weg an die Lys.

Pero hatte den Sechs-Uhr-Flug von Turin nach Brüssel genommen. Als er im Flieger saß, hatte er Zeit nachzudenken. Pascal und Pierre hatten ihre zweite Nachtrunde gedreht, als sie in einer der Hallen einen Lichtschein sahen, der sich als Feuer herausstellte.

Der Brand war im Lager ausgebrochen, da wo die Kartonagen gestapelt wurden. Auf der einen Seite des Raums befanden sich die langen Tische zum Verpacken. Auf der anderen waren Flaschen mit Butangas aufgereiht.

Pascal hatte den Brand frühzeitig entdeckt. Während er den Feuerlöscher einsetzte, rollte Pierre die Gasflaschen nach draußen. Sie waren dabei, die Asche zusammenzuräumen, als sie aus der Klimahalle Geräusche hörten. Sie dachten, der Brandstifter wäre noch da. Als sie die Schleusentür öffneten, begann es wie wild zu lodern. Auch hier war ein Feuer ausgebrochen, das bereits ein Viertel der Halle einnahm. Sie warfen die Tür wieder zu und riefen sofort die Feuerwehr. Pierre rannte in den Werkzeugschuppen, um den Sicherungsschalter umzulegen, damit der Luftzug abgestellt wurde.

Kurz bevor Pero ins Flugzeug stieg, hatte er noch einmal mit Pascal gesprochen. Die freiwillige Feuerwehr von Deûlémont hatte die Klimahalle nicht retten können. Sie versuchten jetzt zu verhindern, dass die anderen Gebäude Feuer fingen.

Für Pero war buchstäblich alles in Rauch aufgegangen. Er blickte in die Wolken und bemerkte hinter dem Schock ein neues Gefühl – Panik. Er zwang sich, ruhig zu atmen und logisch zu denken. Er hatte eine Menge Geld verloren, aber nicht alles. Er hatte bisher nichts Ungesetzliches getan. Seine Leute würden aus eigenem Interesse dicht halten.

Er bestellte beim Stewart einen Calvados. Es war der erste seit Jahren, den er trank.

Von Brüssel fuhr er mit einem Mietwagen an die Lys. Über die schmale Straße von Deûlémont in die Felder kamen ihm Leute mit Fotoapparaten entgegen. Das Feuer hatte Zuschauer angezogen.

Drei Löschzüge standen auf dem Gelände. Lille hatte Hilfe geschickt, auch Krankenwagen und Polizei. Die Menge der Schaulustigen löste sich auf, das Hauptspektakel war vorüber. Der Übertragungswagen eines Fernsehsenders stand etwas abseits. In der offenen Tür saß ein Mann und trank aus einem Pappbecher.

Pero hatte sich im Flugzeug beruhigt, rational und klar alles durchdacht und gleich die nächsten Schritte geplant. Das war die beste Art, mit Rückschlägen umzugehen. Nicht sinkenden Schiffen hinterhersehen, sondern das Rettungsboot aufblasen. Diese Strategie stand für Erfolg und Überleben, und er bildete sich einiges darauf ein, sie perfekt zu beherrschen. Er hatte sich im Griff, bis er hinter den Löschzügen vorbeifuhr und freie Sicht auf das Betriebsgelände von *Jambon San Antonio* hatte.

Der Gitterzaun war intakt, das Flügeltor weit geöffnet. Die kleineren Hallen, die die Kühlräume, Arbeitsplätze und den Verpackungsbereich beherbergten, standen noch, wenn auch durchnässt und geschwärzt.

Das größte Gebäude jedoch, die Klimahalle, war zusammengebrochen. Die Stahlkonstruktion hatte nachgegeben, sodass das Wellblechdach in sanften Hügeln dalag. Der Korpus war in sich gedreht und erinnerte an einen schlafenden Drachen, dessen Rippen sich unter der Haut abzeichneten. Sie schimmerte wie altes Silber in der Sonne. Ab und zu stieß er im Schlaf kleine Dampfwölkchen aus und ächzte.

Als Pero das sah, spürte er ein Messer in seiner Brust, das ein sadistischer Witzbold in der Wunde drehte.

Über der ganzen Szenerie lag, wie zum Hohn, der Duft von gebratenem Schinken. Pero flüchtete in das Buschwerk und übergab sich.

»Wir können das Gelände noch nicht freigeben.« Der Leiter der Feuerwehr hatte seinen Helm abgezogen und stand mit Pero vor der Brandstätte. Seine Männer rollten die Schläuche ein und suchten ihr Gerät zusammen. »Wir haben keinen Hinweis, dass sich jemand in der Halle befand. Ihre Leute haben zwar etwas gehört, das Feuer selbst war aber so laut, dass sie nichts Genaues sagen können. Wenn es abgekühlt ist, können wir mehr sagen.«

Pero verbrachte die nächsten Stunden mit der Polizei und versuchte, den Reportern zu entkommen. Er suchte sich ein Hotelzimmer und aß im Restaurant ein Sandwich, mehr bekam er nicht hinunter. Das Letzte, woran er dachte, als er ins Bett fiel, war das tröstliche Bild von Gianna, die morgen herkäme.

Gianna war sehr früh aufgebrochen. Sie hatte schlecht geschlafen und in der Dämmerung aufgegeben. Nach einem schwarzen Kaffee machte sie sich auf den Weg. Der Berufsverkehr um die Städte verzögerte ihr Fortkommen, aber sie kam trotzdem noch vor neun Uhr in Peros Hotel an.

Er erwartete sie im Restaurant, bedankte sich für ihr Kommen und bestand darauf, dass sie frühstückte. Die Fahrt hatte sie hungrig gemacht, sie nahm das Angebot gerne an und griff zu. Er goss Kaffee ein und leistete ihr Gesellschaft, während er das ganze Unglück beschrieb. Als er von der zusammengestürzten Klimahalle sprach, bemerkte sie ein leichtes Zittern in seiner Stimme, doch das war das einzige Zugeständnis an die Schwäche des vergangenen Tages.

Er bat sie zu bleiben, um bei der Polizei einige Fragen zu beantworten. Ihr waren die Abläufe der Produktion vertraut, sie war die richtige Ansprechpartnerin.

Obwohl sie auf den Anblick vorbereitet war, traf er sie fast so hart wie Pero. Sie war den Tränen nahe und gleichzeitig erleichtert, dass dieses Kapitel ein Ende hatte.

Der Schotterboden um die Hallen war aufgeweicht von Wasser. Schlammige Pfützen standen in den tiefen Spuren der Feuerwehrfahrzeuge. Die geschwärzten Gebäude und die eingefallene Halle boten ein Bild der Verwüstung. Der Bratgeruch lag noch immer in der Luft, wenn auch schwächer als am Vortag.

In den Trümmern suchten die Brandspezialisten nach Spuren. Sie trugen Masken und stocherten mit Stöcken herum, ab und zu hob einer etwas auf, um es in eine Tüte zu stecken.

Die Presse war wieder erschienen, verschwand aber schnell, als keine neuen Hiobsbotschaften in Sicht waren. Auch die Handvoll Schaulustiger zerstreute sich, als der Wind ruppiger wurde und Regenwolken aufzogen.

Gianna und Pero wurden auf die Ergebnisse der Untersuchungen vertröstet. Nur, dass es Brandstiftung war, schien sicher. Sie fuhren zum Präsidium, wo Gianna endlose Formulare ausfüllte und Fragen beantwortete. Die Versicherung würde noch einen Gutachter schicken, sagte man ihnen. Gianna sah zu Pero, der nickte und meinte: »Selbstverständlich.«

Zurück im Hotel, ließ sie Badewasser ein und goss eine gute Portion Rosenöl hinein. Sie liebte den Duft, in der Not hätte es aber auch Kampfer getan. Jeder Geruch war ihr lieber als Braten.

Das Wasser war nur noch lau, als sie aufwachte. Sie trocknete sich ab, zog eine frische Bluse an und schminkte sich sorgfältiger als gewöhnlich.

Anschließend fühlte sie sich besser. Sie war hungrig, als sie in das Restaurant hinunterging, und freute sich auf ein Glas Wein.

Pero saß schon da. Er hatte eine Flasche Chablis bestellt. Sie sah auf das Etikett, es war der ihrer Nachbarn.

»Sind Sie mit dem vegetarischen Menü einverstanden, Gianna?«

»Das hätte ich auch genommen.« Gianna testete den Wein und schloss kurz die Augen. Sie hatte ein paar Fragen, wusste aber nicht genau, wie weit sie gehen konnte. Sie entschloss sich, bis zum Dessert zu warten.

Pero räusperte sich: »Fragen Sie, Gianna.«

Gianna suchte nach einer höflichen Umschreibung, aber es fiel ihr keine ein. Dann eben nicht. »Haben Sie tatsächlich vor, die Versicherung zahlen zu lassen?«

Es verging eine Minute in völliger Stille. Dann begann Pero schallend zu lachen. Er schüttelte den Kopf und lachte wieder. »Gianna, Gianna. Ich bin ein Verbrecher. Schon vergessen? Nächste Frage.«

»Na, gut. Was jetzt? Ich meine, wollen Sie weitermachen?«

»Ich weiß es nicht. Das hängt von verschiedenen Faktoren ab. Unter anderem davon, ob ich schnell passende Gebäude finde.«

»Es ist zu spät, Signor Pero. Die Schinken können nicht in noch kürzerer Zeit gemacht werden. Lassen Sie jetzt meinen Bruder und mich in Ruhe?«

Pero goss noch etwas Currysoße über die Gemüsequiche, die der Kellner gebracht hatte. Er hielt die Sauciere fragend hoch, Gianna nickte. Er goss einen Klecks neben ihre Quiche und stellte die Sauciere zurück. Dann aß er ein Stück. »Oh, die ist köstlich.« Er kaute mit Genuss.

Gianna wartete, aber er blieb schweigsam. Sie wurde ärgerlich: »Verdammt, was soll das? Erst soll ich Sie fragen, dann geben Sie mir keine Antwort. Ist das wieder eins Ihrer Spielchen?« Sie merkte, wie der Zorn in ihr hochstieg, den sie schon vergessen hatte. Die alte Wut. Sie blitzte ihn an. »Wissen Sie was, Pero? Sie können mich mal. Sie sind ein Sadist, der andere Menschen ausnutzt und ihnen Angst macht. Aber ich lasse mich nicht mehr von Ihnen erpressen. Ich glaube nämlich nicht, dass Sie Ariana getötet haben. Und ich schwöre Ihnen, wenn einem meiner Leute etwas passiert, dann bringe ich Sie persönlich um.« Sie warf ihre Serviette auf den Tisch und rannte aus dem Speiseraum.

In ihrem Zimmer schossen ihr die Tränen aus den Augen. Sie war so wütend und gleichzeitig so enttäuscht, dass sie nicht wusste, was sie machen sollte. Schließlich packte sie ihre Tasche und verließ das Zimmer.

Sie betrat das Restaurant, Pero saß noch am Tisch und aß sein Dessert. Eine Mousse au chocolat, wie sie neidisch bemerkte, sie hatte Hunger.

»Ich fahre. Wenn Sie mich noch brauchen, wegen der Polizei, rufen Sie mich an.«

»Oh, ich dachte, Sie wollten nichts mehr mit mir zu tun haben.«

»Richtig gedacht. Aber ich bin schließlich befragt worden, vielleicht fehlt noch etwas.«

»Hören Sie, Gianna. Bitte, setzen Sie sich doch noch einmal.«

»Nein, Pero, ich fahre. Gute Nacht.« Gianna ging aus dem Restaurant zu ihrem Auto. Sie fuhr ein paar Kilometer, dann hielt sie und wählte Lafrogues Nummer.

Beim Kaffee erreichte Pero ein Anruf. Die silberne Haut des Drachens verbarg einen Leichnam.

22. Im Inneren der Bestie

Der Gerichtsmediziner blickte auf die verkohlten Überreste, die auf der Bahre lagen. »Die Zähne sind unsere Chance. Aber das kann dauern.« Er gähnte, es war die letzte Stunde einer Doppelschicht. Er hielt sich nur noch durch Willenskraft aufrecht. Eigentlich war ihm dieser Tote im Moment völlig egal. »Hast du schon nach Vermissten gesucht?«, fragte er den Inspecteur.

»Remi, also wirklich.« Inspecteur Lavache machte eine Handbewegung, als würde er Fliegen verscheuchen.

»Na, du bist schließlich gerade aus dem Urlaub gekommen. Hast du mit den Brandleuten gesprochen?«

»Ich bin auf dem Weg«, gab Lavache zu. »Wer hat ihn gefunden?«

»Said, ausgerechnet. Er ist empfindlich.«

»Dann hat er sich den falschen Beruf ausgesucht.« Lavache hatte kein Mitleid. Sein Job war auch nicht besser, aber er musste getan werden. Eine Portion Fatalismus half auf die Dauer vor Magengeschwüren. Wer sich den nicht zulegen konnte, sollte die Stelle wechseln.

»À bientôt, Remi. Sieh zu, dass du was rauskriegst.«

»Ja, ja«, gähnte Remi.

Lavache verließ die Pathologie. Ihm war etwas eingefallen. War der Tote nicht in diesem Betrieb gefunden worden, der Parmaschinken fälschen sollte? Angeblich, denn beweisen konnte man gar nichts. Bis jetzt stand nur fest, dass hier Schinken luftgetrocknet wurden – und das war nicht verboten. Der Betrieb war versichert, die Arbeiter angemeldet, der Besitzer ein Italiener ohne bekannte Vorstrafen. Also, was? Lavache hatte das bisher nicht ernst genommen. Wenn allerdings an einem solchen Ort ein Brand ausbricht und eine Leiche gefunden wird, sollte man hellhörig werden.

In seinem Büro suchte er die Anfrage von Europol heraus. Da, man bat die Polizei von Lille, ein Auge auf das Gelände zu haben, weil eine Mitarbeiterin undercover dort arbeitete. Dann gab es vielleicht Aufzeichnungen aus der Brandnacht.

Er telefonierte herum, bis er herausfand, wer in der Brandnacht Dienst gehabt hatte. Die Kollegen waren in einem Einsatz, er musste warten.

Lavache ließ sich mit Tonnerre verbinden. Commissaire Lafrogue setzte ihn ausführlich ins Bild. Das hieß dann ja wohl, keine Festnahme, weil nichts vorlag. Ja, meinte Lafrogue, so sei es. Über Pero gebe es eine Menge Vermutungen, an Gewissheit grenzende Vermutungen, aber eben keine Beweise.

»Wir haben immer noch die Leiche«, sagte Lavache.

Darauf Lafrogue: »Dann identifizieren Sie die mal.«

Die Kollegen meldeten sich. Sie hatten in der fraglichen Nacht rein gar nichts gesehen.

Lavache rief Said von der Feuerwehr an. Sie trafen sich zehn Minuten später auf dem Gelände Peros.

Said, ein bulliger Marokkaner, verzog das Gesicht, als er Lavache zu einer Falte des eingestürzten Dachs führte.

»Vorsicht, das ist wacklig.« Er hielt das Metall in die Höhe, sodass sie darunter kriechen konnten. Die Pfeiler, die das Dach getragen hatten, lagen umgeknickt am Boden, hielten aber einen Hohlraum frei, durch den sie sich zur Mitte hin bewegen konnten.

Als sie sich an das Dämmerlicht gewöhnt hatten, nahmen sie Einzelheiten wahr, auf die Lavache gerne verzichtet hätte.

Die Regale, an denen die Keulen gehangen hatten, waren wie ein Mikadospiel ineinander verkeilt. Dicke Knochen stachen zu Hunderten aus den Trümmern hervor. Der Eindruck, im Inneren eines toten Tieres zu sein, war überwältigend. Die Außenhaut beschirmte die grausige Stätte und heizte die Luft bis zur Unerträglichkeit auf. Der Geruch des verbrannten Fleisches drang durch die Nase direkt ins Gehirn, um noch entsetzlichere Bilder aus Kriegsdokumentationen abzurufen, die Lavache und Said in die tiefsten Ecken ihres Bewusstseins verbannt hatten.

Said hielt ein Taschentuch vor die Nase und deutete auf einen umgefallenen Metallschrank. »Da hat er gelegen«, sagte er. »Hat bestimmt versucht, sich zu schützen. Raus konnte er nicht mehr.« Er zeigte weiter nach hinten. »Da war die Tür. Die Pfeiler sind zuerst eingebrochen, weil er da den Brandherd gelegt hat. War echt blöd, der Typ.«

Lavache sagte gar nichts mehr. Er atmete flach und wollte nur noch raus.

Pero wurde ins Präsidium gebeten. Seine Mitarbeiterin war bereits abgereist, er versicherte, dass sie jederzeit für Fragen erreichbar sei. Er zeigte sich äußerst kooperativ, sodass sich Lavache erneut fragte, ob die ganze Fälscherstory nicht heiße Luft war.

Er fragte ihn nach den üblichen Feinden, nach Menschen, die Rachegedanken hegten, denen er die Frau ausgespannt hatte, denen er Geld schuldete. Worauf er sehr richtig erwiderte, dass man dann nicht seine Einnahmequelle vernichten würde. Touché.

Frühere Mitarbeiter, die entlassen wurden? Ja, René Maître.

René war zu Hause nicht zu erreichen. Er bewohnte ein winziges Appartement mit einem wenig Vertrauen erweckenden Balkon, auf dem eine Tomatenpflanze verwelkte.

Die Nachbarn in dem achtstöckigen Haus waren mit sich selbst beschäftigt. Sie kannten ihn vom Sehen, grüßten sich, das war´s auch schon. Freunde? Verwandte? Er ging zum Dartspielen ins *Café du Sport*. Dort erfuhr Lavache von einer Schwester in Avignon, die er einmal erwähnt hatte, als die Tours de France durch die Stadt raste.

Lavache schleppte sich zurück ins Büro, die Hitze hatte noch einmal voll aufgedreht, er schnappte nach Luft. Seine Mitarbeiterin, die er für Computerrecherchen einsetzte, war in Urlaub – August, der Monat, in dem Frankreich außer Betrieb war. Er selbst fuhr immer vorher, er hatte keine Familie, auf die er Rücksicht nehmen musste. So verdoppelte er den Ausnahmezustand, vier Wochen war er weg, danach die Kollegen. Das kam seiner Ungeselligkeit entgegen. Seinem Chef verkaufte er das als Pflichtbewusstsein; es sollte immer ein verantwortlicher Beamter über das Wohl Lilles wachen.

Nach einigem Suchen hatte er den Namen der Schwester sowie Adresse und Telefonnummer herausgefunden. René machte seit drei Wochen bei ihr Ferien. Er war gerade mit den Kindern an der Rhône angeln. Na, gut.

»Hallo Remi. Weißt du mehr über den Toten?«

»Geduld, mein Freund. Willst du auf ein Bier runterkommen? Ich hab' welches im Kühlfach.«

»Kannst du allein trinken.«

Gianna, Lafrogue, Romain und Claudio saßen im Hotel an der Fosse Dionne beim Abendessen. Claudio war angereist, als Lafrogue ihm von dem Brand berichtet hatte.

Sie befanden sich in einer eigenartigen Situation.

Einerseits wussten sie genau über die Pläne Peros Bescheid, andererseits war durch das Feuer die Grundlage des ganzen Betruges vernichtet worden. Es gab keine Beweise. Nichts.

Gut, Gianna und ihr Bruder konnten die Erpressungen bezeugen. Aber Claudio war überzeugt, dass ein gewitzter Anwalt Pero da herauswinden würde. Was blieb, war eine begnadete Schinkenherstellerin, die er für seine Produktion engagiert hatte. Wer konnte ihm das verdenken? Ein paar rumänische Schweinezüchter, die ihn belieferten. Mit gefälschten Zollpapieren. Wie sollte er das wissen? Seine anderen Mitarbeiter waren allesamt vorher arbeitslos und schwer zu vermitteln. Er hatte ihnen eine Chance geboten, dem Staat nicht mehr auf der Tasche zu liegen. War das etwa ehrenrührig?

Der Brand war jetzt einige Tage her, doch Pero hatte sich nicht wieder bei Gianna gemeldet. Sie wurde langsam unruhig. So plötzlich war alles vorbei, irgendwie unbefriedigend. Außerdem ließ ihr der Tote keine Ruhe.

Claudio meinte, wenn Pero noch einmal neu anfangen würde, bestehe eine zweite Chance. Aber Gianna wollte sich nicht wieder darauf einlassen. Sie erzählte von der Auseinandersetzung im Restaurant und dass sie nicht an Peros Schuld an Arianas Tod glaubte. Damit war für sie die Grundlage seiner Erpressung nichtig.

»Hat er sich denn bei Emilio gemeldet?«, fragte Romain.

»Nein, auch nicht. Ich möchte wissen, wer der Tote ist. Ich kann jetzt nicht so einfach abschalten.«

»Das werden wir erfahren, sobald die Gerichtsmedizin es weiß.« Der Commissaire beschäftigte sich mit einem widerspenstigen Hühnerbein, schließlich gab er auf, nahm es in die Hand und knabberte daran. »Hm, so ist es immer noch am besten. Ich denke, der Brandstifter ist in seine eigene Falle getappt.«

Romain antwortete mit einem Satz in burgundischem Dialekt, den Claudio nicht verstand, der aber eindeutig ein Fluch war.

»Er hat sich nie geäußert, wohin er liefern sollte?«

»Nein«, sagte Gianna. »Er meinte, es wäre besser für mich, das nicht zu wissen.«

»Vor allem für ihn.« Romain konnte sich nicht beruhigen. Er warf seine Knochen mit Schwung auf den leeren Teller. »Jetzt haben wir einmal die Gelegenheit, eine große Sache aufzudecken, da verbrennt der ganze Scheiß!«

Claudio klopfte ihm auf die Schulter. »Du wirst noch genug Verbrecher schnappen können, Yves. Und ich glaube, Boris hatte recht, die Schinken sollten nach Russland. Ich habe in der Zwischenzeit ein bisschen recherchiert. Die Russen bauen einen Riesendampfer. Ein Kreuzfahrtschiff mit acht Etagen, so eine schwimmende Kleinstadt. Da muss Verpflegung drauf, mit der man einen ganzen afrikanischen Kleinstaat vor dem Verhungern retten kann. Und zwar Delikatessen. Wenn jemand Tausende für eine Reise ausgibt, dann will er dafür was sehen. Jetzt hat aber Russland gerade diese hinderliche Einfuhrbeschränkung für luftgetrocknete Schinken. Was würdet ihr tun, als Reederei? Ich könnte wetten, dass dort die Schinken landen sollten.«

»Dann hat Pero jetzt ein Problem«, grinste Romain.

»Davon kannst du ausgehen. Wenn die Russen sauer reagieren, ist das eine Sache für Europol, dann wird das für uns eine Nummer zu groß. Ich spreche morgen mit Den Haag, damit Pero im Auge behalten wird.«

»Wie meinen Sie das, Claudio?«, fragte Gianna.

»Wenn er wirklich für diesen Kahn liefern sollte, dann an den Zollbehörden vorbei. Das heißt, auf der anderen Seite muss eine gute Organisation stehen. Die Mafia bietet sich an. Meistens bestehen sie auf Vertragseinhaltung, da haben sie so ihre Methoden. Wir haben mit der hiesigen Mafia genug zu tun, da müssen nicht auch noch die Russen hier bei uns mitmischen. Jedenfalls nicht mehr, als wir schon wissen. Vielleicht können wir Pero vor dem Verlust einiger Finger oder mehr bewahren. Vielleicht deckt er seine Kontakte dann auf. Vielleicht, vielleicht.«

»Bonne idée, Claudio. Sie bieten ihm eine Zeugenregelung an und er liefert seinen Auftraggeber ans Messer.« Lafrogue war zufrieden.

»Nur glaube ich nicht, dass es so einfach ist. Und vielleicht ist es auch ganz anders«, gab Claudio zu bedenken.

Gianna hatte aufmerksam zugehört. »Pero ist so ruhig geblieben, er machte nicht den Eindruck eines Mannes, der die Forderungen der Mafia fürchtet.«

»Wie gesagt, vielleicht hat er einen ganz anderen Kunden. Aber wir sollten damit rechnen und deshalb möchte ich Europol im Boot haben.«

»Was passiert mit den rumänischen Schweinezüchtern?«

»Erst mal gar nichts. Wenn wir die jetzt aufscheuchen, weiß jeder, dass das ganze Unternehmen bekannt ist. Dann sind alle vorsichtig und trauen sich nicht aus der Deckung. Also, abwarten, unsere Lieblingsbeschäftigung«, Claudio seufzte.

»Sind Sie deshalb extra hierher gefahren? Das hätten Sie doch genauso aus Italien regeln können.« Gianna ließ sich von Romain Wein nachschenken. Sie lachte. »Es ist natürlich schön, dass Sie hier sind.«

Die anderen stimmten in das Gelächter ein. Besonders Romain freute sich über den Besuch. Claudio war ihm während der Fahrten quer durch Europa ans Herz gewachsen. Er hatte ihn als vierten Bruder adoptiert. Dass die Fortsetzung ihres Abenteuers ein so jähes Ende finden sollte, gefiel ihm gar nicht. Er hoffte auf die Mafia und möglichst verzwickte Entwicklungen. Er sah sich schon auf dem Weg nach Italien, um mit Claudio in Parma die ganze Bande hoppzunehmen.

»Ich fahre weiter an den Bodensee zu Marlene, wo ich schon mal hier bin.«

»Schon mal hier, ist gut. Du bist näher an den Hallen als am Bodensee. Mach einen Abstecher über Lille und sieh dir das Malheur an.« Yves sah ihn erwartungsvoll an.

Aber Claudio schüttelte den Kopf. »Wenn es Ihnen recht ist, Lafrogue, hält Romain die Stellung und bleibt mit Europol in Verbindung.«

Der Commissaire winkte zustimmend mit dem Messer.

Sie diskutierten über Sinn und Zweck des Unternehmens, kamen aber zu keinem Ergebnis.

Gianna wollte das Thema wechseln. Sie hatte genug von Pero und allem, was dazugehörte. »Haben Sie das Haus gekauft?«

»Noch nicht, die Abwicklung zieht sich. Bis alle Verträge unterschrieben und mit achtunddreißig Stempeln verziert sind, bin ich arm und die Notare reich. Aber dann ist der Winter vorbei und wir fangen an zu renovieren. Kommt uns besuchen im Frühjahr. Serralunga wird euch gefallen.« Claudio schloss mit einem Lächeln die gesamte Tischgesellschaft in die Einladung ein.

Sie sprachen über Bodenbeläge, Tapeten, Solaranlagen und Salpeter in den Wänden. Jeder hatte etwas beizutragen, denn jeder hatte ein Haus, an dem gebastelt wurde. Mal mehr, mal weniger, das bestimmten der Geldbeutel und die Motivation. Gerade in Tonnerre kannte man sich mit altem Gemäuer aus. Jean brachte einen duftenden Clafoutis auf den Tisch und steuerte ein paar Storys vom Umbau des Hotels bei, die Claudio lieber nicht gehört hätte.

Als sich Gianna später von Claudio verabschiedete, fragte sie ihn, ob er Boris in Deutschland treffen würde. Wenn ja, solle er ihm einen Kuss von ihr geben. Claudio versprach sein Bestes.

23. Zahn um Zahn

Pero war unruhig. Er lief in seinem Hotelzimmer von einer Wand zur anderen, wie ein eingesperrter Tiger. Er setzte sich auf einen Sessel, nur um im nächsten Moment aufzuspringen und seine Wanderung wieder aufzunehmen.

Er versuchte, einen klaren Gedanken zu fassen. Das wurde angesichts der Lage zunehmend schwierig für ihn. Seine krisengeprüfte Logik ließ ihn das zweite Mal innerhalb kurzer Zeit im Stich. Er zwang sich, Schritt für Schritt die Gegebenheiten zu durchdenken.

Die Leiche war noch nicht identifiziert. Die Experten hatten Brandbeschleuniger gefunden. Sie vermuteten, dass der Brandstifter in seinem eigenen Feuer umgekommen war.

Der Beamte der Kriminalpolizei, Inspecteur Lavache, hatte es so erklärt: »Der Täter hat sich in dem kleinen Gebäude links von der Klimahalle versteckt. Entweder ist er mit einem eigenen Schlüssel hereingekommen oder er hat sich einsperren lassen.Wir haben keine aufgebrochenen Schlösser gefunden.«

»Einer meiner Leute?«

»Kann schon sein, denken Sie noch mal nach. Als Ihre Wachleute die zweite Runde machten, hat er die Kartonagen in Brand gesetzt. Er wollte sie ablenken, was ihm gut gelungen ist. Die beiden waren vollauf beschäftigt, das Feuer zu löschen und die Gasflaschen in Sicherheit zu bringen. Das gab dem Täter die Möglichkeit, den Brand in der Klimahalle zu legen. Er hat wahrscheinlich großzügig Benzin verschüttet, damit es ordentlich brennt. Bis Ihre Leute das bemerkt haben, konnte es sich in Ruhe entwickeln.«

»Und er ist nicht mehr rausgekommen.«

»Genau. Er wird geschrien haben, aber auch das hat keiner gehört. Gute Arbeit«, meinte er sarkastisch. »Es muss eine Verbindung zu Ihnen geben, Monsieur Pero. Das war kein Feuerteufel, der aus Spaß zündelt.«

Pero stand auf und öffnete das Fenster. Es regnete, er schloss es wieder. Er hatte über jeden seiner Leute nachgedacht. Sicher, manche hatte er erpresst. Aber sie wurden auch gut bezahlt und die meisten machten freiwillig mit. Sie hatten jetzt alle ihren Job verloren. Die Prämie war futsch. Jetzt war das Arbeitsamt wieder am Zuge und die ganze ätzende Langeweile eines Alltags ohne Struktur. Manche hatten ihn angerufen, einige sogar ihre Hilfe angeboten.

Verrückt, dachte er, wenn René Maître nicht in Avignon wäre ... Die Frage nach dem Toten lenkte ihn ab. Eigentlich war ihm der Tote egal, er hatte nichts damit zu tun. Viel wichtiger waren die Konsequenzen, die aus der Vernichtung der Schinken entstanden. In sechs Monaten war der Liefertermin der ersten Charge. Die Deadline. Er war sich der Ironie bewusst.

Die Versicherung würde ein Gutachten erstellten und ihre Zahlung so lange wie möglich verzögern.

Er müsste das Geld leihen. Aber er bekäme niemals in der kurzen Zeit die benötigten Schinken zusammen. Gianna hatte die acht Monate schon zu knapp gefunden. Wie sollte sie mit sechs klarkommen? Außerdem brauchte er neue Räumlichkeiten. Die Keulen mussten angekarrt werden. Es ging nicht!

Fertige Schinken kaufen. War möglich, aber zu teuer. Und dann die Menge? Er konnte es drehen und wenden, wie er wollte, er musste mit seinem Kunden reden. Pero stöhnte. Er begann zu schwitzen. In einer solchen Situation war er noch nie gewesen. Er hatte nicht damit gerechnet. Er war leichtsinnig geworden und hatte keinen Plan B in der Schublade.

Er zwang sich aufzustehen, legte seine Jacke ab und machte einige Tai-Chi-Übungen zur Beruhigung. Er atmete bewusst ein und aus, bis sein Herzschlag sich verlangsamt hatte. Er begann systematisch, seine Panik zu bekämpfen. Dazu gehörte ein gutes Essen, ein Glas Wein und Papier.

Pero griff zum Telefon und bestellte beim Zimmerservice eine kleine Flasche Pomerol und Fasan mit Zitrone. Das Restaurant war bekannt für dieses Gericht aus der Normandie. Jetzt war nicht die Zeit zu sparen, jetzt war jedes Mittel recht, die Nerven zu stärken.

Als das Essen kam, hatte er sein Vorhaben bereits skizziert.

Während er die Fasanenbrust aß, die ihrem Ruf alle Ehre machte, ließ er die vage Idee in seinem Kopf wirken. Nachdem er die Reste der Zitronensauce mit frischem Baguette aufgestippt hatte, schob er den Teller beiseite. Er goss sich ein Glas Rotwein ein und begann, seine Pläne zu ergänzen.

Später bestellte Pero den Kaffee. Er trank ihn in kleinen Schlucken und sah dabei auf die regennasse Straße. In den Schlaglöchern standen Pfützen. Der warme Orangeton der Laternen spiegelte sich darin. Ja, dachte Pero, das konnte klappen.

Das Telefon klingelte, als Inspecteur Lavache das Büro betrat. Er ließ die Tür hinter sich zufallen und griff nach dem Hörer.

Die Frauenstimme war so aufgeregt, dass er zuerst kaum ein Wort verstand. »Bitte, Madame, langsam.«

»Sie haben mich doch angerufen, wegen meinem Bruder, wissen Sie noch? Der ist nicht mehr da. Also, da ist doch der Brand und ein Toter. Ich glaub', das ist René.« Sie holte Luft.

»Madame Dupoire? Aus Avignon?«

»Ja, sag' ich doch. Bitte, ist das mein Bruder?«

»Madame, jetzt noch einmal langsam. Als ich mit Ihnen gesprochen habe, war Ihr Bruder mit den Kindern unterwegs.«

Madame Dupoire schniefte. »Nein, das hab' ich nur so gesagt.«

»Erzählen Sie. Von vorne.« Lavache zog seinen Stuhl heran und setzte sich.

»Also, René. Er hat mich angerufen, dass der Typ ihn rausgeworfen hat. Dieser Italiener. Dabei war unsere Mutter doch gerade gestorben. Und mein Bruder musste das ganze Haus leer räumen, Sie glauben ja gar nicht, was sich da angesammelt hatte. Alte Leute, die können nichts wegwerfen.«

»Madame.«

»Ja. Auf jeden Fall hat der Italiener ihn rausgeworfen. Nur weil er einmal zu spät gekommen ist. Was ist das denn für ein Verhalten? Ich hab' noch zu René gesagt, verklag' den, aber davon wollte er nichts wissen. War immer schon schüchtern. Na, dann hat er ein paar Schinken geklaut, als Abfindung. Stand ihm doch zu, oder?«

»Hm, natürlich Madame.«

»Aber das durfte ja keiner wissen, wegen der Polizei, verstehen Sie. Blöde Frage, entschuldigen Sie, Herr Inspecteur, ich bin völlig durch den Wind. Wenn das jetzt der René ist.«

»Madame, also René hat den Einbruch verübt, Schinken geklaut und die Sicherungen der Kühlräume herausgenommen, damit das Fleisch verdirbt.«

»Davon weiß ich nichts. Nur von den Schinken. Einen hat er mir geschickt und ich sollte sagen, dass er bei mir in Urlaub ist.«

Sie schniefte wieder, dann putzte sie sich die Nase, Lavache hielt den Hörer auf Abstand.

»Und jetzt hör' ich in den Nachrichten von dem Brand und dem Toten. Und René geht nicht ans Telefon, schon seit Tagen. Herr Inspecteur, wenn das jetzt René ist.« Sie schluchzte.

Lavache wartete ab, bis sie sich beruhigt hatte.

»Hatte er Sie denn noch mal gebeten, ihm ein Alibi zu geben?«

»Was heißt hier Alibi, als wär' er ein Verbrecher!«

»Na ja, Madame.«

»Also, er hat gesagt, wenn dich jemand anruft, egal wer, ich bin bei dir und mit den Kindern unterwegs, solange bis ich mich melde.«

»Sie haben nicht gefragt, warum?«

»Ich kenn' meinen Bruder, der tut nichts Böses!«

»Gut, wissen Sie, zu welchem Zahnarzt er gegangen ist?«

»Woher ... doch warten Sie mal, der Name war so komisch, hat er den Kindern erzählt, weil die Angst haben und gemeint, jemand, der so heißt, ist lustig und nett. Da sehen Sie, was für ein lieber Mensch er ist. Der heißt Lottinella, der Zahnarzt, genau wie unsere Katze.«

»Lottinella. – Wir werden das überprüfen, Madame Dupoire. Wann haben Sie das letzte Mal von ihm gehört?«

»Ja, das war doch vor zwei Wochen, kurz darauf kam der Schinken.«

»Wir melden uns, Madame Dupoire. Danke für den Anruf.«

Lavache ließ ihr keine Zeit für eine Erwiderung, er legte auf und warf den Computer an. Da, Lottinella, Jacques, Zahnarzt. Mitten in Lille. Keine billige Adresse. Die Chancen standen gut, dass er einen Röntgenapparat besaß.

Die Verbindung stammte sicher noch aus der Zeit, als René Maître gut verdient hatte. Er war als Bauleiter bei einem Familienunternehmen beschäftigt gewesen. Als sie Konkurs angemeldet hatten, war er, genau wie die anderen siebenundzwanzig Mitarbeiter, arbeitslos geworden. Das war zwei Jahre her.

Lavache rief in der Praxis an. Ja, ein René Maître war Patient, allerdings schon zwei Jahre nicht da gewesen. Die Unterlagen würde die Assistentin heraussuchen, aber er musste sie selbst abholen. Lavache machte sich sofort auf den Weg.

Die Praxis lag im Erdgeschoss eines herrschaftlichen Stadthauses, hinter einem eingezäunten Vorgarten.

Auf der vornehmen Blässe des Sandsteines prangte ein kobaltblaues Graffiti: *Zahn um Zahn, 2 Mose 21, 24.*

Der Inspecteur wünschte jedem dieser Schmierfinken die Pest an den Hals. Den Doktor würde es eine Stange Geld kosten, die Schweinerei abwaschen zu lassen.

Er betrat den Flur, der mit einer Reihe Schwarz-Weiß-Fotos von Fabrikhallen bestückt war. An der Rezeption saß eine nach Paris aussehende Brünette, die ihn fragend ansah. Er wies sich aus.

»Ah, Monsieur Lavache. Wir haben vorhin telefoniert.« Sie war hilfsbereit und bat ihn, Platz zu nehmen.

Er setzte sich in einen roten Kunststoffsessel aus dem 23. Jahrhundert. An den Wänden hing Kunst, die er nicht verstand, sehr kühl, sehr anders. In einer Ecke stand eine Skulptur auf einem Aluminiumsockel. Er betrachtete sie genauer, konnte sich aber nicht entscheiden, ob der Torso zu einer Frau oder einem Raumschiff gehörte.

Die Assistentin kam zurück, sie sah ihn an und lächelte. »Der Doktor liebt moderne Kunst. Haben Sie draußen die Graffiti gesehen? Witzig, finden Sie nicht?«

Sie reichte Lavache einen Umschlag.

»Das sind die Röntgenbilder von Monsieur Maître. Ich hoffe, er ist es nicht, er ist so ein freundlicher Mensch. Immer sehr höflich.«

Lavache dankte der freundlichen Dame und verließ, mit einem letzten Blick auf das Raumschiff, die Praxis. Vor der

Tür blickte er noch einmal auf die kobaltblaue Kunst. Dann drehte er dem Geschmiere den Rücken zu und ging zu seinem Auto.

Er fuhr direkt zur Pathologie und übergab die Unterlagen dem Gerichtsmediziner.

»Hier, Remi. Ruf' mich an.«

»Gut, Röntgenbilder. Jetzt kannst du dich nicht mehr auf deiner faulen Haut ausruhen, mein Freund.«

Lavache war nicht ganz klar, wen er damit meinte.

Am Nachmittag rief Remi ihn an: »Er ist es.«

Der Inspecteur stärkte sich mit einem Kaffee für das Gespräch mit Madame Dupoire. Es lief so, wie er vermutet hatte. Tränenreich und lautstark.

Später dachte er, dass Brandstiftung nicht zu René gepasst hatte. Jeder hatte positiv von ihm gesprochen, sogar Pero, sein Chef, und der hatte ihn immerhin rausgeworfen. Ein kleiner Gauner war er gewesen, aber die Bösartigkeit fehlte, die Lavaches Meinung nach zur Brandstiftung und der Sabotage des Kühlhauses gehörte. Schinkenklau, ja, das war seine Hausnummer gewesen.

Lavache verließ das Präsidium mit dem Gefühl, dass diese Angelegenheit stank. Wie sehr und an welcher Stelle, das würde er herausfinden. Mal sehen, welche Ideen der italienische Inspecteur hatte, der sich für den nächsten Tag angemeldet hatte.

24. Telefonate

Claudio stand mit dem Auto vor der ausgebrannten Arbeitsstätte Giannas. Es sah gruselig aus. Der Schinkengeruch war immer noch nicht ganz verzogen. Die Hitze der letzten Tage war Regen gewichen, der die Sache auch nicht besser machte. Ein ungemütlicher Wind fegte über die Felder und rollte Papier und Kunststoffteile über den matschigen Vorplatz.

Der Drache schlief nicht mehr. Er war tot. Niedergestreckt von der Lanze eines unbekannten Siegfried.

Claudio verspürte kein Bedürfnis näher zu gehen. Er ließ den Motor an und fuhr zum Präsidium. Dort hoffte er auf Kaffee und etwas Süßes.

»Wie wollen Sie jetzt vorgehen?«, fragte Lavache Claudio. Sie saßen in der Kantine, einem hellen Raum mit Restaurantcharakter. Claudio hatte Éclaire mit Moccacrème, sein Kollege ein Schokoladencroissant vor sich. Lavache krümelte sich die Hose voll und wischte die Brösel auf den Boden. »Für die Hühner«, sagte er.

»Wir beobachten Pero und entscheiden ad hoc. Wenn wir Pech haben, können wir gar nichts tun, außer den rumänischen Züchtern Strafen aufzubrummen.«

»Die Leiche ist übrigens identifiziert. Wir haben heute erfahren, dass es René Maître, ein früherer Mitarbeiter Peros, ist. Wahrscheinlich auch der Brandstifter. Jeder sagt, er wäre ein anständiger Kerl gewesen. Was ich mich frage, ist, ob da noch ein anderer hintersteckt.«

»Und an wen haben Sie gedacht?«, nuschelte Claudio zwischen der Moccacrème hervor.

»Ihre Madame Lerouge, ist die sauber?«

»Gianna?«

»Ja.«

»Gianna war während des Feuers nicht in der Nähe. Abgesehen davon glaube ich nicht, dass sie jemanden zu einer Brandstiftung anstiften würde. Sie war entsetzt, als das passiert ist. Schließlich ist auch ihre Arbeit in Flammen aufgegangen, auch wenn sie nicht freiwillig dabei war.«

»Wir überprüfen noch die anderen Angestellten.« Lavache wackelte zweifelnd mit dem Kopf. »Versicherungsbetrug. Was halten Sie davon?«

»Im Prinzip viel. Das hieße aber, dass Pero keine wirklichen Kunden für die Schinken hatte. Denn, wenn unsere russische Theorie stimmt, wird er kaum bewusst den Vertrag brechen.«

Claudio verabschiedete sich von Lavache. Sie würden in Verbindung bleiben. Er machte sich auf den Weg an den Bodensee, das Wochenende gehörte Marlene.

Emilio Tava schloss die Tür hinter sich und lächelte. Alles war vorbei. Seine Sorgen hatten sich in Rauch aufgelöst. Er fühlte sich so frei wie seit Monaten nicht mehr. Sein Chef, aus dessen Büro er gerade kam, hatte ihm auf die Schulter geklopft. Bravo, Emilio, hatte er gesagt, so als hätte Emilio selber das Problem gelöst. Aber ein gnädiges Schicksal hatte ihn gerettet.

Natürlich hätte er nichts Kriminelles getan. Schließlich arbeitete er für die Polizei, undercover. Was für ein Wort, er war kein Spion, dazu fehlten ihm die Nerven. Immer hatte er gedacht, was, wenn sie ihm anmerkten, was da lief? Ihm auf die Schliche kamen?

Dieser Pero war ein aufmerksamer Beobachter. Er hatte ihn noch zweimal im Restaurant *San Antonio* »zum Essen eingeladen«. Er hatte nicht gewusst, wohin er gucken sollte. Da dachte er schon, sich verraten zu haben. Aber offensichtlich war er ein talentierterer Schauspieler, als gedacht. Emilio gestattete sich ein erneutes Lächeln. Gut gemacht, Emilio.

Jemand war umgekommen, das tat ihm leid. Der arme Kerl. Er war ihm dankbar, er hatte ihn von seiner Angst befreit. Man wusste nicht, wer es war. Pero hatte Feinde, das war klar, in diesen Kreisen herrschten andere Sitten. Eine alte oder auch neue Rechnung, ein Benzinkanister – und puff.

Emilio betrat beschwingt sein Zimmer. Er hatte die Espressomaschine angeworfen, als das Telefon läutete.

»Pronto.«

»Freuen Sie sich auf Ihren Urlaub, Emilio. Vergessen Sie Ihre Sorgen. Wenn die Reihe an Ihnen ist, müssen Sie fit sein. Das Unternehmen ist lediglich um einige Monate verschoben. Grüßen Sie Ihre Schwester und Ihre liebe Frau. Fahren Sie mit ihr ans Meer, das liebt sie doch. In der Post ist eine Kleinigkeit, um sie zum Essen auszuführen. Übrigens steht ihr das grüne Kleid ausgezeichnet.«

Emilio ließ den Hörer fallen. Er zitterte. Das konnte Pero nicht machen, das nicht! Er fiel auf seinen Stuhl und barg das Gesicht in den Händen. So saß er lange, dann rieb er sich die Augen und rief Gianna an.

»Ja, er will noch mal von vorne anfangen. Ein neues Gelände suchen, oder eine neue Halle bauen, keine Ahnung. Ich mache nicht mehr mit.«

»Gianna, was sagst du da? Er wird sich wieder an deinen Leuten vergreifen.«

»Das glaube ich nicht. Ich will nicht mehr. Lafrogue hat auch schon versucht, mich zu überreden. Pero wird jemand anderen finden, außerdem wissen die anderen Mitarbeiter schon ganz gut Bescheid. Er wird seine Schinken auch so hinkriegen. Claudio und Lafrogue können wie geplant beim Verladen zuschlagen. Vorher ist sowieso nichts zu machen. Ohne deine Brandzeichen sind es nur ganz legale, luftgetrocknete Schinken.«

Emilio stöhnte. »Du meinst, ohne mich wird das nichts mit der Festnahme.«

»Genau.«

Nach einer Pause sagte er: »Wie bring' ich das nur Maria bei.«

»Maria versteht das schon. Man hat übrigens den Toten identifiziert. Es war ein früherer Mitarbeiter, den Pero rausgeschmissen hatte.«

Emilio fragte vorsichtig: »Es gab doch bestimmt nicht nur einen?«

»Doch, nur René Maître, der arme Kerl.«

»Meine Sekretärin kommt gerade herein.« Mit dieser Entschuldigung verabschiedete er sich.

Nahm das denn kein Ende, was sollte noch kommen? Er konnte weder sitzen noch stehen. Seine Gedanken machten Kopfstand und Hürdensprünge in einem Schwimmbassin voller Haie.

René! Mit René hatte er gesprochen. Das war noch gar nicht lange her. Emilio hatte sich die Hallen an der Lys angesehen. Er war beruflich unterwegs gewesen und hatte ein paar Tage drangehängt. Er hatte Urlaub genommen und Maria angelogen. Er musste einfach mit eigenen Augen sehen, wo seine Schwester arbeitete, wo er fälschen würde. Er brauchte ein Stück Realität, um zu begreifen. Seine Frau hätte das nicht verstanden und Gianna auch nicht.

Er war früh morgens angekommen, hatte sich ein Hotel im Nachbarort gesucht und war zu Fuß zu den Hallen gelaufen.

Pero war hier, das wusste er von Gianna, die erst am nächsten Tag kommen wollte. Er hatte keine Angst, entdeckt zu werden.

Pero hielt sich in den Gebäuden auf. Und Emilio ging nur außen vorbei. In klassischer Spionmanier trug er eine Kappe und hatte den Mantelkragen hochgeschlagen. Das Wetter war auf seiner Seite. Es regnete, sodass ein Schirm ihn verbarg.

Er sah die Hallen und empfand nichts. Er hätte zu Hause bleiben können. Als er umdrehte, kam ein Mann aus der Schlupftür neben dem großen Flügeltor. Er schmiss die Tür mit lautem Krachen hinter sich ins Schloss und stapfte davon. Sie gingen in die gleiche Richtung, der Mann fluchte vor sich hin. Emilio war neugierig geworden, er schritt schneller aus und kam auf seine Höhe. »Guten Morgen, Monsieur. Brauchen Sie Hilfe?«

Zugegeben, dieser Satz war dürftig, aber Emilio fiel nichts anderes ein. Der Mann sah ihn von der Seite an. »Italiener, was!?«

»Ja, ich bin in Urlaub.«

»Mein Chef ist auch Italiener. Hat mich gerade rausgeworfen.«

»Oh, tut mir leid.« Emilio überlegte, wie er ein Gespräch in Gang bringen sollte. »Es ist ungemütlich heute Morgen, ich wollte gerade einen Kaffee trinken. Darf ich Sie einladen? Ich habe da vorne eine Bar gesehen.«

Der Mann sah ihn wieder an, zögerte. »Meinetwegen.«

Und so erfuhr Emilio die ganze unschöne Geschichte. Er fand Peros Verhalten sehr unfair, aber was hatte er erwartet? René schimpfte wie ein Rohrspatz über seinen Chef. »Dem zerstech' ich die Reifen, dem Arsch.«

Emilio brauchte nicht viel zu fragen, René erzählte von sich aus über den Betrieb. Als Schmiermittel diente nach dem Kaffee ein kleiner Roter, der bald Gesellschaft bekam. Der Chef tauchte alle paar Wochen auf, meist in Begleitung einer Italienerin, die für den Ablauf der Produktion zuständig war. Sehr nette Frau, sagte René, er konnte nicht verstehen, was die an Pero fand, der so förmlich und etepetete war.

Wie, meinte Emilio, die beiden hatten den Laden gemeinsam? Nein, nein, nicht den Laden, der war schon von Pero, die Frau, Gianna, hätte ihn nie vor die Tür gesetzt. Sie hätte bestimmt ein gutes Wort für ihn eingelegt. Nein, die hätten was miteinander gehabt. Emilio wollte protestieren, besann sich aber rechtzeitig.

Auf die Roten folgte ein Sandwich, dann ein Cognac. René schmückte seine Rachefantasien aus. Er wollte alle Schinken klauen. Jawohl, ein Laster musste her, dann in der Nacht, weg mit den ganzen Keulen. Und dann? Wohin damit? Keine Ahnung, vielleicht doch ein bisschen viel für den Hausgebrauch.

Emilio gefiel die Vorstellung, Pero zu schaden, ausgesprochen gut. Besonders seit er ihn im Verdacht hatte, sich an Gianna ranzumachen. Zum Schluss waren sie von ihren Geistesblitzen genauso berauscht wie vom Alkohol. Emilio erinnerte sich an ihre letzte Idee, einen Gratisgrillstand für die Kinderheime in Lille, an dem das komplette Sortiment der halb fertigen Schinken verbraten werden sollte.

Er hatte ein ungutes Gefühl, wenn er an dieses Treffen dachte. Er hatte René bestärkt und angestachelt. Der hatte das Barbecue in eine praktikable Aktion umgemodelt, mit einem furchtbaren Ergebnis. Emilio fühlte sich schuldig.

Gianna war hart geblieben. Pero hatte sich bei ihr gemeldet. Sich sogar entschuldigt. Er verabschiedete sich mit den Worten: »Wenn ich das neue Gelände habe, lass' ich von mir hören, Gianna. Ihr Bruder macht schließlich auch mit, und der hat Familie. Denken Sie darüber nach.«

Gianna hatte die versteckte Drohung verstanden, aber sie hatte keine Angst mehr vor Pero. Sie glaubte ihn zu kennen, bis sie eines Morgens Molly mit einem Messer in der Seite im Stall fand. Susi, mit der sie sich das Zimmer teilte, hatte die Ohren und das Ringelschwänzchen abgeknabbert.

Als sie, in jeder Hand einen Eimer mit Futter, das Stalltor geöffnet hatte, waren die Geräusche anders gewesen als sonst. Sie kamen ihr verstohlen und gleichzeitig aufgeregt vor. Der Geruch war dumpf und traurig. Er hatte die frische Schweinenote verloren, die den Durocs eigen war. Unglück lag in der Luft.

Gianna sah Molly, ließ die Eimer fallen und übergab sich. Susi machte sich ungerührt darüber her. Gianna rannte schluchzend aus dem Stall. Der Kellermeister ihres Nachbarn stieg gerade aus dem Auto. Er lief auf sie zu, Gianna zeigte nur in die Richtung der Scheunen. Eine Minute später war er zurück, brachte sie ins Haus und rief die Polizei an. Seine Stimme zitterte.

Commissaire Lafrogue brachte Madame Pourquoi mit. Sie sah Gianna aufmerksam an, dann tätschelte sie ihr die Schulter und ging nach draußen.

»Tut mir leid Gianna. Bitte erzählen Sie.« Lafrogue zog ein mitfühlendes Gesicht.

»Ich war die Erste heute Morgen. Um sieben füttere ich immer. Alles war normal, bis ich in den Stall kam. Ich merkte sofort, dass etwas nicht stimmte. Ja, dann lag da Molly.« Sie erzählte Lafrogue noch einmal von Peros letztem Anruf. »Ich bin so blöd. Das hätte ich nicht von ihm gedacht.«

»Vielleicht war er es nicht«, meinte Lafrogue.

»Wer soll es denn sonst gewesen sein? Ich hab' hier keine Feinde.« Gianna schüttelte den Kopf. »Ausgerechnet Molly.«

»Kam jeder an die Schweine ran? Waren sie nicht scheu Fremden gegenüber?«

»Doch schon, aber Molly eben nicht. Sie war vollkommen zahm, immer auf der Suche nach einem Leckerli. Sie brauchten nur die Hand ausstrecken, schon war sie da. Das hätte jeder gekonnt.«

»Und die Stalltür?«

»Die war nicht abgeschlossen. Hier passiert nichts. - Bis jetzt.«

»Also konnte praktisch jeder heute Nacht in die Scheune, Molly erstechen und wieder gehen. Sie hätten nichts mitbekommen.«

»Richtig. Es ist bestimmt erst in den Morgenstunden passiert, sonst hätte Susi ... mehr ...«

»Ich verstehe, Gianna.«

Madame Pourquoi kam herein. Sie wusch sich die Hände.

Gianna sagte erschöpft »Ach, wie haben Sie ...?«

»Der Kellermeister hat die Schweine auf das Außengehege getrieben. Molly ist mit einem stilettähnlichen Messer getötet worden. Ich konnte es noch nicht aus der Wund ziehen, weil sie ungünstig liegt. Wenn ich das Messer habe, kann ich vielleicht mehr sagen. Sie war sofort tot«, fügte sie hinzu. »Da hat jemand sein Handwerk verstanden.«

Madame Pourquoi sagte später zu Dottor Sebastiano: »Weißt du, Ari, ich habe schon viel erlebt, aber ein Duroc-Schwein, dass mit einem Brieföffner ermordet wurde, noch nie.«

»Ich auch nicht. Das muss doch geblutet haben wie Sau. Verzeihung.«

»Die Mitbewohnerin des Stalls hat das Blut aufgeleckt. Sie hat auch versucht, an der Wunde zu beißen, aber das Stilett war im Weg. Molly lag halb darauf, sonst hätte sie an der Stelle bestimmt mehr Bisswunden gehabt.«

»Wusste der Täter, was er tat oder war es ein Glückstreffer?«

»Ari, wie redest du denn heute?« Madame Pouquoi kicherte.

»Nächsten Monat ist eine Tagung in Tours, kommst du? Du hast recht, der Stich ging präzise in die Aorta knapp am Herzen. Hier jagt jeder Bauernlümmel, genau wie bei euch. Die wissen alle, wie sie ein Schwein umbringen können.«

»Tours? Wann genau?«

»Vom 20. bis zum 22. Ari, ich glaube, es ist derselbe Täter wie bei Ariana.«

»Wahrscheinlich, sonst wäre es ein bisschen viel Zufall. Habt ihr schon Peros Alibi überprüft?«

»Romain ist dabei und dein Inspecteur sicher auch schon.«

»Warum kannst du Claudio nicht leiden?«

»Er ist unverschämt und sieht dich viel öfter als ich.«

»He, bist du eifersüchtig?«

»Ari, ich bin in Tours. Ist sie in Atlanta?«

»Kann sein. Ich versuche, zu kommen.«

»Es wird langsam schwierig. Meine Kollegen wundern sich schon.«

»Sollen wir es lassen?«

»Lass uns in Tours darüber reden. Gute Nacht, Ari.«

»Schöne Träume, bella.«

Eine weitere Telefonleitung sirrte an diesem Abend zwischen Tonnerre und Italien. Yves Romain hing über seinem Schreibtisch, in der einen Hand den Hörer in der anderen hielt er ein Stück Kuchen.

»Hallo Yves, so spät noch? Ja, Pero ist zu Hause. Er ist im Internet unterwegs, hauptsächlich auf den Immobilienseiten. Unsere Kollegen haben seinen Computer angezapft und verfolgen seine Wege. Er scheint intensiv nach neuen Hallen zu suchen. Er schreibt alle möglichen E-Mails, bestellt Zubehör und so weiter. Er will so schnell wie möglich wieder anfangen.«

»Irgendwelche Verbindungen ins Ausland? Außer Frankreich.«

»Nichts nach Russland, wenn du das meinst. Aber nach Rumänien, klar, Pero braucht neue Keulen. Wo war er, als Giannas Schwein ermordet wurde?«

»Unterwegs von Lille nach Parma, Claudio.«

»Das passt perfekt. Nur dass ich mir Pero nicht mit einem Messer …«

»Brieföffner«

»Von mir aus. Also ich kann mir Pero nicht im Schweinestall vorstellen, wie er Molly ersticht. Der Täter muss Blut abgekriegt haben. Pero ist penibel, er hat höchstens jemanden engagiert. Ein Typ aus der Umgebung, der sich auskennt. Denk' nach, Yves.«

»Was glaubst du, was ich tue. Der Commissaire springt fast im Sechseck. Ein ungeklärter Mord, oder vielmehr zwei, wenn man so will.«

»Der Brieföffner gibt dir vielleicht einen Hinweis.«

»Sieht aus, wie so Dinger halt aussehen. Bis bald, Claudio.«

Claudio hatte das Gespräch zu Hause in Serralunga angenommen, gerade als er mit Nerolina einen Spaziergang machen wollte. Die schwarze Labradorhündin, das Adoptivkind eines früheren Falles, legte ihm die Leine auf den Schoß.

»Ja, wir gehen jetzt.« Claudio stand auf, der Hund tänzelte zur Tür.

Während sie durch die Weinberge hinter dem Dorf streiften, ließ sich Claudio die jüngste Entwicklung durch den Kopf gehen. Die Geschichte nahm skurrile Züge an. Für seinen Freund Boris war das grandios, er liebte schräge Situationen. Als Journalist war alles Unkonventionelle interessant für ihn. Darin steckten Storys, die aus dem Rahmen fielen, ob er sie nun schrieb oder nicht. Er hatte Phantasie und ließ sich nur zu gern auf bizarre Situationen ein. Claudio wollte mit ihm sprechen, wenn er wieder zurück war. Ein paar verrückte Ideen brachten sie vielleicht weiter.

Der Tag war lang gewesen, Claudio war müde und etwas deprimiert. Boris war nicht zu erreichen, er hinterließ eine Nachricht. Er wusch sich die Hände und goss einen einfachen Dolcetto in ein Wasserglas. Er trank langsam und fühlte dem Schluck nach, der die Speiseröhre herunterrann und im Magen ankam. Ein Wärmegefühl breitete sich in ihm aus. Beim zweiten Schluck wünschte er, Marlene wäre bei ihm. Er war das Alleinsein leid, die dunklen Abende des Winters lagen vor ihm, sie würden sich nicht oft sehen können. Für Marlene begann bald die Saison mit Weinproben, Geschenkversand, Weihnachtsbestellungen.

Das Haus hatte ihr gefallen, immerhin. Wie sich ihr Leben wohl gestalten würde, wenn sie ganz in Serralunga lebte und ihre Geschäfte von hier betrieb? Er bekäme mehr davon mit, das war klar.

»Stell dich nicht an, Claudio. Wenn sie zu tun hat, kommt sie mit deinen Arbeitszeiten besser zurecht.« Boris hatte mitten in die philosophischen Betrachtungen eines Doppelverdiener-Haushaltes geklingelt. »Hast du schon gegessen?«

»Boris, du hörst dich an wie meine Mutter.«

»Danke für das Kompliment. Wenn du genauso charmant wärst wie deine Mamma, bräuchtest du dir keine Gedanken über Marlene machen.«

Sie plänkelten eine Weile hin und her, bis sie zur Sache kamen.

»Die Mordwerkzeuge fallen auf, sie sind ungewöhnlich. Ein Knochen und ein Brieföffner. Normalerweise wäre doch ein Messer das Werkzeug der Wahl. Das ist so zufällig.«

»Sebastiano sagt das Gleiche«, meinte Claudio. »Aber zufällig hat man weder das eine noch das andere dabei.«

»Nein«, sagte Boris. »Ich meine, dass der Mörder kein passendes Messer besitzt, aber zufällig die anderen Dinger.«

Pero plante sorgfältig den Neubeginn. Er hatte eine Halle gefunden, nicht weit vom alten Standort. So konnten die kleinen Gebäude, die das Feuer verschont hatte, weiter genutzt werden.

Die Klimaanlage war bestellt. Die Schinken ebenfalls. Das war etwas schwierig gewesen. Seine früheren Lieferanten hatten keine Ware mehr. Die Schweine mussten noch wachsen. Aber über diverse Kanäle war er doch noch zu seinen Keulen gekommen. Teuerer, natürlich, diese Gauner nutzten schamlos sein Pech aus. Obwohl er nichts verraten hatte. Sie wussten trotzdem, was passiert war, die Buschtrommeln der Unterwelt arbeiteten effektiver als das Internet. Damit hatte sich auch seine Überlegung erledigt, ob er das Feuer verschweigen konnte.

Pero hatte sich zur Offensive entschieden. Er teilte seinen Kunden das Unglück mit, nur das Ausmaß reduzierte er. Er versprach pünktlich zu liefern, da er auf alternative Produktionsstätten zurückgreifen konnte. Seinen Geschäftspartnern war das offensichtlich egal, Hauptsache sie konnten die Schinken zum Termin anliefern. Er wollte sich nicht ausmalen, was passierte, wenn er wortbrüchig werden würde.

Der prestigeträchtigste Dampfer der russischen Kreuzfahrtgeschichte würde im April auf Jungfernfahrt gehen. An Bord die VIPs der östlichen Hemisphäre und ein paar ausgesuchte der westlichen ebenfalls.

Die Typen, mit denen Pero es zu tun hatte, verkauften der Reederei die »echten« Parmaschinken zu einem entsprechend horrenden Preis. Pero konnte sich vorstellen, welche Summen den Besitzer wechseln würden.

Doch diese Münze hatte zwei Seiten. Auf der einen stand der Wert, auf der anderen das Gesicht. Auf den ersten Blick wogen sie gleich schwer, aber da die Russen es mit der Ehre genauso hatten wie die Süditaliener, ahnte Pero, welche Seite die Waagschale sinken ließ. Und genau ab diesem Punkt verabschiedete sich die Professionalität.

Wenn seine russischen Geschäftspartner dem berühmtesten Schiff der Föderation nicht die berühmteste Delikatesse Norditaliens liefern konnten, verloren sie ihr Gesicht. Und wenn das berühmteste Schiff der Föderation nicht den berühmtesten Schinken südlich der Alpen auf dem Buffet hatte, verlor die Reederei das Gesicht. Doppelter Gesichtsverlust – da durfte man froh sein, wenn man nur erschossen wurde.

Pero nahm den alten Calvados aus dem Schreibtischfach und gab sich seinem Ritual hin.

Als er die edle Flüssigkeit in die Küchenflasche goss, verspürte er ein Gefühl des Verlustes. Es zog streng vom Herzen über die Speiseröhre in den Kopf. Er schüttelte es bewusst ab, indem er die Flasche selbst in die Küche brachte und einen Schwatz mit seiner Haushälterin Marcia hielt. Er erkundigte sich nach ihrem Mann, der in Peros Haus die Reparaturen durchführte. Die beiden bewohnten die untere Etage des alten Stadthauses in Parma und waren Pero von seinen Eltern vererbt worden. Das heißt, sie weigerten sich, in Ruhestand zu gehen. Sie waren kinderlos und fühlten sich für Pero verantwortlich, der mehr als einmal versucht hatte, sie in eine bequeme, kleine Wohnung am Stadtrand zu locken. Er schloss die Augen, wenn er den alten Seppo auf der Leiter sah, konnte ihn aber nicht davon abhalten. Marcia sagte ihm klipp und klar, dass Seppo den Löffel abgeben würde, wenn er ihm seine Arbeit wegnähme. Wollte er sich diese Schuld aufladen?

Und so blieb alles, wie es war, und Pero hatte sich damit abgefunden, in seinem eigenen Haus der kleine Junge zu sein. Nicht, dass Marcia und Seppo über seine Tätigkeiten im Unklaren waren, aber Geschäft war Geschäft – und ein Zuhause ein Zuhause.

Als Pero ihr die Flasche übergab, sah sie ihn forschend an und meinte ungnädig, er solle gefälligst seine Transaktionen mit einheimischen Ganoven betreiben, den Ausländern wäre nicht zu trauen. Wenn sie sich Sorgen machte, wurde sie immer vornehm. Pero fühlte einen erneuten Stich und verließ schnell die Küche.

Zurück in seinem Arbeitszimmer ging wieder das Telefon.

»Sie widerlicher Mistkerl. Was hat Ihnen Molly getan? Warum haben Sie das gemacht?«

Pero brauchte eine Sekunde, um Gianna zu erkennen. Er kam nicht dazu, etwas zu sagen.

»Sie denken wohl, weil ich nicht glaube, dass Sie Ariana ermordet haben, müssen Sie jetzt mal beweisen, dass Sie jederzeit zuschlagen können. Das wusste ich auch vorher schon, Sie widerlicher Mistkerl.«

Was der Schwatz mit Marcia nicht geschafft hatte, gelang Gianna mühelos. Pero amüsierte sich.

»Sie wiederholen sich. Dürfte ich mal wissen, worum es geht?«

»Das wissen Sie doch ganz genau. Aber, nein, die Finger machen Sie sich nicht selber schmutzig. Da war irgendeiner Ihrer Handlanger am Werk.«

»Wie bitte?« Pero versuchte fieberhaft, einen Sinn in Giannas aufgeregten Worten zu finden. Wenn wieder etwas passiert war, ergab sich vielleicht eine Möglichkeit, sie zu überreden, doch noch mitzumachen.

»Aber ich denke nicht daran, mich wieder erpressen zu lassen.«

»Sehen Sie, Gianna, das Leben ist gefährlich. Molly hat es zu weit getrieben, das hat sie jetzt davon.«

»Sie wissen ja gar nicht, was Sie reden.« Im gleichen Moment war Gianna klar, dass sie recht hatte. »Sie waren es nicht, Pero. Also hören Sie mit dem Quatsch auf.«

Pero seufzte. »Na, gut, dann sagen Sie mir, was passiert ist.«

Gianna sagte es. Pero hatte einen Verdacht. Er bat Gianna noch einmal, wieder für ihn zu arbeiten, drang aber nicht weiter in sie, als sie ablehnte.

Anschließend wählte er eine Nummer, die er lange nicht gebraucht hatte. Keiner nahm ab, er hinterließ keine Nachricht.

25. Saisonende

Es war November in Tonnerre. Grau, feucht, klamm und dunkel. Auch in Chablis war November und in den Wäldern und auf den weiten Hügeln. Die Besucherströme des Herbstes, die von der Weinlese angelockt wurden, waren für dieses Jahr in ihre Heimatorte zurückgekehrt. Wenn sie noch einmal verreisten, würden sie das Flugzeug nehmen, um auf sonnigen Inseln zu landen, während es in Europa frostig wurde.

Über die abgeernteten Sonnenblumenfelder pfiff der Wind. Die Schlösser und Abteien verriegelten ihre Pforten für Besucher. Türen und Fenster wurden mit schweren Holzladen versperrt, zum Schutz vor den Herbststürmen, die Nässe und Kälte brachten. Bis zum nächsten Frühjahr schloss das touristische Burgund die Augen und hielt Winterschlaf. Nebelbänke schlichen am späten Nachmittag die Weinberge hinauf und verhüllten ihre Nacktheit vor neugierigen Blicken. Oben stießen die Rebstöcke aus den weichen Schwaden wie eine versunkene Armada. Die Landschaft bekam einen mystischen Zauber, der Fabelwesen und Irrlichter beherbergte.

Claudio mochte das, er wurde an seine Heimat erinnert, das Piemont. Hier hatten die weißen Schleier der bekanntesten Traubensorte der Region den Namen gegeben – Nebbiolo. Er war mit Nerolina auf dem Weg ins Hotel an der Fosse Dionne. Marlene und er hatten sich zu einem spontanen Wochenende in Tonnerre entschlossen.

Für Marlene war es bis Weihnachten die letzte Möglichkeit zu verreisen. Sie hatte Boris mitgebracht, der mal wieder allein war, denn Dolores musste in Köln die Kambodscha-Expedition nachbereiten, was in ihm eine Art trotziger Zielstrebigkeit hervorrief. Er arbeitete bis spät in die Nacht und hielt seine Termine überpünktlich ein. Für Boris ein eher schlechtes Zeichen.

Jean Renoir und sein Freund Marc wollten das Hotel ab Dezember schließen und freuten sich, mit ihnen die Saison zu beenden. Zweifellos würde Marc wieder Wunder vollbringen. Die Freunde vom Präsidium und Gianna hatten sich zum Essen angemeldet. Auch für sie begann bald ein Winter ohne die Köstlichkeiten aus der Hotelküche.

Nerolina durfte mit, was ihr gut gefiel. Sie liebte Hotels und hatte den Ich-bin-so-ein-armer-Hund-Blick drauf, sobald sie die Eingangstür passiert hatte. Marlene meinte, sie solle sich nicht so anstellen, worauf sie stöhnend auf den Boden sank.

Sie waren nicht nur die einzigen Gäste im Hotel, auch das Restaurant gehörte ihnen allein. Jean musste nicht mit Platz sparen und stellte einen Tisch in die Mitte. Sie waren acht Personen, ganz so wie bei ihrem letzten Essen im Juli.

Der scharfe Wind pustete sie einzeln und in Paaren in das warme Foyer. Die Erlebnisse des Sommers und dessen Nachwirkungen verbanden sie enger miteinander, als es normalerweise der Fall gewesen wäre. Erfreut begüßten sie sich, machten Späßchen miteinander und zogen sich auf.

Jean servierte Poison Breton, einen neuen Aperitif, den Marc zu Ehren seiner Heimat erfunden hatte. Das Gebräu machte seinem Namen alle Ehre. Es war giftgrün und schmeckte köstlich frisch. Mehr für heiße Tage als für den Herbst geeignet, meinte Madame Pourquoi. Marc stimmte zwar zu, sagte aber, sie alle seien die Versuchskaninchen. Und wenn sie überlebten, käme das Zeug im nächsten Jahr auf den Markt.

Jeder suchte sich einen Platz, alle sprachen durcheinander, stießen mit den Gläsern an, bis schließlich eine Pause eintrat.

Commissaire Lafrogue räusperte sich: »Ich glaube, wir wollen alle wissen, wie der Stand der Dinge ist. Romain fassen Sie mal zusammen.«

»Kann ich hierbleiben?«, fragte seine Freundin Claire.

»Klar, bei dem Fall ist sowieso Hopfen und Malz verloren.«

Claudio stieß ihn an: »Wie halten Sie's mit dem aus, Lafrogue? Los mach schon!«

Romain berichtete eine Weile und schloss: »Pero baut eine neue Produktionsstätte auf. Wenn er dann liefert, schnappen wir zu, wie ursprünglich geplant.« Bei diesen Worten klappte er den Deckel der silbernen Weinkaraffe zu, die Jean auf den Tisch gestellt hatte.

Gianna öffnete ihn wieder, der Wein müsse atmen, sagte sie zu Boris, der neben ihr saß. Sie blickten sich das erste Mal bewusst an.

Boris drehte sich ihr zu und hob sein Glas. »Ich freue mich, dich zu sehen.«

»Ich auch.«

Es war das gleiche Gefühl wie bei seiner Abreise. Nichts hatte sich verändert.

Während der Vorspeise herrschte zufriedene Stille. Die Steinpilzpastete verströmte den Duft der burgundischen Wälder. Ein tiefer Atemzug versetzte Boris auf eine Lichtung, ein paar Hirsche verschwanden zwischen den Bäumen, das verrottende Laub raschelte unter ihren Hufen.

»Jean, dieser Mâcon ist toll, wo hattest du den im Sommer versteckt?«, fragte Marlene. Sie ließ den Weißwein in ihrem Glas kreisen. Der Duft verband sich perfekt mit den Pilzaromen.

»Ihr trinkt die letzte Flasche aus unserem Privatkeller.« Jean räumte die Teller ab. »Den macht mein Cousin, aber ganz wenig. Keine Chance für Sie.« Er grinste.

»Was kommt jetzt?« Lafrogue hatte sich eine weiße Serviette umgebunden. Er war ein bisschen fülliger geworden, seine Diät hatte den Herbstanfang nicht mehr erlebt.

»Schafft Pero das denn bis Februar? Da sollten die Schinken doch ausgeliefert werden?«, fragte Claudio dazwischen.

Gianna schüttelte den Kopf. »Ich wüsste nicht wie. Natürlich kann man bis dahin die Schinken irgendwie«, sie wedelte mit den Armen, »fertig kriegen. Aber sie könnten niemals als ›Parma‹ durchgehen. Sie wären nicht einmal eine gute Fälschung. Ich weiß nicht, wie er sich das vorstellt. Zuerst hat er Himmel und Hölle in Gang gesetzt mit seinen Ansprüchen. Und jetzt scheint es nur noch auf den Termin anzukommen. Ich verstehe ihn nicht mehr. Hab' ich wohl nie«, fügte sie hinzu.

»Das klingt bedauernd«, sagte Marlene mit einem Blick auf Boris.

»Ja, irgendwie mochte ich ihn, verrückt, oder?«

»Aber Emilio ist noch dabei?«

»Ohne Emilio kann er nicht überführt werden.«

»Na ja, das Ende ist absehbar.« Lafrogue interessierte sich im Moment mehr für die ovale Platte mit den Steaks du Morvan, die Jean in die Mitte stellte. »Das ist eins meiner Lieblingsgerichte. Ganz einfach, da merkt man gleich, welche Qualität die Zutaten haben. Eine Fälschung würde sofort auffallen. Nur Rumpsteak und eine leichte Senfsauce. Ein Stück Baguette, hm, Jean, welchen Wein haben Sie ausgesucht?«

»Einen schlichten, Commissaire. Ein kleiner Roter aus Vosne-Romanée.«

Das Gesicht des Commissaires zeigte ein verklärtes Lächeln.

Wie nicht anders zu erwarten, waren die Steaks ein Gedicht. Im Kreis der Freunde tunkte man die Baguettestückchen in die Sauce, bis die Platte blinkte.

Sie hörten Marc in der Küche mit dem Schneebesen hantieren. Er hatte kurz hereingeschaut und sie um etwas Geduld gebeten.

»Was macht eigentlich Gustave?«

»Sammelt Spenden, wie immer, und jammert, dass die Leute nicht einen Cent für seine arme Église übrig haben.« Jean hatte sich auf ein Glas zu ihnen gesellt.

»Und geht mir gehörig auf die Nerven«, schloss sich Claire an.

»Wir müssen die Unterlagen für die Steuer einreichen, aber es herrscht das Chaos pur.«

»Sind Sie immer noch nicht fertig?« Marlene erinnerte sich, dass sich Claire schon vor Monaten über die laxe Buchführung des Vereins zur Erhaltung der Église St. Pierre beschwert hatte.

»Ich musste die Frist verlängern lassen. Jetzt kommt er plötzlich mit Spenden daher, von denen ich noch nie etwas gehört habe. Er hat keine ordentlichen Belege, und es sind ein paar ganz hübsche Summen dabei. So kann ich nicht arbeiten!«

»Stimmt, die Veranstaltung an der Fosse war sehr erfolgreich. Gustave war damals stolz wie Oskar.«

»Oskar?«

»Sagt man bei uns so.«

Die Wartezeit war vorbei. Marc brachte das Dessert persönlich an den Tisch. Eine altmodische Eiercrème mit Früchten. Ein kleines Gläschen Sauternes dazu schadete dem Genuss nicht. Spätestens jetzt hätte jede Diät kapituliert, Lafrogue hatte gut daran getan, Vorsorge zu treffen.

Beim Kaffee überkam die Gesellschaft eine schläfrige Ruhe. Jean stand auf und legte eine der alten Schallplatten auf, die in der Wandvitrine lagen. Ein schwermütiger Tango beklagte Liebesleid und einsame Nächte.

Romain fing an zu lachen. »Jetzt müsste Mama hier sein, Jean. Sie liebt Tango, aber Papa will ihn nicht lernen.«

»Oh, ich tanze ihn. Soll ich sie mal anrufen?«

»Meinen Sie das ernst?«

»Ja, kommen Sie, Madame Pourquoi. Haben Sie passende Schuhe an? Wir zeigen ihm mal ein Tänzchen.«

Madame Pourquoi, die den Abend über sehr still gewesen war, verzog den Mund, stand aber auf. Jean nahm sie behutsam in den Arm.

Nach einigen Schritten schloss sie die Augen und ließ sich von ihm durch die Melodie tragen. Tränen rannen über ihre Wangen. Sie wischte sie verstohlen ab.

Als das Stück zu Ende war, brachte Jean sie zu ihrem Platz. Bevor sie sich setzen konnte, erhob sich Claudio und bat sie um den nächsten Tanz. Er konnte zwar keinen Tango, improvisierte aber eine langsame Schrittfolge, die zum Rhythmus passte. Er zog sie näher und flüsterte ihr ins Ohr: »Denken Sie an Sebastiano?« Sie versteifte sich in seinem Arm.

»Was geht Sie das an?«

»Er ist mein Freund. Und seine Frau auch, lassen Sie es gut sein.«

»Sie sind unerträglich. Sie haben doch keine Ahnung.«

»Mag sein, aber ich sehe, dass es weder Ihnen noch ihm gut geht.«

»Halten Sie sich da raus.« Damit ließ sie ihn stehen und setzte sich wieder.

Marlene sah Claudio fragend an, er schüttelte unmerklich den Kopf.

»Boris, Sebastiano, Gianna – was ist los mit unseren Freunden?«

»Temporäres Fremdeln. So nennt Dolores das.«

»Deine Schwester hat Nerven. Merkt sie nicht, wohin sie Boris treibt?«

»Was heißt hier ›treibt‹? Sie sagt, er sei erwachsen – diese Meinung teile ich übrigens nicht – und er müsse wissen, was er tut. Sie hat nicht die geringste Lust, sich von seinen Eskapaden ablenken zu lassen. Sie hat ein Angebot bekommen, noch einmal nach Kambodscha zu gehen.«

»Nimmt sie an?«

»Was glaubst du? Nur, dass es für ein halbes Jahr ist. Sie will ihn nicht unter Druck setzen, sagt sie. So kann er frei entscheiden, was er macht.«

»Glaubst du das?«

Marlene zögerte. Sie drehte sich zu Claudio und zog die Bettdecke höher. »Nein. Glaube ich nicht. Ich glaube, meine kleine Schwester macht es sich zu leicht. Und wenn der Tag kommt, an dem ihr Charme nicht mehr zieht, wird das Geschrei groß sein. Vielleicht ist Boris dann hier und wird glücklich mit Gianna und den Schweinen.« Sie küsste Claudio auf die Nase und fuhr mit dem Finger an seinem Ohrläppchen vorbei. »Und ganz tief innen weiß ich nicht, was ich Boris mehr wünsche.«

Der Morgen zeigte sich nicht von seiner besten Seite. Es war stürmisch geworden. Die alten Fenster des Wintergartens klapperten in den Böen, der Regen peitschte fast waagerecht gegen die Scheiben. Marlene entschloss sich trotzdem, die Hunde-Runde zu übernehmen. Sie lieh von Jean ein großes Regencape mit Kapuze und stapfte die Stufen zu St. Pierre hinauf. Sie fühlte sich fünf Kilo schwerer als bei der Ankunft. Sie brauchte Luft und Bewegung nach dem gestrigen, behäbigen Tag.

Gustave hatte ihr den Fortschritt der Restaurierungsarbeiten gezeigt, ansonsten hatte sie nur faul im Sessel gehangen und gelesen. Sie waren früh zu Bett gegangen und hatten lange geschlafen.

Als sie an den überwucherten Stufen des Eingangsportals vorbeikam, hörte sie ein Klappern. Die Tür war nicht richtig geschlossen und schlug im starken Wind. Marlene öffnete sie und sah in die Kirche. Gustave kam lächelnd auf sie zu, in der Hand die unvermeidlichen Aufzeichnungen.

»Gustave, Sie sind früh unterwegs.«

Er müsse etwas ausmessen, erklärte er, damit der Schreiner weiter arbeiten könne, bevor es zu kalt würde. Er zeigte in eine Seitenkapelle, die durch ein Tau abgesperrt war.

Sie standen im Eingangsbereich und sahen sich um. Die Situation entsprach so sehr der vom Vortag, dass Marlene den Eindruck hatte, das ganze Wochenende in der Kirche zuzubringen.

Sie verabschiedete sich und trat mit Nerolina in den unwirtlichen Novembermorgen. Eine nasse Windbö erfasste sie. Sie hielt die Kapuze zusammen und legte den Weg in die Geborgenheit des Hotels im Eiltempo zurück.

26. Aussichten

»Was haben Sie getan, Sie Idiot?«

»Endlich melden Sie sich. Ich wusste nicht, wie ich Sie erreichen sollte. Ich habe gehört, dass sie nicht mehr für Sie arbeiten will. Sie wollten doch, dass ich etwas nachhelfe.«

»Aber nicht einfach so. Ich habe Ihnen keinen Auftrag erteilt.«

»Na, hören Sie. Sie brauchen sie schließlich. Beim ersten Mal hat es doch auch gut geklappt.«

»Sie haben beim ersten Mal Scheiße gebaut, das hätte uns fast den Kragen gekostet. Und jetzt das Schwein, was soll das? Ich rate Ihnen, sich still zu verhalten. Ich schicke Ihnen gerne jemand vorbei, der Ihnen zeigt, wie's geht. An Ihnen, damit wir uns richtig verstehen.«

»Aber sie überlegt schon, ob sie weitermachen soll.«

»Sie überlegt gar nichts. Wenn Sie die Ergebnisse Ihrer Arbeit noch erleben wollen, halten Sie sich zurück.«

»Ich habe das für Sie getan.«

»Sie wollen Geld? Seien Sie dankbar, wenn Sie genug Finger behalten, um es zu zählen!«

Claudio und Marlene besuchten nach dem Mittagessen das nahe gelegene Schloss Maulnes. Es war, wie die meisten Sehenswürdigkeiten, schon für den Winter geschlossen. Den Besuch hatten sie Gustaves Beziehungen zu verdanken, der jeden Historiker diesseits der Alpen kannte.

Die Atmosphäre hatte etwas Gespenstisches. Das Gebäude aus hellem Stein lag vereinsamt auf einer Anhöhe, die nahe Umgebung war kahl. Die einstigen Gärten und Anbauten gab es nicht mehr. Rundum nur graue Wolken und die

Ahnung der tiefer gelegenen Wälder, die im Dunst wie eine dunkle Gefahr drohten.

Das fünfeckige Schloss ganz für sich zu haben, war etwas Besonderes. In der Mitte des Gebäudes befand sich ein offenes Treppenhaus, das sich von einer Quelle im Keller, im Kreis nach oben bis zum Dach drehte. Von hier konnte man zwanzig Meter in die Tiefe bis zum Wasser sehen. Bei hellem Wetter spiegelte sich der zylindrische Treppenturm im Wasser und verdoppelte die Höhe. Jetzt sorgte nur der Hall für eine weitere Dimension.

Die unheimliche Stimmung setzte sich auch im Inneren fort. Marlene konnte sich hier gut einen Maskenball vorstellen. Bevorzugt nach venezianischer Art, mit Pestmasken und einem Tod, der durch die Räume streifte, um die Schönheiten zum letzten Tanz aufzufordern.

Eine junge Frau hatte ihnen das Gebäude geöffnet. Als sie Marlenes Unbehagen bemerkte, nickte sie. Keine zehn Pferde würden sie alleine hierher bringen, verriet sie. Angeblich spuke es, was durchaus glaubwürdig war. Früher, als es noch kein Ausflugsziel war, hatten die Jungen der Nachbarorte als Mutprobe eine Nacht im Haus verbracht. Einige waren danach nie mehr so wie vorher. Manchmal sieht man sie in der Nähe eines berühmten Schlosses, in dem es auch nicht mit rechten Dingen zugeht. Sie sind harmlos, aber wer weiß, was ihre Hirne durcheinandergebracht hat? Das Mädchen schauderte und führte sie weiter durch leere Räume, bis auf das Dach.

»Da liegt Tonnerre«, sie zeigte in den Dunst, ihre Augen blitzten. »Da sind jetzt Ihre Freunde.«

Marlene und Claudio sahen nichts als Nebel und finster dräuende Bäume.

Nerolina war bei Boris geblieben, der nicht so recht wusste, was er tun sollte. Als schließlich Gianna anrief, die ein Stück Schinken für Marc bringen wollte, wartete er auf sie.

Gianna brachte das Paket in die Küche und setzte sich neben Boris. »Und jetzt?«

»Jetzt gehen wir ein Stück. Das Wetter wird besser.«

Sie wanderten den Weg an der Kirche vorbei, weiter in die Hügel. Sie hatten keine Ahnung, was sie sagen sollten. Beide waren eher schwatzhaft, aber jetzt schienen alle Worte im Stau zu stehen. Schließlich begann Gianna, von ihrem Hof zu erzählen. Der neue Mitarbeiter, den sie an Arianas statt eingestellt hatte, machte sich gut. Ihr Bruder hatte ihr seinen Besuch an der Lys gebeichtet. Die Schweine waren fidel. Der neue Jahrgang Chablis ausgezeichnet. Boris hörte zu, antwortete aber kaum. Für Gianna wurde das Treffen zunehmend verwirrender. Sie bewegte sich wie auf vermintem Gebiet, ohne zu wissen, wo das saubere Terrain begann. Sie suchte krampfhaft nach einem neuen Gesprächsthema.

Als sie wieder in Sicht von St. Pierre kamen, schlug sie vor hineinzugehen. Sie hatte die Kirche noch nie von innen gesehen, Boris schon einige Male. Sie hoffte, er würde während der Besichtigung entspannter werden.

»Wenn offen ist«, sagte er.

»Sieh, mal, da ist Gustave.« Gianna war erleichtert, die Nervensäge Gustave in der Kirche zu sehen. Als er sie bemerkte, bot er ihnen einen Rundgang an. Gianna stimmte sofort zu. Boris nickte. Für ihn war das die vierte Führung. Er hörte nicht richtig zu, Gustaves dozierender Tonfall lullte ihn ein. Er trottete mit Nerolina hinter den anderen her.

»Und es fehlt immer an Geld, dabei braucht man gar nicht so viel.« Gustave war lauter geworden und betonte »so viel«

scharf. Boris wurde aufmerksam. Der Professor schien heute besonders streitbar zu sein.

»Die Leute haben nicht mehr so viel übrig, Gustave. Das Leben ist sehr teuer geworden.« Gianna wusste, wovon sie sprach, allein der Preis des Schweinefutters war im letzten Jahr um zwanzig Prozent gestiegen.

»Es gibt auch welche, die könnten helfen, ohne Geld auszugeben. Aber die sind zu borniert und hochmütig.«

Er schien an etwas Bestimmtes zu denken. Sein Ton war eindeutig beleidigt. Oder beleidigend, für Boris war das nicht zu unterscheiden.

Er fing sich wieder und führte sie weiter, erklärte die Orgel und einige Skulpturen, bis sie zum Altar kamen. Er zeigte auf das darüber hängende, dreiteilige Gemälde. »Sehen Sie, dieses Triptychon ist von Giulio Francaverde, einem Renaissancemaler. Nicht sehr bekannt, aber er hatte sein Auskommen. In seiner Jugend gehörte er zur Werkstatt da Vincis. Die gefragten Maler unterhielten Ateliers mit Schülern und Gehilfen. Sie hätten sonst ihre Aufträge nicht erfüllen können. Da Vinci war gut im Geschäft, er hatte jede Menge Arbeit. Seine Gehilfen malten, nach seinen Vorgaben natürlich. Er setzte manchmal noch einen Pinselstrich, dann ging das Werk an den Kunden, signiert vom Meister. Dieses Triptychon wurde von Francaverde selbst signiert, er hat den Auftrag in eigener Regie angenommen. In seinen späten Jahren, als er nicht mehr für da Vinci arbeitete. Die früheren Mitarbeiter der berühmten Werkstätten wurden gerne verpflichtet, wenn der Meister zu teuer war.« Er schien sich zu amüsieren und wirkte gleichzeitig hektisch.

Boris sah sich das Altarbild genauer an. Es zeigte die üblichen Motive. Christi Geburt, einige Wunder, der Leidensweg, die Auferstehung. Viel Gold und Farbbrillanz ließen es trotz des trüben Lichtes leuchten. Der Rahmen war mit Säulen und Schnitzereien geschmückt. Er sah die Schönheit des Bildes, wenn er auch kein Fan religiöser Kunst war. Gustave war bei seinen früheren Besuchen nur wenig auf das Kunstwerk eingegangen. Was veranlasste ihn jetzt dazu? »Sie haben das Bild noch nie erklärt, Gustave.«

Der ging nicht darauf ein, sondern lief weiter zu einer Pforte in der Seitenwand. Er öffnete sie und zeigte auf eine schmale Treppe. Sie war von Marcel erneuert worden, seitdem konnte man wieder auf den kleinen Uhrenturm auf dem Dach der Apsis steigen.

Gustave sagte: »Kommen Sie«, und begann den Aufstieg.

Gianna folgte. Boris überlegte kurz, dann band er Nerolina an einer Kirchenbank fest. Die Treppe wendelte sich steil in die Höhe, mit einem wuselnden Hund dazwischen war ihm das zu gefährlich. Außerdem hatte er gelesen, dass große Hunde keine Treppen laufen sollten.

»Wir sind gleich wieder da. Sei schön brav.«

Nerolina sah ihn ungläubig an, setzte sich aber auf den Holzboden unter den Bänken.

Boris hörte die beiden anderen ein paar Meter weiter oben reden. Über der Uhr endete die Treppe in einem quadratischen Raum mit Fensteröffnungen zu allen Seiten. Der Blick war durch die diesige Luft beschränkt, aber immer noch beachtlich. Über die Dächer der Stadt sah man nach Osten in die Ebene mit kleinen Ansiedlungen und Wäldern. Der Armançon blitzte hier und da zwischen den Häusern auf. Sie sahen das Dach des Hotels, daneben das tiefe Grün der Fosse.

»Wunderschön!«, sagte Gianna.

»Ja, nicht wahr. Was, wenn diese Aussicht verloren wäre, weil der Turm einstürzen würde.« Gustave klang erbittert.

»So schlimm ist es doch noch nicht«, versuchte Boris zu beschwichtigen.

Gustave griff nach Giannas Hand und zog sie zu einer Öffnung. »Hier, sehen Sie, das alles liegt der Église zu Füßen.« Er beschrieb mit dem freien Arm einen weiten Bogen. Dabei lehnte er sich über die Brüstung.

Gianna wurde mitgezogen, er war kräftiger, als sie vermutet hatte.

»Da im Südwesten, das ist die Dunstglocke von Paris. Und im Osten liegen die Vogesen. Bei klarem Wetter ist der Blick atemberaubend. Das ist ein Geschenk, das es zu bewahren gilt.«

»Auf jeden Fall. Gut, dass Sie sich darum kümmern, Gustave.« Gianna klang gepresst.

»Ach, finden Sie?« Der Professor schüttelte sie leicht.

Sie sah ängstlich zu Boris, der einen Schritt näher kam. Er wollte Gianna nach innen ziehen, aber Gustave hielt sie fest im Griff.

»Lassen Sie mich los, Sie tun mir weh.«

»Gustave, zeigen Sie uns lieber noch den anderen Turm, da muss die Aussicht auch fantastisch sein.« Boris versuchte, ihn abzulenken.

»Sie halten mich wohl für blöd.« Gustave lachte, Gianna wurde unheimlich, sie konnte sich nicht befreien.

Boris machte einen Schritt nach vorn und umfasste beide mit den Armen. Er versuchte sich nach hinten zu bewegen, aber Gustave hatte sich mit dem Arm in eine Säule gehängt.

»Gustave, Sie sind albern. Was soll das?«

Boris zerrte an Gianna, die sich in Gustaves Arm wand. Mit einem plötzlichen Ruck stürzte Boris in den Raum. Gustave und Gianna knallten gegen die Brüstung und konnten sich gerade noch halten. Der Professor hatte die Säule losgelassen und zog ein Messer aus der Tasche. Gianna versuchte, sich aus ihrer Jacke zu winden. In dem Moment, als Boris wieder auf ihn losging, hielt er das Messer an Giannas Hals. Sie schrie auf.

Boris begann zu schwitzen, die Situation überforderte ihn. »Was wollen Sie, Gustave?«

»Wissen Sie noch, was ich Ihnen vorhin über das Triptychon erzählt habe? Ich denke oft, was wenn da ein anderer Name stände? Der Unterschied wäre schwer festzustellen. Es war üblich, dass die Gehilfen die Ausführung von Gemälden übernahmen. Stellen Sie sich vor, das wäre ein da Vinci. Die Kirche könnte fünf Mal restauriert werden.« Gustave redete sich in eine schrille Form seiner üblichen Begeisterung. »Drei Zentimeter an Buchstaben bestimmen über die Zukunft eines einmaligen Bauwerkes. Drei Zentimeter, so groß ist eine Signatur, lächerlich.«

Er ist verrückt, dachte Boris.

»Entschuldigen Sie, Gianna, ich kann diese Ungerechtigkeit manchmal nicht ertragen. An diesen tristen Tagen ist es besonders schlimm. Die Kirche sollte hell erleuchtet sein, aber wir haben nicht mal das Geld für anständige Stromleitungen.«

Er lockerte seinen Griff, Gianna ging vorsichtig auf Abstand.

Mit einem Ruck zog er sie wieder heran und stach zu. Gianna knickte ein und griff mit der Hand an ihren Hals. Blut trat zwischen ihren Fingern hervor.

Gianna schrie: »Lassen Sie mich.«

»Und Sie sind es schuld, dass es nicht weitergeht. Sie mit Ihrem dummen Stolz.« Er ließ das Messer nicht sinken, immer noch konnte er jederzeit zustechen. »Da Vinci war sich nicht zu schade, ein Kunstwerk als seines zu verkaufen, unter das er nur seine Unterschrift setzte. Und warum auch? Schließlich hatte er seinen Schülern alles beigebracht. Jeder wusste, wie das lief. Die Renaissance kannte diese moderne Überheblichkeit nicht.« Gustave hatte das Messer etwas sinken lassen.

»Wenn Sie wollen, schreibe ich eine Reihe über Ihre Kirche. Es kommen bestimmt eine Menge Spenden rein.« Boris redete drauflos und versuchte gleichzeitig, in seiner Manteltasche das Handy einzuschalten.

Gianna drehte sich ruckartig und biss Gustave in die Hand. Er ließ mit einem Schrei das Messer fallen, Gianna sprang zu Boris, der sie hinter sich schob und das Messer zur Seite trat. Es rutschte zur Treppe und polterte die Stufen hinunter.

Gustave hielt sich die Hand. Er sah sie wutverzerrt an.

»Sie Gianna, Sie hätten alles ändern können. Warum haben Sie nicht einfach ja gesagt, als Sie die Schinken fälschen sollten? Sie sind schuld, dass ich Ariana töten musste.«

»Was?« Gianna wäre auf Gustave losgegangen, wenn Boris sie nicht festgehalten hätte.

»Ich habe sie gebeten, Sie zu überreden. Ich habe ihr meine Église gezeigt, alles, was auf dem Spiel steht. Aber sie wollte nicht auf mich hören. Es war ihr egal. Völlig egal, dass sie zerfällt. Sie wollte mich verraten. Nicht mal mein Geschenk hat sie genommen. Dabei hat es mich Mühe gekostet, diesen Knochen zu besorgen. Aber dann war ja alles gut.« Gustave strahlte, er setzte sich auf den Rand der Brüstung. Die Sonne hatte sich inzwischen verzogen. Der Wind pfiff durch die Maueröffnungen. »Der Mann hat mich gut bezahlt. Hier die Treppe hat Marcel dafür gebaut. Und ein paar andere Sachen.« Er drehte sich etwas und sah in die Ferne. »Aber das reicht nicht! Ich hab' das verfolgt, mit Ihren Fahrten nach Lille. Sie dachten, der alte Gustave kriegt nichts mit. Aber,

Pustekuchen, Schätzchen.« Er lachte hysterisch. »Sie mit Ihrer Ehre. Und Ihren dämlichen Schweinen. Die so besonders sind. Wie heißen die, Duroc? Andere sind ja nicht gut genug. Ha, das dumme Durocschwein ist genauso krepiert wie jedes andere.« Er lachte wieder. »Was für da Vinci gut genug war, ist längst nicht gut genug für unsere Gianna.« Er schaukelte immer noch lachend hin und her. Dann hob er die Hand, wurde ruhig und sagte nüchtern: »Ich schaffe das nicht mehr.« Er lehnte sich zurück und fiel ohne ein Geräusch nach hinten über die Brüstung. Kurz danach krachten die Äste, durch die er in die Tiefe fiel.

Gianna sog die Luft mit einem Klagelaut ein.

Boris war wie erstarrt, dann stürzte er zur Brüstung und blickte nach unten. Er sah einen Körper auf dem kleinen Fußweg liegen, der hinunter zur Fosse führte.

Gustave lag auf dem Rücken, unter seinem Kopf quoll Blut hervor, die Augen starrten auf seine Kirche.

Nerolina bellte sich im Kirchenschiff die Seele aus dem Leib.

Boris rief im Präsidium an. Sie stiegen die Treppe hinunter, machten Nerolina los und verließen die Kirche. Giannas Beine zitterten, sie hatte ein Taschentuch auf die Wunde gedrückt. Das Messer hatte einen oberflächlichen Schnitt hinterlassen.

Boris hielt sie im Arm. Sie warteten unter dem Portal auf die Polizei.

Marlene und Claudio erreichten das Hotel an der Fosse Dionne, als Polizei und Krankenwagen auf dem Rückzug waren. Marlene sah den Wagen hinterher, die ihnen auf der Hauptstraße begegneten.

»Da saß Romain im Auto, und hinten Boris, aber ...« Sie stieß Claudio an, der schon in eine Einfahrt fuhr, um zu wenden. Sie folgten den Wagen bis zum Präsidium. Als Erstes stürzte Nerolina heraus, über alle Insassen hinweg und nicht mehr zu halten.

Boris und Gianna stiegen bleich und mitgenommen aus. Romain winkte Claudio heran.

»Gustave hat sich umgebracht.«

Claudio sah zu Boris hinüber. »Waren Sie dabei?«

»Ja, wir werden uns jetzt anhören, was Sie zu sagen haben.«

Yves Romain zögerte, dann sagte er: »Du kannst mitkommen, der Commissaire hat bestimmt nichts dagegen.«

Marlene hatte von Boris und Gianna das Hauptsächliche erfahren. Sie ließ Claudio im Präsidium und fuhr mit Nerolina zum Hotel. Sie war unruhig und nervös. Schließlich rief sie ihre Schwester an.

Dolores war noch in Köln, sie wohnte für die Zeit, die sie im Institut arbeitete, bei einer früheren Studienkollegin.

»Gianna war auch dabei«, schloss Marlene ihre Schilderung der Ereignisse.

»Die, in die Boris verknallt ist? Ich sag' dir was, Marlene. Mir tut das alles sehr leid, ich rufe Boris später an. Aber ich hab' die Chance meines Lebens. Ein halbes, vielleicht sogar ein ganzes Jahr Kambodscha. Was soll ich tun? Hier warten und Boris bei Laune halten, damit er mir nicht abhaut? Und dann geht er doch und mein Job ist auch flöten? Ich hab' nachts wach gelegen, ob du's glaubst oder nicht, und hin und her überlegt. Ich lass es drauf ankommen. Soll das Schicksal entscheiden.«

»Du redest Quatsch. Es geht doch gar nicht um deinen Job. Es geht darum, dass du ihn nicht einbeziehst. Du meldest dich, wenn es passt. Du fragst ihn nicht mal pro forma nach seiner Meinung. Er denkt, du brauchst ihn nicht. Außerdem kann er dich jetzt brauchen.«

In Köln war es still. Dann seufzte Dolores: »Du hast recht. Ich brauch' ihn nicht. Ich liebe ihn.«

»Kannst du dir vorstellen, dass beides zusammenhängt?«

»Für mich hängt das nicht zusammen, das weißt du. Entweder er kommt damit klar, oder er lässt es.« Dolores sagte: »Tschüss, Schwesterchen«, und legte auf.

Marlene fragte sich zum hundertsten Mal, was bei ihrer Schwester falsch gelaufen war. Sie beide waren unabhängige Charaktere, die es hassten gegängelt zu werden, aber bei Dolores nahm das auffallende Züge an. Und es wurde schlimmer.

27. Abschiede

Das verlängerte Wochenende, geplant als Erholungspause vor dem Winter und der Weihnachtssaison, entwickelte sich zum Albtraum.

Gianna durchlebte Trauer und Angst erneut. Was durch den Sommer und die leise Sympathie für Pero in den Hintergrund getreten war, drängte sich mit Macht in ihr Bewusstsein. Arianas Tod, die Erpressungen, Emilios Angst, die Anspannung während der Arbeit an der Lys, Mollys Tod. Gianna war einem Zusammenbruch nahe. Sie erlebte ein Wechselbad der Gefühle, das ihre Nerven strapazierte. Pero war nicht der Auftraggeber des Mordes gewesen, das stand fest. Sie hatte mit ihrer Einschätzung richtig gelegen und war froh darüber.

Gustaves Besessenheit hatte ein Ausmaß gehabt, das keiner seiner Freunde und Bekannten durchschaut hatte. Wem konnte sie trauen, wenn sie das nicht gemerkt hatte? Sie hatte Emilio angerufen, der noch mit dem Tod Renés haderte. Sie versuchte, Pero zu erreichen, aber es gelang ihr nicht.

Drei Tote, vier mit Molly, weil Pero mit gezinkten Karten spielte. Das war das Resümee.

Gianna haderte, wie ihr Bruder, mit der Schuldzuweisung. Ihre Schwäche für Pero ließ sie die Schuld verteilen, aber sie wusste, auch wenn er keinen dieser Toten gewollt hatte, dass er die Voraussetzungen für jede Tat geschaffen hatte.

Sonntag, der Abreisetag. Die Koffer waren gepackt. Boris und Marlene fuhren an den Bodensee, Claudio nach Italien, Gianna blieb bei ihren Schweinen. Der Abschied ging knapp und unsentimental vonstatten.

Jeder brauchte Abstand und Zeit für sich. Yves Romain und Claudio blieben in steter Verbindung in Sachen Schinken. Falls Gianna und Boris ihre Aussagen ergänzen müssten, würden sie kurzfristig benachrichtigt.

Drei Wochen hielt diese Phase an, dann klingelte Claudio Commissaire Lafrogue eines Morgens aus dem Bett. Es war drei Uhr.

»Claudio, was ist passiert?« Lafrogue klang verschlafen, aber aufmerksam.

»Paolo Pero ist mit dem Wagen durch das Geländer einer Brücke gerast. Das Auto völlig versunken. Er kann nur tot sein, wenn er es nicht schon durch den Aufprall war. Wir suchen noch.«

Commissaire Lafrogue sagte nichts. Dann meinte er: »Wenn man wartet, fällt jeder Stein in die richtige Lücke.«

Claudio und Yves Romain fuhren ein paar Tage später zu Peros neuen Hallen an der Lys. Laut Inspecteur Lavache waren in den letzten Wochen Lieferwagen gesehen worden, Arbeiter betätigten sich auf dem Gelände und allgemein wurde eine eifrige Geschäftigkeit verzeichnet. Die Produktion schien wieder angelaufen zu sein.

Als sie vor dem Flügeltor hielten, lag das Gelände still da. Lavache kam mit dem Schlüsseldienst. Sie parkten auf dem Vorplatz und betraten die neue Halle. Arbeitstische und Regale standen an ihren Plätzen. Der Kühlraum war eingerichtet, allerdings fehlte die Kühlanlage. In der Klimahalle waren die Gestelle leer. Kein einziger Schinken wartete auf sein Schicksal.

»Er hat noch nicht angefangen.«

»Was sagen die Arbeiter, Lavache?«

»Dass es Verzögerungen bei der Lieferung der Keulen gibt. Auch die Kühlanlage und die Klimaanlage sind nicht pünktlich gekommen. Sie sagen, dass Pero in letzter Zeit nervös war. Einer hatte den Eindruck, dass er Angst hatte, weil seine Kunden auf die Schinken warten. Aber Pero hat nicht gesagt, wer diese Kunden sind.«

»Ihr habt ihn noch nicht gefunden, oder?« Romain dachte weiter. »Was, wenn sie rausgekriegt haben, dass er nicht pünktlich liefern kann?«

»Mord?«

»Bremsen manipuliert, oder sonst was. Kann doch sein.«

»Die Untersuchungen des Wagens laufen noch. Wär' möglich, ja. Außerdem ist die Leiche noch nicht gefunden worden. Aber an dieser Stelle herrscht eine starke Strömung. Pero wäre nicht der Erste, der da verschwunden ist.«

Peros Leiche wurde nie gefunden. Sein Wagen hatte angesägte Bremsleitungen.

Im Frühjahr des folgenden Jahres fütterte Gianna ihre Schweine. Sie hatte wieder eine Molly, noch klein und sehr gelehrig. Sie hörte aufs Wort und lief ihr wie ein Hund hinterher.

Gianna hatte beschlossen, sie zu behalten. Sie zwickte sie ins Ohr. Molly quiekte leise und klaute ihrer Nachbarin den Brotkanten.

»Lass das, Molly, sonst kommt Onkel Pero und nimmt dich mit.« Sie deutete auf eine Postkarte, die hinter Molly an die Wand gepinnt war. Darauf flog ein rosa Schwein mit goldenen Flügeln. Außer Giannas Adresse enthielt sie kein einziges Wort.

Anhang

Marlenes erstes Essen im Burgund ist eine Vorspeise mit köstlichem, luftgetrocknetem Schinken.
Marc, der Koch ihres Hotels, hat das Rezept von der Produzentin des Schinkens übernommen. Es stammt direkt aus ihrer Heimat Parma, dessen berühmte Schinken das Ideal ihrer Arbeit sind.

Parmaschinken mit Nüssen

(6 Pers.)

Ofen auf 175° erhitzen

80 g Pecannüsse,
1 EL grober Zucker
2 EL flüssiger Honig
Prise Salz, Pfeffer
Schale einer Orange, fein gerieben

in einer Schüssel gut vermischen, auf einem gefetteten Backblech verteilen, mit 1 TL Sesamsamen bestreuen. Nach 10 Min. wenden, erneut 5 Min. rösten. Herausnehmen, abkühlen lassen, in Stücke brechen.

1 reife Birne, achteln
½ Honigmelone, Schiffchen
3 Feigen, vierteln
50 g kandierter Ingwer
12 Scheiben Parmaschinken

auf einer Platte anrichten, Nüsse darüberstreuen, Olivenöl und Balsamico separat reichen.

Chablis, Chablis

***

Ein Menü, das Marc für Marlene und Claudio kocht. Für die Vorspeise nimmt er die göttliche Boudin (Blutwurst) von Maître Yann. Er hat eine kleine Dorfmetzgerei in der Nordbretagne und verarbeitet in der Wurst die Äpfel aus seinem Garten.

Wenn er Zeit hat, holt Marc die Wurst selber ab, dann kann er einen Spaziergang am Meer machen und in der Strandbar Muscheln essen.

1. Boudin mit Birnenspalten

2 Schalotten, der Länge nach vierteln
2 weiße Rübchen, grobe Stifte
Butter

dünsten, bis die Rübchen halb gar sind

1 Vanilleschote, aufritzen, Mark auskratzen,
Prise Chili
300 g Boudin, 2 Stk.

zu den Rübchen geben, auch die Schote, Deckel drauf, 5 Min. leise schmurgeln.

1 große reife, feste Birne, in Spalten

dazugeben, weitere 3 - 5 Min. schmurgeln,
eventuell mit Salz und Balsamico abschmecken.

* * *

Marlene holte aus der Geschenkekiste in ihrem Wagen eine Flasche Riesling Hochgewächs von der Mosel. Marc ließ sich überzeugen.

2. Lammhaxe mit Artischockengemüse

4 Lammhaxen
Salz, Pfeffer, Butter, Olivenöl

im Bräter anbraten

2 Zwiebeln
3 Knoblauchzehen
1 Möhre
1 Porree – alles in Stücken
etwas Mehl
etwas Tomatenmark
1 Glas Rotwein
1 Glas Brühe, selbstgemacht
Salbei, Thymian

Gemüse und Tomatenmark dazugeben, mit Mehl bestäuben, Flüssigkeit dazu, Deckel drauf, ca. 2 Std. bei milder Hitze garen. Das Fleisch soll fast vom Knochen fallen.

Das Fleisch warm stellen, die Sauce pürieren und durch ein Sieb streichen.
Wenn nötig, einkochen und abschmecken (Prise Zucker).

Artischockengemüse

4 große Artischocken
Zitronenwasser

Blätter und Stiel entfernen, achteln, mit kleinem, scharfem Messer restliche Blätter und Heu abschneiden, bis nur der Boden übrig bleibt. Sofort in Zitronenwasser legen.

15 Perlzwiebeln
Butter
½ Flasche Cidre
Kräutersträußchen aus Salbei, Lorbeer, Thymian, Salz, Pfeffer

andünsten, Cidre und Kräuter dazu, Artischockenböden ca. 20 Min. zugedeckt köcheln lassen. Abschmecken, einkochen lassen.

Ein fruchtiger, frischer Fleurie passt gut.

***

Die »schwimmenden Inseln« sind Dekadenz in Reinkultur. Und wenn es schon sein muss, dann bitte in Abendkleid und Smoking.

3. Îles flottantes in Champagnercrème

4 Eiweiß
1 Spritzer Zitronensaft
50 g Zucker

steif schlagen, dabei langsam den Zucker einrieseln lassen.

½ l Milch

zum Sieden bringen, vom Eischnee mit einem Esslöffel Nocken abstechen und in die siedende Milch setzen, nach ein paar Sekunden wenden, kurz ziehen lassen.
Mit dem Schaumlöffel auf Küchenpapier legen.

4 Eigelb
4 EL feiner Zucker
150 ml trockener Champagner

Ei und Zucker schaumig rühren, Champagner unter Rühren langsam zugießen. Auf dem Wasserbad weiterrühren, bis eine cremige Konsistenz erreicht ist.

Die Crème in flache Schalen füllen und die Inseln daraufsetzen.

Keine Experimente! Man trinkt dazu, was drin ist.

* * *

Marc kombiniert gerne die heimische Küche seiner Mutter mit den Einflüssen Südafrikas.
Die Lotte de Mer, der Seeteufel, wird in den Gewässern vor der bretonischen Küste viel gefangen, Ingwer ist in Südafrika ein häufig benutztes Gewürz.

Lotte de Mer

½ Fenchelknolle, feine Streifen
1½ Limetten, schälen, auch die weiße Haut, dann in kleine Stücke
ca. 3 cm Ingwerwurzel, reiben
40 g Petersilie, hacken
20 Pfefferkörner
2 Sternanis
1 TL Zucker
1 TL Salz
100 ml Olivenöl

eine Marinade mischen

500 g Lotte de Mer, Filet, in zwei Stücken

in der Marinade einen Tag im Kühlschrank ziehen lassen,

herausnehmen und jedes Stück auf Alufolie legen, die Zutaten aus der Marinade darübergeben, verschließen, auf ein Blech legen. Auf die mittlere Schiene in den kalten Backofen schieben. 180° ca. 20 - 30 Min. (testen!)

Der Feuersteinduft eines Sancerre passt gut zum Ingwer.

***

Nach Grillexzessen sehr zu empfehlen:

Gemüsequiche mit Currysauce

250 g Mehl
1 TL Backpulver
120 g kalte Butter, in Stückchen
1 Ei
1 Prise Salz
3-4 EL kaltes Wasser

verkneten, Kugel formen, 60 Min. in den Kühlschrank

1 Zwiebel, in Ringen

in Öl dünsten

Teig ausrollen, 28 cm Springform auskleiden, 4 cm Rand

400 g Blumenkohl/Brokkoliröschen
2 EL Kapern
100 g Tiefkühlerbsen

Blumenkohl und Brokkoli 3 Min. blanchieren, mit den Kapern und den Erbsen auf dem Teig verteilen

250 g saure Sahne
1 Ei
Pfeffer, Salz

1 Knoblauchzehe

vermischen und darübergießen

gedünstete Zwiebeln darauf verteilen, mit gehackten Mandeln bestreuen.

unterste Schiene, Umluft, 180°, ca. 45 Min.
eventuell die ersten 30 Min. mit Backpapier abdecken.

CURRYSAUCE

ein Stich Butter
1 TL Curry
etwas Cayennepfeffer

Gewürze in Butter kurz erwärmen, bis sie duften

200 g Crème fraîche
etwas Sahne
Salz
1 Knoblauchzehe, zerdrückt

alles gut vermischen, abschmecken, nicht mehr erwärmen.

Die Sauce wird separat gereicht.

dazu schmeckt ein Petit Chablis.

Poison Breton

½ Filmdose Meyer's Kräuter
2 Filmdosen Apfelsaft, naturtrüb

in ein 0,2 l Sektglas geben

Crémant, weiß, trocken, kalt

auffüllen
*

½ Zitronenscheibe

dazugeben

Marc erfand diesen giftgrünen Cocktail an einem Sonnentag an der bretonischen Küste. Er bewohnte mit Freunden ein altes Fischerhaus mit endlosem Blick über das Meer. Er war vom Kochdienst befreit und stöberte in den Getränkevorräten.

Marc hat ein paar Jahre in Südafrika gearbeitet. Der Barkeeper seines Hotels hatte einen Lieblingsspruch: Du kannst immer einen Cocktail mischen, wenn du die Hauptzutat hast: Improvisation.

Daher die Filmdose, die – welch Wunder im digitalen Zeitalter – in einer Küchenschublade schlummerte. Er machte sich nie die Mühe, die entsprechende Menge abzumessen.

Marc nahm die Filmdose mit.

* * *

Zum Schluss das Lieblingsgericht von Commissaire Lafrogue:

Steak du Morvan

6 Schalotten, sehr fein gehackt
4 Rumpsteaks
2 EL Butter

die Steaks nach Wunsch auf beiden Seiten braten, warmstellen.
Im Bratfett die Schalotten schmoren

½ Glas Chablis
1 TL Dijonsenf

Senf in den Wein rühren, zu den Schalotten gießen. Sauce über die Steaks geben. Heiß servieren.

Knusprige Pommes frites sind perfekt.

Dazu ein guter roter Burgunder, z. B. aus Vosne-Romanée.

Danke, Merci und Grazie an:

Bärbel Christ, von der deutschen Vertretung des Consorzio del Prosciutto di Parma. Der Knochen hat einen Ehrenplatz auf meinem Schreibtisch!

Marianne, meine erste Leserin und einfühlsame Kritikerin.

Und Jörg, für Geduld, das ein oder andere Glas Wein und Tango.

KBV KRIMINALROMAN

Alex Ryber

DIE IM
DUNKELN WARTEN

Taschenbuch, 208 Seiten
ISBN 978-3-95441-158-0
9,50 EURO

Sturm und Finsternis liegen über der Ostsee: Um Mitternacht entert ein Mann eine vor der Küste liegende Segelyacht und tötet den Besitzer auf grausame Weise. Danach wirft er die Leiche ins Meer, wo sie bald darauf einem Fischer ins Netz geht.
Bei der Suche nach dem Mörder stößt Kommissar Jan Adrian von der Rostocker Kriminalpolizei auf eine zerrüttete Familie, die alles andere als unglücklich über das Ableben des Mannes ist. Der Getötete war ein bekannter Finanzberater mit Kontakten ins Rotlichtmilieu, und auf seiner Yacht suchte er offenbar nicht nur Stille und Einsamkeit.
Die Ermittlungen führen den Einzelgänger Jan Adrian aber auch zu den Dämonen seiner eigenen Vergangenheit – vor allem, als er die Tochter des Ermordeten kennenlernt.